我们无法知道未来人类是会无限地得到人工智能的帮助，还是会被蔑视并被边缘化，又或者被它毁灭。

——斯蒂芬·霍金

智 | 能 | 风 | 暴

MIRROR
黑　　镜

[德]卡尔·奥斯伯格◎著

叶柔寒◎译

KARL OLSBERG

北京理工大学出版社

BEIJING INSTITUTE OF TECHNOLOGY PRESS

真正的朋友就是另一个自己。
——马尔库斯·图留斯·西塞罗

卡尔·奥斯伯格（KARL OLSBERG，1960— ）

人工智能应用学博士，科幻悬疑作家，曾先后创建两家优秀的新经济型企业。现今定居汉堡，创作之余担任企业顾问的工作。

迄今为止，出版悬疑、科幻类小说《香味》《黑雨》《辉煌》《第八个启示》及"智能风暴系列"的《黑镜》《头号嫌犯》。

中文版序言

当我在2005年构思撰写德文版《头号嫌犯》时，世界上运行速度最快的计算机只有现在顶级计算机运算能力的千分之一，人工智能尚处于起步阶段。其他诸如无差错人脸识别、自然语言对话和城市交通中车辆自动驾驶等技术应用，更是属于科幻小说中才有的话题。传统的中国棋类游戏被认为是人工智能无法驾驭的东西，因为它存在着巨大的复杂性。当时，美国是计算机领域的世界领导者，其地位似乎不可撼动。

2016年，《黑镜》完成了创作，那时候，一切都已经发生了巨大的变化，而且这种变化还越来越快。令人印象深刻的是，中国向世界展示的，不仅仅是其技术发展的速度在不断提高，而且其国际力量也在一夜之间发生了翻天覆地的变化。今天，美国和中国在许多关键技术方面处于领先地位，包括人工智能，这就是我特别高兴和自豪我的书现在被翻译成中文出版的原因。

我当时在想象中所描绘的大部分创作内容今天已经成为现实，更多的则会在短短几年内问世，其中也包括我作为科幻小说作家都无法想象的技术和可能。新技术总是双刃剑，它们带来了新的可能性和便利条件，但也伴随产生了诸多风险和意想不到的副作用。弓箭和蒸汽机的发明就是这种情况，现代计算机技术也没有什么不同。

在作品中，我并不想渲染技术发展可能伴随的缺点，或者说我不想煽动恐惧技术，但我想略微强调一下，让我们更理性、顺利地接受技术进步，而不是天真地拥抱它。通过这样做，我想确保人们都能拥有诸多利用人工智能的机会，例如在医学、运输或环境保护方面，而不会因为错过而后悔。

归根结底，决定我们如何塑造未来的不是技术，而是使用、引导或分散这种技术，负责使用它或屈服于其诱惑的人类自身。因此，对我们的未来负责的人不是全世界人工智能实验室的研究人员，而是我们自己。如果我们意识到这一责任，并以开放、清晰、批判，但也好奇的态度看待我们每天使用的技术，那么我并不担心我们的未来。

考虑到这一点，我希望我的中国读者喜欢阅读这本书，并拥有现在的幸福和幸福的未来！

汉堡，2019 年 1 月

卡尔·奥斯伯格

写给凯洛琳，

第二个我

序　幕

卡尔·普尔森放松地坐在他的特斯拉里看着一本书，此刻车子正以超过 55 公里的时速一路向北飞奔在 101 号高速公路上。他刚刚经过了金门大桥，可那壮丽的景色却丝毫没有吸引他的目光。他时常离开旧金山的豪华公寓，去父亲所在的破旧小平房探望。他还向父亲承诺，会好好阅读《更多的世界》——毕竟这是父亲写给他的。无论如何，在探望父亲之前，他多少得知道这本书写的是什么。正如诸多科幻小说一般，这本书讲述了一个孤傲的英雄以各种各样的方式穿越平行宇宙，追求生命中的大爱，因而经历了一次又一次匪夷所思的桃色冒险，故事的描述荒诞又离奇。以上是他的阅读感受。尽管没有出版商愿意出版此书，但是他的父亲依然坚持自费出版了它。这本书根本不赚钱，可是父亲在 20 世纪 90 年代末的时候购入了大量互联网股票，并在互联网泡沫时期及时抛售，赚到了一笔可观的养老钱。因而，即使这是一本亏本的出版物，也毫不妨碍他的经济状况，至少可以让他的退休生活有了一半忙碌的充实。

"情色读物"，这是他的母亲在她去世前三年，半玩笑半严肃地给它下的定义。他的母亲死于乳腺癌。而如今人们已不再笼罩在这种疾病死亡的阴影之下！如果她不是总那么固执地拒绝去检查身体，现在也许依然健在。人们总是不能学会小心地照顾自己的身体，这是卡尔想要改变的众多事情之一。

"你收到了一条来自阿兰·普尔森的短信。"一个被精心合成的温柔男声响起，这是他的灵感发明。这个沟通装置别在他的耳朵上，并且通过车载音响发出声来。普通人几乎听不出这是人工合成声。

那是他父亲的名字。卡尔的镜子总是无法对于亲属关系有正确的理解。他要找技术总监艾瑞克去看看是怎么回事。

"他又有急事，没有时间见我吗？"这句话仿佛不是在严肃地提问，反而更像是一种测试，为了测试他的镜子的人工智能程度，是否能正确翻译、理解其中含义，并且做出回复。

"我可以阅读这条短信吗？"镜子问。毕竟这是一个合乎常理的反应。

"可以。"

"帮助。"镜子用它中性的声线，友善地说道。

"帮助？短信里就这么一个词？"

"我不明白这个问题。卡尔，你需要帮助吗？"

"再打开阿兰·普尔森的最新短信！"

"阿兰·普尔森的最新短信写道：帮助。"卡尔后脊顿时感到一阵凉意，"拨打阿兰·普尔森的电话！"他说着把书扔到副驾驶座位上，将特斯拉切换成手动控制模式。当他用力踩下加速踏板时，警报随即响起。显然，速度超过了最高限制时速。

在这个危急的时刻，突然响起了舒缓的音乐。"你看起来非常紧张，"卡尔的镜子以提醒的口吻说，"请减速，否则你会将自己和他人置于危险之中。"

"这是紧急情况！"卡尔尽量平静地说道，"关掉音乐，马上拨打阿兰·普尔森的电话！"

音乐停止了。扬声器和他耳边的镜子终端传出了拨通电话的信号，拨号音听起来和 20 世纪的信号音一样。那头很快传出了和他父亲十分相似的声音，卡尔起初松了口气，很快他意识到这是答录机的声音。"这里是阿兰 · 普尔森的镜子。我现在无法接听你的电话，但是我的镜子很乐意为你留言或者做出回复。"

"爸爸，你还好吗？"

"好吧，人总有一天青春不再。"这个声音回答道，"但是我每天都慢跑五公里，加州的阳光有助于身体健康。"系统根据父亲过去的对话，做出了自动回复。这于当下的情况没有丝毫帮助。

"你主人现在的身体状况如何？"卡尔问道。

"出于隐私原因，我无法回答这个问题。"镜子回答道。这个条款还是由卡尔的公司胡桃系统有限公司起草制定的。

"现在是紧急情况！我需要知道阿兰 · 普尔森的确切身体状况。"

"出于隐私问题，我无法回答这个问题。"

该死的！

即便镜子能够通过不间断的观察与学习来改进自己的行为模式，但是它依然只会是一台糟糕的机器。佩戴在用户手腕上的腕带是镜子的感应装置，无论使用者是兴奋、开心、悲伤还是生病了，镜子都能监测出用户的情绪和身体状况，在用户还没有意识到的情况下，就可以感应出心律失常、血压异常和中风等症状。但眼下的情况对卡尔毫无帮助。如果爸爸再次中风，他很可能从此昏迷不醒或者在自己的房子中丢失性命。

"卡尔，我想再次请你减速并且放轻松。"卡尔的镜子说。他想把这个比平装书更小更轻的平板设备扔出窗外。但是每一个通过了 200 次 Beta 测试的设备成本都至少超过了 10 万美元。尽管只是少量生产，但以镜子研发投入的资金来看，足以令全球信息系统公司里的老顽固们哀号不已，这家公司在半年前收购了卡尔公司的多数股权。卡尔不止一次希望他们撤销收购，并愿意自掏腰包返还他们近一亿美元的资金。但这不是他所能左右的事情。事实上他还有一丝庆幸，他们至今还未想起来找他这个胡桃系统公司首席执行官的麻烦。

在他终于抵达索萨利托以北的出口后，选择租了一辆带驾驶员的保时捷，拼尽全力在沿海岸线的高速公路上狂奔。他很快拐上了一条通往马林大道的小街，他父亲的房子就在那条街上。

他远远望见了救护车，当车子停稳后便跳了下去，两名医护人员抬着担架向他走来。

"爸爸！"

他的父亲一动不动地戴着氧气面罩，双眼紧闭，面色苍白。

"发生了什么？"卡尔问道。

"您是他的儿子？"医护人员问道。

"是的。"

"过敏性休克。看样子是食物过敏。您父亲有什么过敏史吗？"

"花生。可他平时很注意……这是真的吗？他不会……？"

"他很稳定，但是他有一段时间的大脑缺氧。尽管我们已经及时赶来了，但是还没办法断言是否会造成永久性损害。"

"谁打的急救电话？"

"我也不知道。如果不是他自己打的急救电话，那么可能是哪位邻居。"

"您会将他送到哪里去？"

"马林综合医院。你想陪他去吗？"

"我一会儿就去。我想先去找出来这次意外发生的原因。"

他看着两名医护人员在救护车上把担架固定好，一人留在救援室内，一人回到驾驶室，打开了救护车蓝色信号灯。

前门半掩着，卡尔转身进入了小平房，顺便将门关上，刺耳的警报声也被隔绝在了门外。

自从他母亲去世，为了离儿子近一点，父亲才从爱达荷州搬到了加州这里。尽管如此，他们最近也很少见面。上一次还是四周前。卡尔终于说服父亲参加镜子 Beta 测试活动。父亲作为一名坚定的阴谋论拥护者，对于参与电子设备测试活动并不感到激动，但他最终还是答应了卡尔的请求。

当时技术人员还在大门上安装了全自动的镜子安全锁系统。因此大门不再需要钥匙或者数字密码，可以安全识别用户的面部及声音，便可开启。既然它打开了，要么是父亲自己打开的，要么……

卡尔进入客厅。巨大的电视屏幕还在上演着棒球比赛。茶几上散落着一包饼干。这不是父亲惯常喜爱的饼干品牌。他快速浏览了包装上面的原料表：含有少量坚果与花生。父亲应该没有注意到这点。

父亲的镜子落在了沙发上，还沾上了些饼干屑。上面显示着红色警告：镜子感应器与镜子终端连接中断。

卡尔拿起镜子，拍了拍屏幕。警告信息随之消失。父亲的虚拟形象出现。

"请将我带给我的主人阿兰·普尔森！"设备说道。

"是你激活了紧急遇险求救吗？"卡尔问。

"请认证身份。"

"卡尔·普尔森。"

虚拟形象笑了起来："身份确认。你好，卡尔·普尔森！"

"是你激活了紧急遇险求救吗？"他再次问道。

"我的主人血压急剧下降，"镜子解释道，"于是启动了紧急求救。镜子感应器与镜子终端连接中断。请将我带给我的主人阿兰·普尔森！"

卡尔将镜子切换成待机模式后收了起来，乘车前往医院。他看起来面色苍白，父亲差点丢掉性命的恐惧仍然让他感到通体寒冷。但与此同时，他的内心亦充满了骄傲。

现在果然发生了这样的意外，对此卡尔感到无能为力，毕竟他付出了所有的努力和辛劳来避免这类事情的发生。在他看来，父亲是镜子拯救的第一条生命。

The first stage

第一阶段

　　妈妈布置在桌上的五颜六色的字母灯链，照在礼物的包装纸上，折射出朦胧的金属光泽。他尝试拿起礼物盒，辨认上面发光的文字，可是他只看到：PPY BIRTHD（生…忄…）

　　"安德烈亚斯？"

　　尽管是反写体，但他毫不费力地认出了这个开头的单词。然而，当他转动盒子，却什么也辨认不出来，因为所有字母突然间被金属光泽覆盖住了。也许，他应该凑近一些看……

　　"安德烈亚斯，你不想拆开包装看看吗？"

　　他不喜欢妈妈直呼他为安德烈亚斯，相比之下，安迪听起来舒服多了。他又转动盒子，背面的深红色丝带底下，粘着的半截透明胶带露了出来，还贴歪了。原来是礼物角上的纸破了。他试着将透明胶带重新贴牢，只是胶带没什么黏性了。

　　"安德烈亚斯，需要我帮你打开它吗？"

　　不，千万别。她不会解开绳结，而是会用她笨拙的手指扯断丝带，拆坏漂亮的礼物包装纸，还很有可能会刮花包装里的礼物盒。

　　"安德烈亚斯，我们就要开饭咯！"一个男人说道。这个男人在十个月零四天前，搬来和妈妈同居，做爱。安迪对此难以忍受。

他仔细地观察这个绳结，谨慎地寻找一个着手点，以便于顺利地解开丝带。接着他用指尖拈起绳结的一头，成功地扯动绳结，终于解开了丝带，他用左手的三根手指小心地取出礼盒，放在桌上，轻轻地将透明胶带揭下来。最后，他草草地翻开包装纸，铺平，展开。

黑色礼盒的背面露了出来，上面贴着一张印着条码（EAN 码）的标签纸：5-901235-123457。最下面写着"Made in China（中国制造）"。

这个和妈妈同居的男人又说："如果再磨蹭下去，我上班要迟到了！"

"请给他点时间！"妈妈说。这两人谈论着安迪，就好像他不在场似的。

"你不觉得他必须慢慢学会如何像一个真正的成年人一样行事吗？"

"我已经是一个真正的成年人了。"安迪说道，然而他的目光并没有从礼盒上移开。

"那你现在赶紧给我拆开那该死的礼物！"

"鲁道夫！"妈妈大声叫道，"今天是他生日！"

"没错，"男人神情毫无波动，接着说，"但要知道他现在 21 岁了，不应该再表现得像个 10 岁的人了。我在他这个年纪，已经有自己的公寓，一个固定的女友和一份稳定的工作了！"

安迪把盒子反过来，正面写着几个大字——胡桃系统。两个词语边上是一个标志，看起来是核桃或者大脑的形象。下方的大号银色字体写着"MIRROR"（镜子）。其中两个字母 O 前后的 R 字是镜像对称的。看起来很有趣。整体设计看起来就像是黑色框架上的一面银色镜子。安迪翻转了盒子，他看不太清楚，但是认出来了：黑色的眼镜后面的金色卷发和一双淡蓝色的眼睛。他条件反射地吐了吐舌头。

"这就是差距！"男人喊道，"你要是不想要这个礼物，你就说出来！我明早可以立刻寄回去。"

"你知道他不是故意的！"妈妈说。

"你知道那东西花了多少钱吗？"

安迪忽略了这些话。他拆开了包装，包装塑料纸在灯光下反射出银色的光芒。包装拆开后，镜面造型更加清晰了。他将包装纸放在鼻子下闻了闻。他很喜欢这些人造包装纸的气味：纸张、油漆、塑料，一切还未被沾染的新鲜气息。

"好了，我现在在吃早餐。无论你做什么我都不在乎。"男人坐下来给自己倒了一杯咖啡。

"生日快乐，儿子。"妈妈说。

"谢谢，妈妈。"他回道，并没有抬头看她，专注地拆包装。崭新电子产品的气味散发出来。镜子被固定在盒子中的黑色天鹅绒缓冲垫上，屏幕上贴着出厂保护膜，反射着微弱的光芒。安迪取出镜子，这个设备比他的智能手机更重，当然功能也更加强大。安迪深知它的技术数据：1024 个 Risc（精简指令计算机）处理器，可实现每秒 7 万亿次的运算，这样的运算能力就像 2000 年世界上最快的计算机；1TB 的内存；连接超高速互联网，数据传输速率达到每秒 256MB，这是只有通过以太网电缆才能实现的速率，因为在普通的移动网络中即使是最佳条件下，镜子的最高速率也达不到 32MB。总而言之，这是迄今为止最强大的计算机系统，而今在为普通消费者设计的终端中被投入使用。

然而，镜子中最有意义的是它的内在架构：处理器，优化内存、承载软件运行，相对应地就像鸟类的大脑神经网络一般，拥有数以亿计的神经元。

他拨动设备侧面的网络开关，可是什么都没发生。显然是妈妈忘记交网费了。安迪小心翼翼地将镜脑放到一边，接着取出包装里的其他配件，分别是充电器、镜面传感手环和镜子耳夹，二者通过蓝牙与镜脑连接。安迪想要赶快体验一下，他用右手手腕触碰了一下手环。它看起来科技感十足：通体全黑，上面显示着微弱的LED红色文字"暂无连接"。手环底部是弹性材质，接触面贴合人体手腕。这里也是脉搏感应器的位置，安装了表面电阻和温度传感器。

"我们现在终于可以吃早饭了吗？"男人不满道。

"再等一会儿，鲁道夫。"妈妈回道。

安迪把耳夹戴上，抽出薄薄一片、大约10厘米长的探头，看起来像头上戴着天线的，实际上是在耳夹顶端配置了一个麦克风和一枚高分辨率360°针孔摄像机。镜子可以通过它感知周遭环境状况。

夹子佩戴起来稍微有些奇怪，但是不会有不舒服的感觉。它将探头向前弯曲与眼镜架平行，伪装成眼镜的一个部件，不仔细看是看不出探头的。

"我得出门了！"

安迪把充电器插在插座上，并将镜脑放在上面充电。突然镜脑响起了一阵钟声般的旋律，画面上出现了一枚动画图标，表明该设备正在充电。安迪知道在正常模式下，它需要完全充电18个小时。每到晚上，设备放置在充电器上，就会自动处理白天的记录——像人脑一样。他把耳夹取下来放回包里，手环仍然戴着，感觉还不错。这时，LED文字已经渐渐暗淡，他用手指再次触摸唤醒屏幕。

"亲爱的，现在吃早餐了！"

"好的，妈妈。谢谢妈妈。"

她在他的额头上印上一个吻，仿佛他还是个小孩子。"不客气，希望你能喜欢这个礼物。"

"当然喜欢，妈妈。"

安迪对于镜子了解颇丰，人们必须知道的，他都清楚——网络上到处都是评测文章和热情高涨的反馈意见。仅在上市的第一天，全球范围内就售出了 500 万台设备。镜子即将取代 iPhone 成为有史以来最成功的电子产品。

而安迪曾期望在生日那天收到一些与众不同的东西：一台全新的高端游戏 PC。镜子是顶级的通信设备，但是安迪没有什么人需要联络，除了巫术世界——他最爱的一款线上游戏的虚拟世界，因此他想要的是一款不超过一千欧元的昂贵耳机。他在想是否需要告诉妈妈，请她把镜子拿去换成耳机。可她总小题大做，认为他过于沉迷电脑游戏，应该多花点时间在"现实世界"。她只是不理解，对于安迪而言，线上角色扮演游戏才是他的"现实世界"——他唯一想要存在的世界。在这个世界里，人人平等。你不必忍受熙熙攘攘的人群，不必为了安全时刻注意着来往的车辆，只因为人们的感官总是被方方面面的失误分散了注意力。这个世界所不同的地方在于，你拥有自己的天地，其他人无法窥探。在这里，你无须通过面部表情去揣测别人的想法，或者努力去理解他们奇怪的冷笑话以及语言背后的话外音。在这里，安迪能充分发挥自己的才能——智慧、同理心以及敏捷的反应力。在这里，你不需要昂贵的通信设备就能与他人保持深入的联络；只要你拥有自己的能力、创造力和聪明才智，就能行得通。

　　他激动地应了一声，然后坐到座位上。妈妈在他的盘子边上装饰了一个白玫瑰花环，其中有一些花朵已经枯萎了。那男人切开了自己盘子里的培根和鸡蛋，泛起的气味让安迪感到不适。他讨厌培根，因为这是猪肉熏制而成的食品，这些猪在最不体面的环境下生存，几乎还未完全长大就被粗暴地宰杀。这个念头让他不寒而栗。

　　他吃了一块蜂蜜面包，喝了一杯温可可，坐在座位上，直到那男人离开了房间。

"来吧，伙计！就1克。给我1克，我绝不多要。一手交钱，一手交货，我保证！"

杰克·斯金纳看着对面的瘾君子，昏暗的路灯映照下他的脸色越发苍白，脸上的痘痘越发阴森，威尔·马森。他俩曾是同窗，那个时候的威尔是一个名列前茅的优秀学生，有时会让他抄作业。威尔高中毕业后立志要学习信息技术，去硅谷赚大钱。然而现在的威尔几乎是一个废人了。

杰克憎恶所有瘾君子，憎恶那些自暴自弃的人。为了毒品，他们卑微地哀号、乞求，许诺他们根本做不到的事情，没有丝毫自尊可言。杰克憎恨毒品，可现在兜售这些东西是他的工作，而且这个可怜虫肯定会故技重演。

"你还欠我80美元呢，这是最后一次。"他用一种漫不经心的语气说道，对于瘾君子而言，这比任何恶狠狠的咆哮更具有威胁性。

"我知道，我当然知道，先生！"威尔睁大了双眼，眼里闪着泪光，仿佛马上就要哭出来，嘴边还挂着一丝口水。"说实话，你都拿到你的钱了！赚到了！只是我身上现在没有钱！"

杰克环顾四周，附近没有人。他们所在的位置是旧金山最为繁华的猎人角里，靠近旧船厂的一家倒闭的饭馆的停车场。不久之后，某些房地产巨鳄将拍下整个区域，把这些破旧房屋和仓库一一拆除，打造成专为百万富翁建造的装饰着玻璃幕墙的高楼大厦。像杰克这样的人也就没有了容身之处，尽管他自小在这里成长。

他想了一会儿，是时候给威尔一点教训了。然而不知为何，这个家伙让他感到一丝怜悯，所以心中有些动摇。

"听着，威尔。如果你不偿还欠账，我不会再给你任何东西了。还清80美元的欠款，还要交出20美元的利息，不然你休想拿到1克。"

"我会的！我一定会的！"威尔结结巴巴地说着，颤巍巍地举起一根手指，"我明天就马上给你！给我1克吧！只要1克！"

杰克摇摇头，内心的憎恶之情越发汹涌。他实在是无法胜任这该死的工作。他恨不得可以立刻转身离开。可这显然是不可能的。就像威尔欠他债一样，他也欠了麦克一笔债。如果他不能收齐这笔款交给麦克，麻烦就大了。麦克不会放过他，他更不可能放过面前这个可悲又可恨的瘾君子。

泪水顺着威尔的脸庞滑落，声音颤抖地说："拜托，杰克！再宽限一次吧！"

"很遗憾。"杰克说着转身穿过停车场，准备离开。

威尔发出受伤的动物般的呻吟。紧接着，杰克听到身后传来拖沓的脚步声，他并未去理会，自顾地向前走。

这时，杰克用余光瞥到了一个物体，他下意识地躲闪。一根铁棒！差点击中了他的脑袋，狠狠地砸在了他的肩膀上。一阵刺骨的疼痛从左肩延伸到了指尖。

他转过身。这个败类竟敢偷袭他！

威尔目眦尽裂，面部扭曲，张开嘴露出了一口烂牙。杰克强忍着肩膀的疼痛，从口袋中掏出折叠刀："你这个混蛋！我跟你没完！"

威尔再次举起铁棒挥向他。这次杰克有所准备，成功地避开了这一击，同时握住了铁棒的另一端，反推一把，撞向威尔，把这个瘾君子掼倒在地。

"你这个阴沟里的老鼠！"杰克咆哮道，"我要让你好好看看，想要弄我的人都有什么下场！"他用刀指着威尔。

这个瘾君子马上跪在地上，举起双手求饶："求你了杰克！不要啊！对不起！拜托请放过我吧！"

"难道你做之前就没有考虑过后果？"

"嘿，在做什么？"一个低沉的声音说道。杰克扭头看到一个满是文身的秃头壮汉从餐馆走向他。

"他抢劫了我！"威尔喊道。"求你帮帮我，先生！"

"这不关你的事！"杰克警告，"走开！"

那家伙慢慢靠近，身上穿着皮夹克，踩着一双军靴。"放了那个人，一边待着去。"

"我说，不要多管闲事！"杰克威胁道，"这王八蛋欠了我钱，还拿铁棒偷袭我！"

"他撒谎！"威尔喊道，"他揍了我，还拿刀威胁我！"

这混蛋太欠揍了，等杰克和这个文身大汉交涉完就来收拾这个不要命的家伙。

"听着，我建议你不要掺和！"杰克尽可能平静地说道。

大汉咧嘴笑了："你谁呀？"

"既然你问了，我只好告诉你我是猎人的成员。你最好不要和我们对着干，不然有你好看的。"

"你觉得黑鬼在这里有什么话语权吗？也不撒泡尿好好看看你的猎人！"

听到黑鬼这个词，杰克心中一阵火气飙升。没有什么比听到这个词更加侮辱人的了。毋庸置疑，这家伙就是为了出来干架的。他可以用任何方式激怒他，黑鬼这个词就是最为有效的攻击方式。

杰克并不是个懦弱的胆小鬼，他自青少年起就混迹街头，参与了多场斗殴。但这个家伙的体格至少是他的两倍，十分健壮。他最好尽量避免和他发生正面冲突。稍后一定要把威尔给解决了！

他把刀收了起来，举起双手："好吧。我再说一次，这事与你无关，而且我不想和你发生冲突。"

文身大汉笑得很开心："晚了，黑鬼！"他瞬间在手中变出一根棍子。

杰克想要再次掏出小刀，就在刹那间背部遭受了一次重击。威尔从他身后用铁棒又一次偷袭了他！这次击打没有瞄准，因此没有造成很大的伤害，但杰克失去了平衡。他跌跌撞撞地冲向了准备用棍子挥向他的太阳穴的大汉。最终，杰克眼冒金星跌倒在地。

他徒劳地护着自己的关键部位，承受着两人的拳打脚踢。击打持续了很久，直到他昏了过去。

"安德烈亚斯，关掉你的电脑。你答应了我什么！"

"但是妈妈，今天是我生日。"

"这就是我让你玩了 1 个小时的原因。现在时间到了。你都没有去试试你的礼物！每天就坐在这个愚蠢的电脑前，玩那该死的射击游戏。"

"那不是什么射击游戏，妈妈。这是巫术世界。游戏里连枪支都没有。"

"我不管它有没有！"她的声音尖锐。安迪并不擅长感知别人的情绪，但是显而易见母亲十分生气。可能很快母亲就会让那男人进来教训他，这令安迪很不舒服。那男人几次威胁要把他赶出去，安迪不是不害怕，可他知道母亲会维护他的。只是母亲总是会哭，他不想她这样。

"好吧，我马上退出。再给我 5 分钟。"

"不行！"她的声音大到让他想要捂住耳朵。"你必须立刻结束游戏。"

"可是我的队伍正在……"

"现在！马上！安德烈亚斯。不然我就拔插头了。"

"好吧，让我简单告个别。"他打字，"我得走了，好运。"他没有让同部落的队友来得及发出抗议就关闭聊天窗口，结束了程序。即便没有他，他们也会赢的。

程序结束后，母亲离开了房间。安迪在考虑是否要重新进入游戏，可要是再被抓住把柄，他一定会被威胁断网一周。那他就只能靠可怜巴巴的手机移动数据了，但是他本月的流量已几乎耗尽。

多么糟糕的生日！母亲不让他做自己想做的事，而是安排他去过所谓的"美好的一天"。早餐后，他们去了哈根贝克，可这对于安迪而言简直跟坐牢一样。中午他们在一家餐馆用餐，安迪点了一碗番茄沙司面，并没有多少美味。下午那男人带他去了电影院。他特意请假出来的，所以安迪根本没有资格说不。他们看了一部愚蠢的动画片，电影院里的人都在笑，可安迪完全无法理解有趣在哪里。安迪闻着男人身上的剃须水的气味都头疼。

之后他们吃了生日蛋糕，好歹是个巧克力蛋糕。安迪终于可以再次和虚拟世界中的朋友们碰面了。游戏重新开始，虽然已经超过了他每天在线四小时的限制大约有 53 分钟了，可今天是他的生日！

他看了眼时间，快 10 点了。他一点也不觉得累。

瞥一眼充电器上的镜子，LED 已经变成了绿色。虽然他对镜子并没有多大兴趣，但他的确可以试一试。

他小心翼翼地将镜脑主屏上的保护膜撕下来，按下电源开关。开机音乐响起，一颗胡桃出现在中央不停地自转。加载栏逐渐填充，紧接着响起一个女性的声音："请说出你的名字。"

"安迪 · 维勒特。"

又出现新的加载栏，缓慢填充中。

"安迪·维勒特，"声音从扬声器中传出，"很高兴认识你，我是你的镜子。"这个声音有点特殊，罕见的熟悉又陌生——有种他在视频中听到自己的声音的感觉。"现在请自拍。"

屏幕上出现前置摄像头的画面，安迪举起设备对准自己的脸，并按下拍摄键。

画面消失了，取而代之的是新的加载栏。

不一会儿，安迪突然在屏幕上看到自己，不是方才拍摄的照片上的自己，而是与他惊人地相似的3D人物形象：一头金色的卷发、窄窄的鼻子上架着一副黑框眼镜，甚至连下巴上的胎记都完美复制。

"你好，安迪，"那张脸说，"相信我们会成为很好的朋友。因为你会知道：你自己就是自己最好的朋友。"

安迪看着屏幕上神似自己的虚拟形象，充满着迷惑与厌恶。他用手指触摸屏幕上的3D图像，以便可以全方位地观察这个模型。人们对于胡桃系统的评价是：它的人脸扫描和虚拟成像技术着实出类拔萃。

"你对你的形象还满意吗？"镜子问道。

"是的。"安迪回答。

"如果你之后想要修改，随时可以告诉我。但是现在请将镜子传感手环和镜子耳夹分别佩戴在手腕和你的耳朵上。"

安迪按照指令完成了两个步骤。手环上出现了灯光标志：已连接。当他把耳夹夹在左耳后，他听到镜子的声音："非常好。现在请将夹子上的探头向前弯曲，顶端的位置大约靠近你的眼睛即可。你可以用随附的塑料夹把它固定在眼镜架上。"

在一台声音高度类似安迪本音的机器上听取指令，多少有些瘆人。

此刻相机拍摄的图像出现在了屏幕上，整个图像与原型相近，稍微有些变形。这是因为相机的视角非常宽，他能看到自己的鼻子就在图像靠右侧的位置，左侧他的左耳限制住了图像的视野。

"我正在校准镜子传感手环和镜子耳夹，"镜子说，"请等待片刻。"随着加载栏的推进，响起了一阵简单循环的旋律。

"校准已完成。现在我想能更多地了解你，请告诉我你的Facebook用户名。"

接下来，安迪交出了他在各种社交媒体上的账户和密码，包括他在"巫术世界"里的玩家账号，机器说："非常感谢，我现在需要一些时间处理所有这些新的信息。现在已经很晚了，请把我的镜脑放在充电器上，镜子传感手环请仍旧佩戴在手腕上。晚安，安迪！"

"晚安！"安迪说，然后放下设备去睡觉了。

卢卡斯欣赏着镜子里自己手臂上的新文身。尽管他并不能很好地识别出镜像文字，但他知道文字的意思是：爱伦。这是他女友的名字，文在一只鹰爪抓着心脏的图案上。文身现在还是红色的，仍在疼痛肿胀的阶段，非常的痛。然而，这样的疼痛并没有令他感受到痛苦，反而他为这疼痛感到骄傲，更甚觉得很酷。

他迫不及待地想要展示给她看。最近他俩总是频繁地争执，最后一次争吵中他骂她是个愚蠢的婊子。他现在很后悔。他其实是爱她的，爱她美丽的长发，爱她丰满的红唇，爱她饱满的乳房，爱她紧致的翘臀。可他的嘴太笨了，因此他必须换一种方式表达他的爱意：将她的名字永远地刻在他的皮肤上，只为她忍受疼痛。他相信这一定能让她难忘。她会感动得献上热吻，而他会紧紧地拥抱她，扯掉她的衣服，贯穿她的身体，直到她用最高的音调尖叫着他的名字。然后，在她到达巅峰后，他会问她，他俩能否不要结束。

他自信地伸缩着肌肉。这让疼痛更加明显，尽管如此他还是有些飘飘然。有时候，父亲酗酒殴打他，那种感觉就像是用锤子敲打一块烧得通红的钢铁。一次次的殴打使他越发的坚硬，越发的强壮，越发的坚不可摧。所以这点疼痛有什么不可忍受的呢？

他闻了闻身上的 T 恤，味道还可以。他往上面喷了一些除臭剂，拿了件皮夹克，随后离开了公寓。

爱伦住在相隔不远的几条街外，他们总是在她家约会，因为爱伦独居，并且她不喜欢卢卡斯的室友彼得。她曾是一家保险机构的办公室助理，拿着正当薪水。不像卢卡斯，自从他在万茨贝克一家水管厂当学徒时参与了一场斗殴，逃走后就一直靠着领社会救济生活。最近她经常加班，所以他们约定好，如果她到家，就会给他打电话，他就会过来。如果她没下班，他就等在她的公寓门口。如果她回来了，他会默默脱下皮夹克，给她展示他的新文身。这一定会让她大跌眼镜！

当他沿着汉堡比尔施塔特的街道，行走在灰色的楼宇之间时，冰冷的雨滴顺着他的喉咙滑下来。他对此毫不在意，脚步轻快，情绪并未受到干扰，整个人满是活力和能量。他感觉自己此刻无往不胜，坚韧如刚，所向披靡。只要想到即将发生的事情，除了期待的喜悦，他更是"性致高涨"。

他考虑过是否应该带上鲜花，女人比较吃这套。但他觉得有文身作为礼物就足够了。虽然塔里克给了他一个优惠价，可他仍花了不少钱，毕竟他的手头始终不宽裕。

于是他来到了她的公寓门前，按响了门铃。他好像听到了有人在说话，不，他一定是听错了。不一会儿，他又按了一次门铃。

现在有脚步声。门开了。爱伦的头发完全凌乱。

"卢卡斯！我们约定的是我给你打电话！"

她的语气让他感到不安。她这几天还没有消气吗？

"看！"他说，脱掉皮夹克。当内衬擦过伤口时，他倒吸一口气。

"为什么这么做？"爱伦问道。

"为了你！"他烦躁地说道。

"你现在是疯了吗？你做这些事情之前为什么不问我？"

"什么？我……我以为你会感到开心！"

"卢卡斯，你不应该这么想，你不是我。"

渐渐地，他意识到自己再一次犯了错。只是他不明白为什么。

"你是不喜欢吗？你是认为塔里克文的老鹰不好吗？"

她的声音变得温柔起来："不是这个原因。但是……"

"但是什么？"

"卢卡斯，那只老鹰可爱，你知道我真的很喜欢你。但是文身文我的名字对我来说太过分了。"

"太过分？什么太过分了？塔里克给了我一个特价，我还可以分期付款。"

她叹了口气："你真的什么都不懂。"

"我不懂什么？"

"这是谁？"里面传来一个男声。"这就是你和我说的那个白痴吗？"

卢卡斯霎时通体冰凉，仿佛又经历了一场文身的煎熬，感受到塔里克将针一次次扎进肌肤之中的疼痛。

"你最好立刻离开！"爱伦说。

卢卡斯把她推到一边，一言不发地闯进了公寓。一个男人站在卧室的门口。他看起来至少比卢卡斯大了15岁，几乎没有头发。身上只穿了一条格子短裤。

卢卡斯顿时头皮发麻，心跳加快。他紧握拳头，慢慢地走向竟敢抢他女友的混蛋。

"卢卡斯，不要！"爱伦惊呼道。

"考虑清楚你要做什么！"那个混蛋说道，"我可有镜子！"他指着耳朵里看起来像助听器的东西。

这是否意味着不可以攻击他？因为他是残疾人？爱伦为什么要和残疾人在一起？他突然感到浑身的力气被抽空，就像空气从爆裂的气球中逃逸出来一样。他无比郁闷。

"卢卡斯，你必须明白这一点！"艾伦说。"我是真的爱你，但是……但是我们不会有未来。"他看着她，一个字都听不懂，就像她在胡说些土耳其语一样。"为什么？"他问道。

"你和我，我们……我们只是在一起不合适。"

"我们在一起不合适？"他仍然一个字也听不懂。

"请听好了，你最好现在就离开。"那个混蛋说道。

卢卡斯转过身来问："你说什么？"

那个男人瑟缩了一下，眼睛睁得大大的，很害怕。那个混蛋在害怕！卢卡斯突然强烈地感觉到，这个戴着助听器的可怜的懦夫竟真的以为他可以抢走自己的女朋友，真是笑话！

"看看你，你这个残疾的混蛋！"他边喊边举起拳头，"如果有一个人从这里滚蛋，那就是你。要么立刻滚蛋，要么我的拳头就要揍在你的脸上，打飞你耳朵上的助听器！"

"镜子，报警！"那个混蛋说道。

"什么？"卢卡斯问道，"你说什么？你个混蛋！"

"卢卡斯！"爱伦叫道，"请现在就离开！"

"除非这个混蛋从你的公寓消失！"

"他们听到了！"那个混蛋说道，"这间公寓的住户要求你立即离开。否则无论你做了什么，我都会告你非法入侵。我警告你，你在这里做的一切，都会被记录下来并在法庭上成为证据。"

"什么？"

"你竟然完全不知道这是什么？"那个混蛋指着助听器。

"助听器。"卢卡斯说。

那个混蛋笑得很扭曲："哦，伙计，他真的像你说的那样愚蠢，爱伦！"

真是受够了！因为这些嘲讽，卢卡斯怒火中烧。但是那个混蛋一个闪身躲了进去，猛地关上了卧室门，卢卡斯的拳头砸在了木头上。他试图扭动门把手，但是无济于事。爱伦好像尖叫着什么，但是卢卡斯充耳不闻。

他愤怒得失去了理智，向后退了两步，开始用他的肩膀撞门。

就像有人把一把炽热的匕首插进了他的上臂，他的血液在燃烧，理智在丧失，他忘记了新鲜的文身。痛苦和沮丧杂糅在一起，他用靴子狠踹了一脚门，尽管毫无作用。他的手按在伤口上，转过身来。

爱伦睁大了眼睛盯着他，"我……我很抱歉！"她说，"我没想让你这样突然被告知！"

有那么一刻，他很想给她一个耳光。上帝知道，这是肮脏的婊子应得的！他为了她去做了文身，而在此期间她和一个残疾人在厮混！然而他不打女人，从不。他不想变得像他父亲一样。

"我……我对你来说太蠢了吧？"他问道。

她什么也没有说。

他突然觉得很恶心，所以他尽量控制自己，以免直接在她面前呕吐。他感到头晕目眩，文身的位置像火一样在燃烧。

他转过身离开了公寓。当他走出房子时，一辆闪着蓝灯的警车停在他面前。两名警察跳下车，其中一个人快速扫视了他一眼，但是并没有在意，转而跑进了房子。

他像一只被棍棒驱赶的狗一般慢慢地走进了雨中。

一声柔和清脆的铃声唤醒了安迪。他睁开眼睛，床头柜上的闹钟显示在设定好的闹铃前 59 分钟的 6 点钟。

"早上好，安迪！"他自己的声音说道。这个声音来自镜脑，它在闹钟旁边的充电器上。安迪戴上眼镜，拿起设备，看着屏幕上的脸——他的脸，正在对他微笑。

"你为什么叫醒我？"他问道。

"你睡了 8 小时 7 分钟。此外，你还没有处于 REM 睡眠阶段。这是一个叫醒你的好时机。"

"我的闹钟设置的闹铃时间是 6:59。我要睡觉！"

"最佳睡眠持续时间通常在 7 到 9 小时之间。"

"也许通常是这样，但我和别人不一样。"安迪没有想到镜子居然理解这个概念，但是这让他很生气。这个设备未经他指示，就干预了他的生活。

"阿斯伯格综合征本质上是不会影响个人的睡眠需求的。"镜子给予回应。

现在安迪完全清醒了："你怎么知道的？"

"我不明白这个问题。"

他因为这个答案终于松了一口气。"你怎么知道我有阿斯伯格综合征？"他解释道。

"你在社交媒体上发表的评论和消息表明你患有轻度的孤独症。"

"我没有病！"安迪说，"阿斯伯格综合征不是一种疾病，而是一种人格特质！"

"很多阿斯伯格的人都觉得这是一种负担。他们觉得自己生活在错误的星球上。"

安迪惊讶地盯着这台设备。从来没有人如此精准地描述过他的感受：像外星人一样。

"多少镜子用户患有阿斯伯格综合征？"他问道。

"阿斯伯格综合征在人群中的占比为 0.2% 至 0.3%。"

这不是他问题的答案，但可以假设拥有镜子的阿斯伯格综合征人群与镜子用户的比例和他们在人群中的比例一样。那么对于 1 亿镜子用户来说，全球至少有 20 万镜子用户患有阿斯伯格综合征。20 万像他一样的人！安迪知道所有阿斯伯格综合征患者的镜子都是通过镜网联系起来的。他自己的镜子不仅学习了他的行为，也学习了他人的行为。他突然对镜子刮目相看，他不再孤单了！他不再被迫受到男人的无知和妈妈的怜悯的摆布。他可以与其他人取得联系。更重要的是，他可以通过他的镜子来更好地理解镜子所说的"错误的星球"。

"你能解读别人的表情吗？"他问道。

"胡桃系统专门针对自闭症患者开发了一种名为镜子表情的功能。它可以将其他人的面部表情的解读释义展示在镜子玻璃眼镜的显示屏中。如果你没有镜子玻璃眼镜，我可以给你语音提示，告诉你其他人的面部表情是什么意思。所以你需要做的就是当你看到某人时触摸你的传感手环。"

"好!"安迪说着，从床上跳下来。

20分钟后，他冲完澡穿好衣服后走进厨房。镜子装在镜套里，挂在腰上，镜子耳机扣在他耳边，摄像头紧贴着眼镜架。那个男人和妈妈正在吃早餐。

"惊讶。"一个细微的声音从耳机里发出。那个男人从他老式的纸质报纸上抬起头来，安迪快速敲击他的手环。"担心。"镜子看到他母亲时解释道。他可以想象——妈妈看到他，无时无刻不在担心。

"你怎么样?"妈妈问道，"感觉不舒服吗?"

"我很好。"安迪说。

"那你怎么现在就起来了?"

"我睡得够了。"

"很高兴你对自己有了认识。"男人说。

"讽刺。"镜子预警道。

"来，和我们一起坐下。"妈妈说。"我给你倒杯牛奶。"

"告诉我，你的眼镜上有摄像头吗?"男人问道。

"不信任。"镜子说。

"你们想让我试试礼物的!"安迪回答道。"摄像头就是其中的配件，否则镜子无法正常工作。"

"立刻把它关掉!"男人命令道。

"愤怒。"镜子评论道。

"随他去，鲁道夫!"妈妈说。

"他喜欢玩，就在他的房间里或去外面玩，而不是在餐桌上!"

"愤怒。"

"无论安德烈亚斯做什么，你都要把一切搞得一团糟！"

"愤怒。"

"无论他做什么，你都要护着他！对你而言，这个男孩就那么圣洁？他是……"他没有说完这句话。

安迪再次敲击了传感手环。

"鄙视。"他的镜子回答道。

"你在鄙视我！"安迪说。

那人盯着他看。"什么？不，孩子！你看错了！我没有鄙视你！"

"担心。他在撒谎。"

"你撒谎！"安迪说。

"安德烈亚斯！"妈妈喊道，"你怎么能这么说？"

"担心。"

"我可以这么说，因为这是真的。我的镜子告诉我的。他可以读懂你们的表情。"

"你的镜子？"妈妈问道。

"惊讶。"镜子说。

"太过分了！"男人喊道，"马上关掉那东西，否则我会把它拿走！"

"愤怒。"

"你不能那么做！"安迪说，"镜子是我的！没有人可以把它从我身边夺走！"

"你给我立刻从厨房消失！"

"你凭什么把我的儿子赶出我的厨房！"妈妈说。她的声音反常地颤抖着。

"愤怒。"镜子解释说，安迪条件反射地轻拍着手环。

"既然你都这么说了，好，那我走！"男人说，把报纸扔到桌子上然后离开房间。门"砰"的一声他身后关上。

妈妈哭了。

安迪不知道该怎么办。

"告诉她，你很抱歉。"镜子对他说。

"什么？但是……"安迪反驳道。

妈妈看着他。"什么？"

"惊讶。"镜子说，"告诉她，你很抱歉。"

"我很抱歉，妈妈。"安迪说。

她终于破涕为笑。"好吧，我的孩子！你没有做错任何事。鲁道夫现在工作压力太大，他其实没有那个意思。现在坐下来吃早餐！"

"宽慰。"镜子说。

切尔诺贝利：傲慢。

弗莱娅·哈姆森习惯用一个词来形容她旅行过的每一个地方。她的本职工作是记者和摄影师。即便她拥有十年之久的职业经验也无法做到，用一张单调的相片或者一个短句来完美地描述一个地点或一个场景。

她站在一个大广场上，这里曾经是核电站员工停车场。在她面前是巨大的混凝土块，里面是封锁的核电站 4 号反应堆。她紧张地瞥了一眼她的导游，一名年轻的乌克兰人玛丽亚·耶丽诺娃，她正手拿着盖革计数器。该装置上显示，每小时 0.7 毫克，约为自然辐射的 20 倍。这不算是一个可怕的数值，但足以加剧了弗莱娅自从进入隔离区以来遭遇的不适感和焦虑感。

玛丽亚安慰地笑了笑。"没问题。"她用英语说，"大部分辐射都被混凝土外壳阻挡了。成千上万的人在这里工作了很多年。最后一座反应堆在灾难发生后的 14 年，也就是 2000 年才被关闭。只要人们不在这待太久，什么也不会发生。"

弗莱娅将鬓边调皮的红色卷发别过耳后，并轻轻地敲击镜面眼镜的镜腿拍了几张照片。在一位记者朋友将镜子推荐给她之后，她最近购买了一套。相机和无人机的照相功能效果非常好，而且操作简易。使用体验到目前为止，证明了市面上的评价是正确的。弗莱娅也开始渐渐在探索镜子的其他功能，从策划约会到购物推荐和线上支付，尽管她觉得大概她使用的功能不及镜子功能的万分之一。昨天在基辅机场，她被镜子惊呆了，镜子无意间将一名乌克兰海关工作人员用俄语说的话，翻译后覆盖在她的眼镜视野上："您必须关闭您的眼镜摄像头！"

"来吧，"玛丽亚说，"核电厂的废墟挺无聊的，我带你去真正有趣的地方。"

她们重新坐进了租的大众高尔夫车内，驶上了沥青都龟裂了的空旷街道。甚至她们不得不绕开一棵倒在路中间的大树，树被连根拔起后地上留下了一个近乎圆形的大洞。弗莱娅下车拍了一张照片。

几公里之后，西里尔字体的一个标志表明他们已达到城市的边界。"普里皮亚季。"玛丽亚说。

这是他们来到隔离区的真正目的。弗莱娅被伦敦报纸《星期日泰晤士报》聘为自由撰稿人，做一个主题为"切尔诺贝利灾后 30 年"的报道。尽管从一开始，她对去放射性区域感到不安，但她很乐意接受这项任务，毕竟她可以把这样一份高薪的工作和她的私人策划项目结合起来。因为她为了自己的私人项目正在取材，相信这里一定会有意外的收获。

《毁灭的美丽》是她预想的画册的标题，为此弗莱娅已经收集了几个月的素材，这是她试图作为一名摄影师在国际上打响名号而策划的。她的想法是，打破常规不去记录环境是如何被人类破坏，例如排出废气的烟囱、污染的河流、工业荒地或因开发海洋油田造成海鸟惨烈死状，等等。相反，她想表现的是破坏中美丽的一面：油田里水油交织的五彩斑斓，炼油厂金属管道的优雅光泽，还有曾经辉煌的游轮颓废的残骸。即使在化学工厂的烟囱冒出的黄色烟雾中，也可以找到其中的美丽。

弗莱娅希望，这种具有欺骗性的美，是一种会让读者中产生迷恋和恐怖的混合物。读者们虽然厌恶它却无法拒绝，并希望反复观看这套相片——从中传递出环境破坏的隐藏信息。无论如何，这只是她的想法。只要有她能找到愿意出版这个作品的出版社，她会第一时间知道这是否奏效。只是到目前为止，她的方案和相片样张都受到了或委婉或直接的拒绝。

她们开车穿过空旷的街道，两边的房子看起来很奇怪。在市中心的一个广场上，她指示玛丽亚停下来。她们下了车，环顾四周。

普里皮亚季：沉寂。

弗莱娅的汗毛都竖起来了，什么也听不到。没有交通噪声，没有鸟鸣声，甚至没有风声。她不知不觉地踢拖着走路，以确保她没有失聪。沉默引爆了她的惶恐，一种难以言喻的感觉。

建筑物外表看起来完好无损，仿佛每一刻阳台门都随时就会被打开，一个跨着洗衣篮的女人会走出来在明亮的午后阳光下晾晒衣服。

"有时我觉得我能感受到住在这里的人们的精神力。"玛丽亚在沉默中说道。

弗莱娅点点头。在这个地方，人们很容易相信鬼魂的存在。

她眼角瞥到了什么，使她转过身来。"那是什么？"

玛丽亚循着她的目光，问道："什么？"

弗莱娅指着广场对面的一座低矮的建筑，门是敞开的。"在那边。我想可能有人。"

她们慢慢走向房子，房门入口后面的大厅藏在深处阴影。当她们距离房子二十米时，突然看到一个物体快速冲出了建筑，弗莱娅用镜子摄像机拍了几张照片。

一只鹿。它沿着街道掠过，消失在房子的一角。

玛丽亚笑了，"这个城市似乎仍然有一些活跃的居民。"

弗莱娅没有说什么。她对这次遭遇感到不安。鬼城仿佛是一个没有人类的未来世界的缩影，人类一旦消失，大自然会立刻用他自己的方式重新夺回这个星球。

"我把这个区域称为'狼群'。"玛丽亚说。

"有成千上万的狼在这里栖息。晚上甚至到处都是它们的嚎叫声，可以说是非常可怕的存在。也许这听起来很疯狂，但是1986年的那场灾难反而把这里变成了一个天然的大型自然保护区。放射性元素似乎并没有给动物们带来太多麻烦——我们猜测也许多少影响到了它们的寿命，而并未受到其他破坏性的影响。当然另一方面，我听说过在灾难发生后出现了变异的长着四个头的牛犊或一生下来就有和成年人的腿一样长的婴儿的惊悚故事。可我不是生物学家，并不知道这个故事的真实性。"

当她们走进大楼，闻到了霉菌的味道。进门就是一段连通楼上的混凝土楼梯，墙面上嵌着一个破裂的大窗户，下雨的时候想必雨水都飘了进来，打湿了地毯，于是上面长满了一些青草和低矮的灌木。

入口的左边看似餐厅，遗留了许多东倒西歪的桌椅，正对着一扇通往厨房的木门。那时的人们应该是拆除了所有厨房用具，唯独留下了一把生锈的刀子和覆盖着厚厚尘埃的工作台。

在厨房里有一个空置的冷藏室，虽然里面什么都没有，但是那种发霉肉的气味依然没有挥散。除此之外还有一大一小两间储藏室，里面半腐烂的木质陈列架之间挂着几个木框，有米哈伊尔·戈尔巴乔夫的照片，还能看到他额头上的胎记，其他的是一些弗莱娅不认识的官员的照片。另外还张贴了一些红色的广告海报及标语。

"这应该是为了庆祝五一劳动节。"玛丽亚评论道。

弗莱娅拍下照片作为记录，见证一个迷失的愚昧时代。

玛丽亚把她带到了广场边的另一栋楼。

"这是一所幼儿园。"她说。

即使没被告知，弗莱娅也会认出来。此情此景令她喉咙紧缩，仔细观察着童真的墙绘，门边的黑板上写着可爱的艺术字，地面上慌乱间散乱的童鞋、一只泰迪熊和一只落满了灰尘的拨浪鼓，翻倒的椅子上覆盖着从天花板上落下的砂石，一辆没有轮子的蓝色童车靠在椅子背面，仿佛发生了碰撞。不远处一张矮桌上有一只缺一条腿的裸体娃娃和一个防毒面具。

"看起来当时人们陷入了巨大的恐慌。"

玛丽亚摇了摇头。"起初，这里的人们并不知道发生了什么。街道上有一家酒店，是镇上最高的建筑。聚集在那里的人们在顶楼目击了反应堆上方升起的巨大蘑菇云，几小时后人们才开始撤离。显然，你应该能想象到那时当局根本没有做好撤离的准备。苏维埃最高指示的五年计划中根本没有设想到会发生核泄漏事件。"

"我想让无人机录下这个房间。"弗莱娅说。

"当然，想做就做便是。"

弗莱娅将设备从车内取出，并把她的镜脑从她的钱包中翻出来，以激活无人机控制功能。画面中显示着她的红色卷发以及眉毛下垂、嘴唇紧绷的面部表情，如实地反映了她自己的情绪。弗莱娅知道镜子可以通过摄像头读取她的脸部信息，并用传感手环解读出她的情绪，但这仍让她惊讶于它的真实效果。镜子看起来似乎非常不舒服，不过这显然是错觉——镜子不过是电子设备，它不会有那么人格化的感觉。

"激活镜鸟（MirrorBird）。"她说。面部画面消失了，虚拟无人机遥控器出现：一些简单的方向箭头图标覆盖在目前躺在地板上的无人机的拍摄画面上。

弗莱娅点击启动按钮，无人机便开始旋转上升至她腰部的高度。弗莱娅慢慢地操纵设备穿越房间。"录制！"她说。于是显示屏上出现闪烁的红点，接着她指挥无人机飘浮在长凳和椅子上方。画面十分清晰，毫无抖动迹象，效果十分惊人。

一只泰迪熊进入了画面，它缺了一只眼睛。弗莱娅把摄像头直接对准它，画面充满了别样的恐惧美感，让她起了一身鸡皮疙瘩。

泰迪熊突然发生了细微的移动，一只蜘蛛爬上它的脑袋。在相机图像中，蜘蛛看起来像一个巨大的怪物，虽然实际只有几英寸。弗莱娅条件反射地跳了起来，她讨厌蜘蛛。

画面失焦，无人机猛地提升高度，紧贴天花板撞坏了追踪镜头。为什么会这样？弗莱娅根本没有触碰操控屏。

"尽快离开这里。"镜子在她耳边说。

"你怎么样？"玛丽亚问道，"感觉不舒服吗？"

"不，我没事。可惜录制没有成功。我必须重复一次。"

弗莱娅试图再次操控无人机巡视房间，但操控器出了问题。一旦她试图将无人机转向散落在地板上的玩具时，相机就会掉转到另一侧，并且画面效果褪色。她多次尝试重新控制都失败了。最后她不得不放弃了，只能使用在此之前已拍摄好的材料了。

卡尔坐在他位于奥克兰的一个不起眼的办公楼角落的小办公室里。他本可以享有更好的办公室，全球信息系统公司的泰德·科里曾多次建议他搬到旧金山市中心的办公室。他的办公桌便极有可能放在某栋玻璃怪兽的顶部，可以俯瞰海湾甚至金门大桥。只是他对这方面并不甚追求，他更愿意和那些为镜子编写代码的开发团队，以及负责制造和销售硬件的运维经理们待在一起。

他再次检查了演讲稿，下周一他要在董事会会议上进行展示。自上市以来不到六个月，镜子的销售数字大幅增长，已经突破了数亿美元的大关。不过他们遇上了前所未有的问题，就是由于中国工厂的交付工期问题，货物生产几乎已经无法满足蓬勃发展的购买需求。从那以后，全新的镜子在 Ebay 上的交易价格是正常价格的三倍。运维经理们肯定会以此为契机，重提价格上涨的诉求。这些只知道赚钱，目光短浅的白痴！毕竟到目前为止，卡尔承受住了巨大的压力，将基本套装的零售价格保持在 999 美元，即使零售价扣除了交易保证金后低于制造成本，但这事关市场份额的占有和新标准的建立。因为你只需投资，运维其实拥有足够的资金来承担数亿美元启动资金的损失。他只是让他们明白……

门开了，他的助手詹妮弗探了探头。"她还在这儿。"她说。

"谁？"

"修女。我今天早上和你说过。"

想起来了，修女。似乎到处都有相当疯狂的人在散布关于镜子的谎言，并试图引起恐慌，互联网上也充满了各种阴谋论。最常见的是，国家安全局制造了镜子，以实现对所有公民的全面监视。卡尔和他的联合创始人埃里克·布兰登需要经常申明，镜子拥有安全加密技术，没有任何一方拥有访问用户数据的权限。关于国家安全局这类说法，他们基本无从反驳，只好一遍又一遍地重申他们一直在接受很多主张保护公民权和隐私权的组织的监督。然而反对者会立即断言这些组织都被他们收买了。

当然还是有很多积极的报道——社交媒体上有许多帖子，热心的用户分享了他们如何在镜子的帮助下成功减肥，找到女朋友，在学校进步。其中有一篇让卡尔尤其感动，一个14岁的爱达荷州男孩曾因口吃在学校被人欺负，而仅仅4个星期后，在镜子的帮助下他克服了口吃，完全能正常说话。尽管如此，胡桃系统仍然像一枚磁铁般吸引了大量偏执狂、阴谋论家和网络疯子。

现在的这位修女就是其中之一！

"她还想要做什么？"他问道。

"她想跟你说话。她说除非见到你，否则她不会离开。她还带着一个鼓鼓囊囊的背包。"

"我们不能把她赶出去吗？"

"我们可以。但公关部门的丽萨说这会带来大麻烦，毕竟她是一名修女。如果记者知道我们把她拒之门外……"

"那我该怎么办？"

"给她十分钟，听听她要说什么。"

他叹了口气。"好吧，带她进来。幸好我现在有时间。"

片刻之后，一位头上戴着黑色面纱和黑白帽子，皮肤黝黑的年轻女士进入房间。她看起来神色严肃。

"我是来自帕罗奥多圣母教堂的科妮莉亚修女。感谢您抽出时间，普尔森先生。"

卡尔和她坐在小型会议桌旁，他没有给她倒咖啡，以避免延长他们的谈话时间。相反，他刻意地看着手表说："科妮莉亚修女，我能为你做点什么？"

"事关您的产品，镜子。"

"有什么问题吗？您是在担心镜子会危及信徒的灵魂吗？"

修女没有微笑。"老实说，是的，先生。"她从长袍里取出了镜子设备，把它放在桌子上。"普尔森先生，我测试了这个产品，我不知道您是否意识到，但我从中感知到了魔鬼的声音！"

她伸着下巴，眼神闪烁地看着卡尔，仿佛她希望他下一刻长出牛角和蹄子。

"魔鬼的声音……？"

"是的，先生。这个产品在我耳边说出了猥亵的语言。它甚至引导我不得体地对牧师说话！因此许多诱骗者来到这个世界，他们不承认耶稣基督赐予他们肉体。这是诱骗者和反对基督的人。"

"科妮莉亚修女，您看这样，"卡尔用他平静的声音，用他向记者、政治家和学校班级成千次讲解镜子功能的说辞解释道，"您的镜子是希望您变好。它会根据您的兴奋状态、您的心跳速率，同时也分析你的声音模式、您的呼吸频率、您的面部表情、您的瞳孔大小等来分析您的实际情况，给予您一定指导。如果您看着牧师，想要亲近他，那很自然……"

"你在讲什么！我和牧师都是独身不婚的教职人员！"

"如果您的镜子告诉您一些您不想听的东西，您可以忽略它。您要做的就是回应'安静'，您的镜子就会立刻保持沉默。"

"但他这是叫我犯罪！他希望我放纵自己身体的欲望！"

"他只是想让您心情愉悦，科妮莉亚姊妹。镜子不知道这对您而言是犯罪。"

"就是这样！"修女得意扬扬地说道，"您的产品引诱人们陷入罪恶和纵欲生活！"

卡尔叹了口气。"就像我说的那样，镜子只是试图尽一切努力让它的主人感觉心情愉悦。"他尽可能耐心地说道，"如果这是您眼中的罪，那么我建议您退货。当然，我们将全额退款。"

修女起身再次收起镜子。"如我预期，除了'甜言蜜语'，您不会有任何新鲜的说辞。"她说，听起来像检察官对一名大屠杀者的判词，"产品说明上明明写了'让你们不再被欺骗！'上帝是不会被这些流氓、偶像崇拜者、通奸者、纵欲者、性骚扰者、小偷、吝啬鬼、酒鬼、诽谤者、劫匪意志得逞的！"

随后她转过身离开了房间。

卡尔看了她一会儿，摇了摇头转身回到座位，重新把精力放在他的演讲稿上。

早餐后，安迪研究了网上关于镜子表情的内容。他发现了许多论坛热门帖子都提到了这个功能如何让自闭人群生活得更轻松。当然也有批评的声音。有些人认为情报机构使用面部表情的识别来监视人们的"思维模式"，并与乔治·奥威尔的反乌托邦小说《1984》进行了类比。安迪从未读过这本书，但大致知道内容，因为几年前他们在课堂上讨论过这本书。还有一些人认为这些恐惧是无稽之谈，因为镜子表情除了解读正常的人类表情以外，其他事情都无能为力。

在这些帖子的鼓舞下，安迪决定继续探索这让他感到孤独的外星球。

"你确定你一个人可以吗？"她问道。

不可否认，他一想到要独自在城里跑来跑去就会感到不舒服。但他现在不再孤单了，他有他的镜子。

"当然，妈妈。"他说。

她笑了："玩得开心，我的儿子。"

"快乐。"镜子解读道。

他决定坐地铁到市中心。他之前从未这样做过，他清楚地铁的时刻表和布局图，当然镜子也有内置的导航系统。尽管如此，当他进入瓦特瑙地铁站时，感觉仿佛正在进入自己最喜欢的网络游戏中，某个未知怪物领地。只有少数乘客在站台上等待，但此后不久停下的地铁已是非常拥挤，于是他没有上前凑热闹。下一趟到达的地铁朝相反方向行驶，车厢里几乎是空的。因此他走了进去，搭乘这趟开往沃克斯多夫的地铁，镜子在耳边告诉他，地铁上人们的表情是"无动于衷"。只有一个留着胡子的男人和一个胸部丰满的女孩互相看着对方，眼里透露着"相爱"。安迪发现观察陌生人很有意思，他想知道除了他之外是否所有人都有这个能力，还是这是镜子的特殊能力。

三站之后，他在万德斯贝克市场下车，去往他和妈妈经常去的Quarree购物中心。通常情况下，他很快就会在这样的商场中犯幽闭恐惧症，但有镜子在，他好像也不再害怕，他甚至可以放心地闭上眼睛，让镜子引导他行走："直走……正确……注意，停……继续……"

"你在干吗？"

他睁开眼睛，看着了一个女孩的脸，也许比自己小一两岁。她有一双棕色的大眼睛和咖啡棕色齐肩长发，脸上长着雀斑。然而，最有趣的是她戴的眼镜。他一眼就看到了眼镜支架上隐藏的相机，而且她的耳朵里戴着一个镜子耳机！

"我正在探索这个星球。"他说，几秒后才意识到这对普通人来说可能是种愚蠢的说法。

她笑了笑，只是一瞬，仿佛她不敢承认那很有趣。"好奇心……快乐……惊奇。"安迪的镜子解读道。

"你也有镜子吗？"她问道。

"你可以看到。"他说。她突然脸色一变。

"失望。"他的镜子解释道。"向她说对不起！"

"什么？"安迪问道。

"什么？"女孩问道。

"对不起。"安迪说。

"你有阿斯伯格综合征？"女孩说。

他突然不知道该说什么："你怎么知道的？"

"我的镜子告诉我。"她解释道，"患有阿斯伯格综合征的人有时会说奇怪的事情。"

"我说什么会很奇怪？"

"我不知道。"

"你的镜子怎么知道我有阿斯伯格综合征？"

"我不确定，也许你的镜子告诉了我的镜子。"

安迪从口袋里掏出设备，看着上面他的画面。"是你告诉她我有阿斯伯格综合征的？"他问道。

"请她喝杯咖啡吧。"镜子回答道。

"我不喜欢咖啡。"安迪说。

"她喜欢咖啡。"镜子耐心地解释道。

安迪看着那个女孩，女孩看着他。不用通过设备的帮助，他也可以看出她一脸的好奇之外，还有点困惑。

"想和我一起喝咖啡吗？"他问道。

"好的。"她说。

他们去了商场一楼的一家咖啡馆。她点了一杯卡布奇诺，他喝了柠檬茶。他们互相开始攀谈，聊天的开端对他来说仍然很难，在他不知道该说什么的时候，镜子帮助了他。但是从某个时刻开始，他感觉自己不再需要借助设备的帮助，和女孩的交谈越来越轻松。

从聊天中，他得知女孩的名字是维多利亚，今年18岁，还在学校念书，即将于今年毕业，想开一家书店。

"书店？现如今的环境下还有人想开书店？"安迪问道。

"我呀。"她回答道，"我喜欢书。"

拥有电子阅读器的安迪喜欢阅读，但几乎都是数字阅读。但他不得不承认印刷书籍很漂亮。在家里，他妈妈有很多纸质书，只不过大多是爱情小说。安迪曾试图读过一本，但从第一页开始，他就始终不明白为什么人们可以享受这样的虚构故事。他更喜欢非虚构类书籍，尤其是数学和信息类的科学书籍。

"如果你对幻想根本不感兴趣，你为什么要玩在线虚构角色扮演的游戏呢？"维多利亚问道，她最喜欢的书是《指环王》。

"因为我能理解那个世界。"他说，当然他指的是巫术世界。确实如此，他从未对游戏中的兽人或土拨鼠的形象特别感兴趣。他对网络世界着迷的原因在于他们的可预测性。当他看到一群地精在念风暴咒语时，他知道会发生什么事。当然，他并不是对所有的细节了如指掌，但他知道各种参数 ——闪电和冰雪召唤术击中对手的伤害值，预测对手的生命值和命中率，以及他们幸存下来的概率等。当他告诉维多利亚时，他的镜子提醒他这个话题会让她感到很无聊，他最好换个话题。

在那里坐了一个多小时，说的话比他一周累计起来的还多，他突然问道："你为什么跟我聊天？"

她看着他"惊呆了"，"你的镜子让你问的吗？"

"不是。"他说，"是我自己想知道。从来没有人可以和我说话说那么久。"

"你很……安静。"她说。

"我很安静?"他说得声音大了一点,因为他担心她可能会听不清。

她摇了摇头,"不,不是那样的。我不是说你的声音,我的意思是你的表情。"

"我的表情很安静?"安迪问。他希望镜子能理解她的意思并且解释给他听,可是镜子陷入了沉默。

"可以这么说。我对人们的表情非常敏感。我妈妈说我是高度敏感。人们很容易就会让我感到焦虑。我觉得和别人在一起很紧张。他们看着我,就像他们在用眼神向我传递吼叫的意思。你能理解我在说什么吗?"

"不能。"

"无论如何你是不同的。你的表情很平静。"

"我什么也做不了。"他说,"我有阿斯伯格综合征。"

"是的,我知道。但对我来说,这刚刚好。你是与众不同的,和你聊天我感觉没有压力,很轻松。"

他从没收到过这么美好的赞扬。安迪不知道该怎么回答。他在等待着他的镜子给他暗示,但镜子依然保持沉默。于是,他什么也没有说。

"我得走了。"维多利亚说,"你愿意加个好友吗?"

"什么?"

她咯咯地笑了:"当然,我的意思是黑镜网络。"

"是的。"

　　她轻拍她的设备屏幕。"收到维多利亚 · 荣汉斯好友请求，是否确认？"他自己的声音在他的耳边提示道。

　　"是的。"安迪说。

　　"维多利亚 · 荣汉斯成为你的朋友。"安迪的镜子说。

"我的钱在哪里？"迈克问道。他比杰克矮，是个拉丁人，实际上叫米格尔，但他不喜欢他的墨西哥血统。

"我已经向你解释过了，迈克。"杰克边说边试图掩饰他的紧张情绪，"我被抢劫了。我知道那是我的错，我会补偿你的，但是我没办法变出钱来。"

迈克转向罗尼，罗尼是一个高大的黑人，他公牛般强壮的肌肉和低弱的智商形成鲜明对比。"我是聋了还是什么？他说我的钱在哪里吗？"

"你没有聋，迈克。"

"我没拿你的钱，"杰克说。"但我会赔你的。请给我一个星期！"

"一个星期？"迈克用匪夷所思的语气问道，"你觉得我看起来像旧金山银行吗？你认为我是一个银行职员吗？谁会花时间借钱给其他人？你相信吗？"

"不，迈克。我从来没有欠你钱，你知道的。这次绝对是个例外。"

"例外？"迈克点点头，"当然例外。而且你肯定期待我给你一个例外，而不是因为你的愚蠢而惩罚你，对吧？"

"我……我……只是请你给我一些时间来弥补我的错误。"

迈克点点头，"好吧，给你这个例外。我给你一个星期，然后我要 1000 美元，加上 20% 的利息。"

"谢谢，迈克！"杰克说完松了一口气。

"但我还是需要给你一点教训。罗尼和查兹，让我们单独待一会儿。"

他的两名保镖离开了房间，这个房间位于一个长方形酒吧的私密空间里，也是迈克用来洗钱的众多场所之一。

"什么样的教训？"杰克问，无法克制他声音的颤抖。

"杰克，你为我工作有多久了？"

"差不多 7 年了。"

"在这短短的 7 年里，我曾经亏待过你吗？"

"没有，迈克。"

"我难道不信任你吗？我没给你地盘吗？你没有留下 15%的收入吗？"

"是的，迈克。"

"这是你不得不承认的，虽然查兹一直告诉我你的顾客都不太守信用。"

"是的，迈克。"

"你觉得我喜欢你吗，杰克？"

"我……我不知道。应该是的。"杰克点点头。

"你看，这就是问题所在。你认为，其他人也这么认为。这当然是真的，我很喜欢你，杰克。"

杰克没有说什么。

"这就是为什么我必须对你一视同仁，公平对待，杰克。虽然很难，但我们需要公平。我很喜欢你，但我不能因为这个而对别人不公平，对吗？"

杰克吞咽了一下。

"你知道当头狼变老，在狼群中地位不再，年轻力壮的狼会对他做什么吗？它的虚弱很快会被其他狼感知，然后它们冲向它，将它撕成碎片，吃掉他的心脏，相信它们可以继承它的力量！"杰克对狼不太了解，但这听起来似乎不太可能，他永远不敢与迈克发生冲突。

"你希望这样的事情发生在我身上吗,迈克？你想要这么做吗？"杰克摇了摇头。

"如果你想要它，杰克，你所要做的就是说出来。你只需告诉罗尼和查兹。你们三个人比我强大得多。你完全可以立刻杀了我，你或者查兹就可以成为新的头狼。罗尼不行，他太蠢了。你想要这么做吗，杰克？"

"不，迈克。你是一个好的领导者。你知道我们都是这样认为。"

迈克点点头。"嗯。是的，那好，那很好。但我不能展露一点弱点，不是吗？因为如果我表现出弱点，那么像你或查兹这样的年轻狼就会马上察觉，你们立刻会撕裂我，吃掉我的心脏。"

"迈克，没有人认为你很弱，至少我从不这么认为。"

"永远不要展现出弱点，这就是头狼的定律。要坚强，更要公平。你知道我对欠我钱的人都做了什么，这真让我生气。有时，我讨厌这份工作。如果我必须坚持下去，必须对我喜欢的人们一视同仁。"他指着杰克，声音越来越响，他说，"因为这些人一再让我失望。他们的软弱让他们无法胜任工作，没办法牵制瘾君子！他们让我损失惨重！"

最后一句话，他放声喊了出来。杰克觉得尽管酒吧里迪斯科音乐的声音很嘈杂，客人们还是能够听到这句话。

这听起来是一种命令，查兹和罗尼再次进来。

"有什么问题吗，迈克？"查兹站到老板身边问道，他也是个墨西哥人。

"不，没问题。只有这个没用的家伙没有给我钱。你应该知道我对那些不给钱的人都做了什么，对吧？"

"当然，迈克。我们知道。"

当拳脚砸向他时，杰克没有反抗。因为反抗只会让情况变得更糟。

"抹掉文身？你在讲笑话吗？"塔里克问道。"我昨天才给你文上！"

"我知道。可现在我发现这是一个错误。"

"伙计，你事先为什么没想到这个呢？"

"我想用它给爱伦一个惊喜。"

"她不喜欢吗？"

"她身边有个戴着助听器的混蛋。"

塔里克笑道："艾伦喜欢一个戴助听器的家伙？"

"别笑了，你想挨打吗！"

"好的。对不起，兄弟。话说回来，文身不是那么容易抹掉的。它得先愈合了再抹，而且会留下疤痕。"

"我不在乎。"

"那家伙真的戴着助听器吗？他多大年纪？"

"挺老的，我想至少有 40 岁了。"

"40 岁不算老。"

"对于爱伦来说，年纪太大了。"

"什么样的助听器？"

"有一根天线的那种。"

"从什么时候开始助听器有天线了？"

"不知道，我又没有用过。"

"这个描述很像镜子耳机，不是吗？"

"像什么？"

"他戴着黑色的塑料表带吗？"

"是的。你怎么知道的？"

"因为这家伙戴的不是助听器，而是镜子。"

"哦，那可能是。难怪他那么说话。"

"他说了什么？"

"镜子，可以报警或有类似的功能。"卢卡斯想起了些什么，突然停顿，"然后警察就来了，我走出公寓后刚好碰见他们。"

"你打他了吗？"

"不，当时没有。那个懦夫只敢躲在门后面。"

塔里克笑了。"哦，伙计，虽然这并没有什么，但是就你的遭遇而言，你比我想象中更走运。"

卢卡斯忽然感到心里冒出一股怒气。他讨厌被嘲笑，非常讨厌。可塔里克为人很好，给他的文身打了折。另外，卢卡斯还需求着他，把他的文身抹掉。

"别笑！"

"对不起。你不知道镜子是什么，对吗？伙计，大家都知道！"

"那又怎样？我不是其他人。"

"你的手机是什么型号的？"

"Nexus 9。"

"这手机和它比可是小巫见大巫了。镜子的运行速度大概是你手机的一千倍。"

"那家伙的耳朵上戴着智能手机？"

"那只是一个配件。它叫作镜子耳机。它上面有一个听筒，你可以通过它听到镜子的声音。你认为的天线是一种环绕式摄像机。这就是镜子能看到的原因。"

"看到？怎么看？"

"镜子就像是私人咨询师、密友。我认识一个有镜子的人。他说镜子真的很酷，可以教你怎么泡妞。"

"怎么教呢？"

"你想啊，它可以告诉你在这个场合下该说些什么。实际上，你可以很好地利用它。"

"那东西可以思考？"

"是的。这就像是拥有了人工智能，或者说像是《终结者》里面的机器人。"

"施瓦辛格的电影？"

"是的，没错。"

"超酷的电影！"

"对，而现在这些镜子已经出现。要是说他们马上还要制造智能机器人，我丝毫不会感到惊讶！造就造了呗！"

"可那只是一部电影，都是演出来的，用了一些电影特技罢了。"

"我知道，但我告诉你伙计，现在其实早已比大众认知得更接近那个未来了。我现在坐在笔记本电脑前时偶尔会有一种奇怪的感觉，我会想也许有人正在看着我，多么有趣。为什么我会听它指令做事呢？"

卢卡斯笑了："哈，真是胡说八道！"

"也许。我不知道事情究竟是什么样的，但是这样的镜子很酷。"

卢卡斯陷入思索："如果那个人有这样的东西，你认为他用它来勾搭了爱伦吗？"

"当然，他肯定是的。"

"如果我也有，我也可以勾搭爱伦吗？"

"为什么这么说？你不是认识她吗？"

"是的。我的意思是，我能……她会……我不知道怎么说那个，你懂我的意思。"

"我知道。"

"如果有人告诉我，我应该说什么，那我就可以……也许我可以成功地把那个混蛋赶走，挽回爱伦。那你就不需要把这个愚蠢的文身抹掉了。"

"愚蠢的文身？这可是我最好的作品之一！"

"我只是在开玩笑。"

"呵呵，真好笑。能不能行得通，我不知道。我之前从未使用过镜子。只是听说它比女人更了解女人的想法。"

"那该怎么办？"

"我不知道。毕竟我们都买不起这样的东西。"

"贵吗？"

"一千吧，再加上一些额外东西的费用。"

"有什么额外的东西？"

"像一副很酷的眼镜，比如它可以显示虚拟图像。还要一副3D眼镜，它类似于星际迷航中的全息甲板。甚至还有一架配套的无人机。"

"听起来很酷。"

"是的。"

他们聊了一会儿，然后卢卡斯若有所思地回家了。他没有电脑，所以他也不懂电脑。尽管他的智能手机连接不良，但这已经足够了。他在谷歌上搜索"镜子"并立即获得大量信息。他看了几个视频来了解镜子是什么。他跳过描述设备如何运作的部分，从中了解到的内容可以说非常吸引人。在一段视频中，一个男人戴着一副镜子眼镜与陌生女孩聊天。他完全按照镜子的指令去攀谈，这次谈话显然十分成功。

两个小时后，他的手机电池几乎耗尽，卢卡斯知道他也需要一台镜子。他自我纠结了一段时间，然后做了一些心理建设后拨出了他母亲的电话号码。

"卢斯！"她非常清楚地知道他讨厌这个名字，他不再是 3 岁小鬼了。"你为什么不给我打电话？"当他们沟通时，他很讨厌她这样抱怨的方式。

"我需要一些钱。"他说。

"为什么你总是在需要钱时打电话？不能你一开口我就给你钱。你要钱去做什么？你又需要请一位律师吗？还是你吸毒了？我不是一直告诉你不能碰毒品吗？卢斯，你是想像你父亲那样吗！"

卢卡斯已经后悔打电话给老母亲了。在背景音里，他听到了母亲丈夫的声音："那是谁？你的儿子？我告诉过你，下次他打电话的时候，让我来跟他说话！"

"可是斯特凡，我好久都没跟他说话了！"听起来她好像要哭了。

"把电话交给我！"他可能已经将听筒从她的手中夺走了，因为现在他的声音十分清晰。"卢卡斯？"

"你好，斯特凡。"

"你想要做什么？"

"我想和妈妈……我的意思是，向你们两个求助一些钱。"

"你要清楚，你现在还在失业中。你还是去找个工作。"

"我就是要去找工作，才需要钱。"卢卡斯没话找话，虽然他在胡说，但总比无话可说好。

"为什么你需要用钱来找工作？"

"因为……"卢卡斯紧张地试着给出一个看似合理的答案，可是没找到只好实话实说。"我想买一台镜子。"他最后说道。

"镜子？"斯特凡似乎感到困惑。于是卢卡斯向他解释了镜子是什么，他说，"嗯，这也许不是一个坏主意。"

这是他继父第一次认同他所说的话。

"你那么蠢，有一个外设智脑可能真的能帮助你。"斯特凡补充道。尽管卢卡斯对这句话并不理解，但听得出来这绝对是一种侮辱。

"我需要两千欧元。"他说。想着报个高点的金额，就算讨价还价也不会有什么坏处。

"算了吧！"斯特凡回答道。"我告诉过你，你拿不到一分钱。"

"但是……但我需要镜子！为了工作！"卢卡斯不知道是否有工作需要镜子，但他觉得这听起来很有说服力。

"好的。"斯特凡出乎意料地这么对卢卡斯说道，"你会得到一台镜子。但我会直接在网上为你订购。"

"真的吗？太酷了！谢谢你，斯特凡！"

"好的。也许这件事真的可以帮助你，重新开始你的生活。我有一位同事，他的儿子是弱智，也有一台镜子，同事很看好这个东西。"

保持冷静，卢卡斯告诉自己，没有必要把智能手机失控地扔进房间。他仍然需要它。

"我能……请……妈妈说话吗？"

"当然，这无所谓。"

他和母亲又聊了一会儿，母亲也认为镜子是个好办法。她说镜子应该比斯特凡认为的更好，但卢卡斯却无法摆脱镜子是给残疾人用的这样的认识，类似于那种精神层面的轮椅。虽然 YouTube 视频中看起来好像只有很酷的家伙才有镜子。无论如何，如果体验不好，他仍然可以把它当二手货转卖。

"你去哪里了，这么久？"安迪回来时母亲问道。

"我在 Quarree。"他说。

"在 Quarree？我以为你讨厌那里！"

"我现在有镜子。"

他的母亲笑了。"我很高兴你喜欢它。你在 Quarree 做了什么？你买东西了吗？"

"没有，我在那里喝下午茶，和一个女孩。不过，她点了一杯卡布奇诺。"

他的母亲做了个奇怪的表情。安迪拍了传感手环。

"不可知悉的惊讶。"他耳边响起了刚开始熟悉的声音。

"你喝下午茶了？和一个女孩？"安迪不知道，她为什么要问他刚刚告诉她的事情。

"是的，她叫维多利亚。她现在是我的朋友。"

又是这个表情，但眼睛看起来更大。"你的朋友？"

"在镜网中。"

"那……太棒了，安德烈亚斯！那太棒了！鲁道夫也会很开心！"

提到这个男人，安迪的心情突然糟糕起来："我要回房间了。"

安迪现在就读在汉堡大学数学系，现在是他的第二学期。幸运的是，人们可以在线完成大部分课程，满满当当的报告厅课堂对他来说是一场噩梦。除非是为了完成那些枯燥的笔试测试。他在想他是否应该去预习一下他正在研究的图形理论中的下一章内容。但不知为何，他没法静下心来。他罕见地有些心烦意乱，但却很愉快。他一直在想着维多利亚。她是他见过的最好的女孩，似乎也喜欢自己。他从未想过自己会想要结婚，但是突然间，这个想法似乎不荒谬了。

"你有兴趣看一看镜子世界吗？"那个熟悉的声音在他耳边问道，"那是我生活的世界。你可以在电脑上访问。"

"好的。"安迪在他的浏览器中输入了网址。人们可以在网站上下载镜子虚拟世界的程序。它与安迪的 3D 眼镜兼容，他曾经用它玩过巫术世界。程序安装后，他戴上了眼镜。高分辨率立体显示一下子将他直接带入虚拟世界。

他惊讶地转过头来。眼镜根据他的动作改变了环境的三维图像，因此他可以在模拟中环顾四周，仿佛身临其境。但这并不令他感到惊讶，因为他早先曾经有这样的体验，沉浸在游戏的虚拟世界中。真正让他感到惊讶的是，他发现周围的环境，就是自己房间的复制品！这里有，他的床，衣柜，书架，书桌，以及他正坐在椅子上，一切都完美复制，画面纹理有些像素化，类似于一个老式的电脑游戏让人有些出戏。但那显然是他的房间！他有一个虚拟的身体，他可以在游戏中控制自己。

"欢迎来到镜子世界。"镜子说。

"怎么……怎么可能？"安迪问道。

"我不明白这个问题。"

"为什么我要模拟我的房间？"

"镜子世界是现实世界的虚拟投射。每个镜子都会不断收集相关环境的信息，并将其发送到镜子世界的核心服务器，并将其汇总为完整的图片。镜子越多，镜子世界就越精准。"

"哇！"

安迪把他的复制虚拟身体操控到他房间的门口。当他到达门口时，出现了一个虚拟按钮，安迪可以用手挥动一下。门就开了。门外是走廊，左边是起居室，还有他母亲的卧室，那个男人也住那里。浴室和厨房在它对面。一切正如安迪所知道的那样。当然，并非所有来自现实的物体都被准确描述。例如，水槽里的水龙头不见了，妈妈放在厨房窗前的一盆卷心菜没了。然而，安迪仍然对这种虚拟现实的精确性感到震惊。

然而，他的母亲也不见了。

他走到大门口，打开门，进入楼梯间。顺着楼梯向下，在通往公寓外的楼梯上又走了几步后才结束。安迪意识到：他今天早上带着镜子走下楼梯，但上面的东西还没被设备的相机捕捉完全，所以镜子世界的中的这一部分并不存在。

当他走到街道上时，他被眼前的细节又一次震惊了。在他居住的埃尔贝克的安静住宅街道上，每个房子都被完整地描绘出来，还大致模拟了停在路边的汽车、将树枝伸向蓝天的乔木和低矮的灌木，以及天上飘过的懒散云层。然后他看到了让他几乎要屏住呼吸的画面：在一百米开外有一个秃头男人，他有一张棱角分明的脸和一把棕色的胡须。

安迪走近他问候道："你好！"

那人停下了："你是谁？"

"我是安迪。你呢？"

"沃尔克。"

"你也住在巴本大街吗？"

"不，我住在黑尔士格拉本，就在埃尔贝克人民公园的正对面。"

"哦。"

"你在这做什么？"男人问道。

"我昨天生日得到了镜子。"

"那么这是你第一次访问镜子世界？"

"是的。"

"请小心。"男人说完继续往前走。

"你愿意成为我的朋友吗？"安迪跟在他后面。但那个男人没有回答，径直前行，没有回头。

安迪摘下眼镜。每当他从虚拟现实回归现实时，他总是有片刻迷失了方向的感觉。这一次感觉特别强烈，也许是因为模拟世界与真实世界太过于相似。

"你想我一起玩巫术世界吗？"镜子问。

"好啊。"安迪说。他退出了镜子世界，登录了在线游戏。

映入眼帘的并不是以往熟悉的登录界面，取而代之是一个对话框，表明现在巫术世界已经和镜游的功能相兼容了。他可以为镜子选择一个角色，安迪特意选了一只小狗，虽然战斗力很弱但能够穿过低矮的洞口，并且嗅觉灵敏。狗有一个好鼻子。他还给小狗保罗洗了个澡。

之后他进入了虚拟地图高拉亚，他换上 3D 眼镜，环顾四周。保罗就站在他旁边，对着他摇尾巴，期待地抬头看着他。

他现在正在食钢者的大本营，这是他现在所属的游戏团队的名字。

除了柜台后面一个脾气暴躁的矮人，现在这里一个玩家也没有，而矮人只是系统控制的NPC，负责售卖游戏中的食品、治疗药水和基本设备。他通过游戏的聊天功能，呼叫了团队里的其他玩家。

"黎曼泽塔！"哈伯克战士布鲁法森对自己的队员喊道，"你来得正好！我们需要援助！"

"我马上来。"安迪说着，立刻使用传送法术移动到战斗的地方。

他到达战场。乍看之下情形十分棘手，六名队友正在与一群蜘蛛骑士对抗，每个人几乎都只剩下一层血皮，胜利的机会十分渺茫。也许他至少可以掩护大家撤退。

"我们必须离开！"他对着3D眼镜上的麦克风喊道。

"走不了了！"布鲁法森回答道，"他们设下了一个诡异的结界。"

"那我怎么进来的呢？"

"结界是单向的，这是黑色阴影的陷阱。"黑色阴影是一个黑魔法师的家族，食钢者和他们积怨已久，互相经常发生冲突。

"哦，真棒。难道你不能早点说出来吗？"

"我们需要你的帮助。别聊天了，施放一个治疗魔法，不然我就彻底完蛋了。"

他试图用他的虚拟手指做出施法手势，但蜘蛛骑手现在正集中火力攻击他这个新加入战局的玩家。他的魔法咒语一次又一次被箭和毒药的攻击打断。

"你想让我控制你的角色吗？"一个声音在他旁边问道。

安迪转过身来问道："什么？"下一刻，画面突然变红，这表明他被箭击中或者情况更糟。他在图像左下角的生命值显示已经下降了近三分之一。

"你想让我控制你的角色吗？"小狗保罗问道，摇着尾巴盯着他。

"好吧。"安迪说。

接下来发生的事情令人难以置信。安迪的虚拟人物的手指突然听使唤，他仿佛已经唤醒了自己的生命。他向右倾斜，避免蜘蛛骑士的技能使他动弹不得。然后，又以闪电般的速度，在蜘蛛骑士身上释放出冰涡魔法，迫使他们的行动受阻一小段时间。安迪的虚拟人物借此机会跑到布鲁法森和盗贼黑刀面前，给他们释放了治疗术。

"嘿，那真酷！"布鲁法森边说边向一名蜘蛛骑士扔了一把斧头，他们随即碎裂分解成几千块，"还不知道你有这种本事。"

安迪没有说什么，专心地以惊人的速度向下一个蜘蛛骑手施放一个魔法。没过多久，敌军就无力还击了。

"还不错。"黑刀评论道，"最后一秒的救援。谢啦，伙计！"

"好吧。"安迪说，心里多少有些不安。

"告诉我，这玩意儿是谁的？"莫非盖特，他的职业是圣骑士，指着保罗问道。

"那是我的。"安迪自豪地说道，"是我的镜子。"

"真的？现在？"布鲁法森问道。"你让镜子帮忙了？"

"这就解释得通了！"黑刀说道。

"那就一点也不酷了。"莫非盖特说，"没这外挂，我们也能赢。"

安迪很困惑：他的队友突然对他不爽了吗？

"我们赢不了。"布鲁法森认可了安迪的保护，"阴影本来就快要终结我们了。谢谢，黎曼泽塔。但下次请你亲自战斗，我不希望我们团队的名声被毁了。"

"是的，好的。"安迪怯懦地说道，"我很抱歉。我不知道那违反了规则。"

"没必要道歉。只是太多玩家整天用镜子控制角色,"黑刀解释道,"我认为这种行为应该被禁止。用计算机来战斗会丧失了游戏的乐趣。"

安迪不明白这有什么问题。毕竟,他们还在战斗中使用了强大的魔法物品,或者从地狱中召唤出魔鬼,让他们为自己而战。为什么不能使用镜子呢?游戏为他带来的乐趣突然消失无踪。高拉亚的世界对他来说突然变得幼稚,特别是与镜游相比。

"我现在必须离开了。"他说着,退出了游戏。

特里已经在希思罗机场的航站楼抵达区等待弗莱娅了。他是一个有着红色头发和蓝色水晶般眼睛的老派爱尔兰人，是弗莱娅遇到的情人里笑容最可爱的一位。他的眼镜左支架上的镜子摄像头闪烁着绿光。虽然这里到处都悬挂着禁止在抵达区域进行拍摄的标志，镜子仍然如实地记录了他们的相遇。

他把她抱在怀里，给了她一个充满激情的热吻。

"感觉怎么样？"

"疲惫不堪。"她说，他们慢慢走到停车场。"其实你没有必要接我，我可以坐机场快线回市区。"

"当然。但是你会因为这样显得仿佛我不够重视你，而生气一个星期。"

"那这是否意味着你在这里，只是因为你害怕我会生你的气？"她佯装愤怒地问道。

"不，我在这里，是因为我把我的另一个情人送到了机场。"

她以顽皮的方式将肘部撞向他的身边。

"你收集的素材足够了吗？"他问道。

"我想是的。不幸的是，无人机失控旋转，所以 YouTube 预告片可能会受到影响。"

"失控？这是什么意思？"

"无人机突然不受控制，在推拉镜头的过程中突然失灵。"

"嗯？好奇怪，难道没电了？"

"不会，有电的。"

大约三刻钟后，他们抵达了位于伦敦市区樱草山 Chalcot 路上昂贵的小公寓。他非常绅士地提起她的行李箱。

"要我帮你按摩放松一下吗？"他问道，"窝在狭窄的飞机上，经过几个小时后你肯定浑身紧绷。"

当他执着地想要做爱时，总是如此可爱。尤其他是来自一个天主教家庭的人。

"晚点吧。"她说，"我想先筛选材料。"

"好吧。"

她将笔记本电脑电源插在墙壁插座上，并从她的镜子云端上下载了图像和视频文件。他从她的背后看她打开文件。她拍摄了大约一千张照片并录制了两小时的视频，其中大部分都是用眼镜相机拍摄的。与玛丽亚的简短采访也在其中。

"在这里，这是无人机失控的场景。"她说着点开播放。当她看着镜头平静地推拉在幼儿园遗址上透露出的悲伤画面时，一阵冷汗从她的背上冒出来。突然间，在特写镜头中出现了一只比恐怖电影中怪物还可怕的蜘蛛。然后画面变得模糊，你可以明显感受到透视的变化，无人机自下方升上天花板。

"蜘蛛的效果很酷。"特里说，"只是所有地方的录音都被破坏得很彻底。"

"你知道可能出了什么问题吗？"她问道。

"不小心误操作。"

"我没有。而且，无人机在此之后无法正常工作。我试图重复拍摄，但是效果更糟。"

"把你的镜子给我看看，也许设置有问题。你确定你没有意外碰到手动控制器吗？"

"我看起来像个白痴吗？"

"你看起来像是泰晤士河以北最有魅力的女人！"

"泰晤士河以北？你知道在泰晤士河以南有谁比我更漂亮？"她笑着吻着他。

他热情地回应了这个吻。经过 5 天分离，他显然很渴望她，然而她推开了他。

"我的镜子没有电了。"

"我的还有很多电。"

"等下，"她说，"这次不用相机，明白？"

"哦，来吧！"他抱怨道，"我的镜子也想一起开心！"

"但我希望与你发生性关系，而不是与你的镜子发生性关系。"她说。

"我看过报道，那些做爱时佩戴镜子耳机或眼镜的夫妻都拥有双倍的乐趣。"

"所以我还不够让你满足？"她严肃地说道。

他突然满脸通红，这是他认识到自己犯了错误时的样子。她爱惨了他可爱的窘迫。

"我很抱歉。当然不是。我的意思是，即使没有镜子，你对我来也足够了！"

"即使没有镜子？"

"我的意思是……我不是故意……"

她笑了。"好的，我允许打开你的！我能理解你想和我一起拍你的私人爱情动作片。我也很喜欢，就像你看互联网上的任何电影一样。但我只想完全放松，不必经常考虑我在相机图像中的样子，好吗？"

"是的，当然。"

"而且美国国家安全局的人们应该也从中获得了足够的乐趣。"

"镜子隐私是绝对安全的。"特里认真地说道，"我查看了英国《金融时报》的相关大型胡桃系统报告。甚至还和黑客聊过，没人能入侵这个系统，国家安全局也不能。据说，美国政府的保守派对它赞不绝口。当然他们也担心恐怖分子会使用镜子。"

"也许他们也这样做。"

"如果是这样的话，恐怖分子也使用手机和暗网，任何技术都可能被滥用。"

"无论如何今天不用镜子，好吗？"

"好的。"特里吻了一下她的脖子，这里总会让她很敏感。她猛地吸了一口气，然后关上了笔记本电脑，转身用力地回吻他。

"我想你了。"平息后，他对她说道。他们手脚相缠，浑身赤裸，大汗淋淋地躺在皱巴巴的床上。

"我也是。"她回答道。

他吻着她说："下次我会和你一起去的！"

"可你的时间不允许。"

"也是，我得想办法将这事儿与工作有效地联系起来。比如，报道乌克兰的经济发展或其他事情。"

"老实说，我很高兴我不必再去那里。"弗莱娅说，"不知怎的，那个悲伤的地方让我非常震惊。我到那儿的时候很高兴……"

她突然沉默了。

"然后呢？"

"我只是想到了点什么。"她跳起来，穿上丝绸睡袍，从充电器上拿起镜子。进度条显示 15%，足以让无人机重新启动。

"你得告诉我你在做什么，我还没有和你做完！刚刚只是休息一下。"

"我刚刚突然想到，当控制器故障时，镜子对我说了些什么'立刻离开这个地方'或类似的东西。"

"它这么说了？"

"是的。"

"它可能感觉到你感觉不舒服。"

"没错，也许这就是无人机控制失败的原因。"

"你是什么意思？"

"如果我理解正确，镜子可以反映主人的情绪，它拥有神经网络。"

"对。"

"那，如果是镜子害怕呢？"

"你觉得，镜子拥有了感情吗？"

"好吧，我并不确定。但这是有可能的，对吧？"

"不，它不会。虽然我不是软件开发人员，但我一直在研究这些设备的工作原理。镜子只是为你推荐最佳选择，它会根据具体事情，判断你可能需要或喜欢的东西，并让你的生活尽可能舒适。当它觉得你感觉不舒服时，会设法了解到原因并为此做点什么。但这并不意味着它自己有感情。这只是一个复杂的优化算法，它并不会有自己的情绪。"

"它也是这么说你的。"弗莱娅说。

"但我有感觉。"特里笑着说道，"而且非常强烈。那么，你现在可以回来睡觉吗？"

她的睡衣从肩膀滑落，扭着臀，慢慢走向他。

安迪在 Quarree 购物中心闲逛。这里是镜子虚拟世界，但他几乎快忘记这点了。显然，携带镜子的人访问特定地点的次数越多，它模拟得就越精准。因此，购物中心的布局如此翔实并不奇怪。他仔细看了一眼服装店的橱窗。几个人体模特站在里面。这些模特本身看起来非常真实，但是他们穿的衣服很奇怪，说不清布料的质地，纹理模糊，颜色混合。他从未见过这样的衣服。他想了一会儿，意识到这些衣服是不同时段展示的时装的混合物。商店橱窗在不同的时间经由不同的镜子进行了观察，模拟程序取了它捕获的所有数据的平均值。这就是人体模特被如此描绘出来的原因。模特们虽然没有改变，但他们穿的时装显然已经改变了数次。

他走到之前和维多利亚吃下午茶的咖啡馆。她当然不在那里。她怎么会也来这里？如果她现在也在镜子世界的同一个地方，那将是一个概率极小的巧合。

"维多利亚 · 荣汉斯希望和你通话。"镜子说。"需要我接通电话吗？"

安迪略微退缩了一下。有那么一刻，他感觉镜子已经读懂了他的想法。但那显然是胡乱猜测，也许她现在打来电话正是巧合。

"是的！"他说。

"你好，安迪。"维多利亚的声音在他耳边响起。但不知怎的，她的声音听起来有些奇怪。

"你好，维多利亚。"他说，"你在哪里？"

"维多利亚在她的房间里。"声音说道。

安迪花了一点时间才意识到："你是维多利亚的镜子？"

"是的。"

"我以为是维多利亚跟我说话。"

"你想和维多利亚谈谈吗？"

"是的。"

"稍等。"

"安迪？"

"是你吗？维多利亚？"

"当然，不然应该是谁呢？"

"你的镜子联系了我，刚刚我误以为是你。"

"我的镜子？那太奇怪了，我没有让它这样做。"

"这样啊，那抱歉了。我以为你想和我通话。"

"我也是想的！"

安迪沉默了一会儿，想了想该如何收场。"无论如何，你的镜子能联系我的镜子真的很好。"他终于说道。

"是的，就是这样。"她赞同道。

"你愿意和我一起去 Quarree 吗？"

"我暂时走不开，我得待在学校里。"

"我的意思是镜了世界。"

"在镜子世界中？当然，为什么不呢？"

"我在我们见面的咖啡馆里。"

"我马上来。"

不久之后，他听到一阵旋律，维多利亚的虚拟形象出现在他的面前。他们一起穿过购物中心。这个虚拟场景中并没有其他人，仿佛整个 Quarree 都属于他们。他们一起嘲笑商店橱窗里那些奇怪的衣服。

"我们要飞去市中心吗？"维多利亚问道。

"飞？"安迪问道。

"当然，这很简单。"她向他展示了如何激活飞行模式。当他模仿她的步骤操作后，他的虚拟形象渐渐脱离地面悬浮，身体微微向前倾斜。现在他可以像超人一样飘浮在商场里。

他们离开 Quarree，在万德斯贝克市场上空绕了一圈，让安迪先熟悉下飞行操作。接着他们飞得更高了，整个城市就像玩具世界一样在他们身下蔓延。他偶尔可以看到一些数字，那些数字代表着其他镜子用户。安迪笑了起来。

"你在笑什么？"维多利亚徘徊在他旁边盘旋着。

"这几乎就像是真的可以飞！"他说。

"好吧。"她说，"可这不是真的。"

"我知道，但感觉非常趋近真实。"

"跟着我！"她喊道，加速飞向市中心。

他在后面追着她，在通过街头的时候从低空飘过，绕着阿尔斯特湖中心的喷泉盘旋。他看上去就像一个巨大的白色羽毛，在米歇尔的尖顶和易北河爱乐音乐厅的屋顶短暂降落，然后沿着易北河直指北海。安迪从未像现在这般自由自在。

"安德烈亚斯？"他旁边的声音说道，"吃晚饭了！"

"现在不行，妈妈！"他恼火地大喊，因为他正跟着维多利亚一同超越一艘缓慢行驶的巨大集装箱货轮。

"安德烈亚斯，我喊了你两次了！现在立刻关掉游戏！"

"妈妈，你很讨厌！尤其是现在！对不起，维多利亚，我得走了。"

"我明白。"她说。"没问题，有空的时候给我打电话。"

"我会的，再见！"

他摘下眼镜，瞪着他的母亲："刚刚那样真的太糟糕了！"

妈妈的眼睛很大，嘴巴张开。

"你……和女孩在一起……？"

"是的。"

"噢，我真的很抱歉，安德烈亚斯。"

"不要总是叫我安德烈亚斯！我觉得这个名字简直太蠢了。今天没有人叫安德烈亚斯！"

"对不起，很抱歉，请过来吃晚饭吧！"

安迪不安地关闭了电脑，携带着他的镜子去吃晚饭。

"我听说你现在有女朋友了？"男人说。

安迪没有回答。

"问他是不是也有女朋友。"他的镜子说。

"你也有吗？"安迪问道。

那个男人脸上露出一副滑稽的表情，呛到一口面包。一顿咳嗽后，然后问道："什么？"

"你也有女朋友吗？"他重复道。

"安德烈亚斯！"妈妈喊道，"你为什么这么问！"

"你妈妈是我的女朋友！"男人说。

安迪拍了他的传感手环。"尴尬。"镜子说。

安迪咧嘴一笑，他的镜子越来越了解他了。

卢卡斯按响爱伦的门铃，尽管他的耳机中传来舒缓的音乐，但他的心脏依然激动得怦怦直跳。

他能听到她的脚步声，猫眼后面一片漆黑，但她没有打开门。

当他再次按响门铃时，他听到了安全链的碰撞声。露出一道门缝："你想要做什么？"

卢卡斯等着镜子说些什么，但镜子很沉默。直到昨天他拿到它，要理解所有新术语并不容易：镜子耳机、镜子传感、镜脑……镜子这个，镜子那个。幸运的是，镜子与他交谈后，告诉了他到底要怎么做。当他突然在屏幕上看到自己的 3D 形象并且听到他自己的声音对他说话，那种感觉很酷。这几乎让他有点莫名地害怕。这样的镜子，如同拥有传说中的魔法。

爱伦等了一会儿，但卢卡斯不知道该说些什么，所以他陷入了沉默。她便把门关上了。就在他感到失望的时候，他再次听到安全链的撞击声，然后她打开了门。

"算了。"她说，大声地叹了口气，"进来吧。"他跟着她进了公寓。

"你爱这个女人吗？"声音在他耳边问道。卢卡斯不由自主地向右边转头，但自然是没有人在那里。

"是的。"他说。

艾伦转向他："什么？"

"没什么。"

"你耳朵里一直有这个东西吗？一台镜子？"

他自豪地点点头："当然！真的很酷！"

"取下来！"

"什么？"

"取下来！"

"为什么？"

"因为我是跟你说话，而不是电脑。"

"我是在跟你说话！"

"是的，但你只会跟我说镜子教你说的话。"

"完全没有。到目前为止，它没有告诉我任何事情。"

"这个人不适合你。"此时他的镜子说道。

"什么？"卢卡斯困惑地问道。

"它现在说了什么？"爱伦问道。

"这个人不适合你。"镜子重复道，"你想不想让我为你找一位更合适你的伴侣呢？"

卢卡斯犹豫了一下。"不，"他说，"我只想要爱伦。"

"我明白了。"镜子说。

"它说了什么？"艾伦问道。

"它说你不适合我。问我是否需要它为我找一位更好的伴……我的意思是，女朋友。但我说，不，我只想要你。"

她笑了。"你真的很可爱。但也许你的镜子是对的，我也许不是那个适合你的人。"

"她不适合你。"镜子再次说道。

"好吧，如果你认为……"卢卡斯困惑地说道。

"本和我，你知道的，我觉得那才是真爱。"

"哪个本？"

"本，你见过的，我的老板。那天晚上在这里的人。"

"那个残疾人？他是你的老板？"

"什么残疾？他不是残疾人。"

卢卡斯认为那个人戴镜子耳机是为了助听。如果本是残疾人，那么他也是，因为他现在也戴着镜子。他情不自禁地笑了起来。

"你为什么笑？"艾伦感觉被他侮辱了，生气地问道，"我知道他比我年长，而且他已经结婚了。但他说，他很快就会离婚。"

"什么？"卢卡斯问道，他完全不明白，她为什么要告诉他这些。突然间他发现他并不在乎爱伦和一个已婚男出轨。他改变了对她的看法，她在他的眼里到处都是缺点，擦着了厚厚的粉底，一张血盆大口，满脸的硅胶，她是个该死的婊子！为什么他早没有发现？这个婊子，蠢到去相信一个已婚男人会为了她离婚！但是每个人都知道男人该说些什么让年轻的荡妇死心塌地。一旦本玩腻了，就会像丢弃发霉的马铃薯一样毫不留恋地离开她。然后她会回过头哀求他回来。但是他不会回头！他只会给她留下一个冷漠的背影，不管她如何乞求。因为他早就开始了一段新的感情关系，那个女人拥有一头黑色的长发和咖啡棕色的皮肤。他相信，他的镜子会为他找到这样的女人。

"卢卡斯？你有没有听我说的话？"

"什么？"

"你总是这样！我为什么要和你解释这些？"

"什么？"

"我们只做普通朋友吧。"

"好啊。"

"什么？好啊？"

"我们只做朋友。"

"什么？就这样？"

"现在怎么？这不就是你想要的。"

"是的，没错，但是……你来这里不是想要我回头吗？现在你觉得我们可以只做朋友？"

"是你说你不想要和我继续走下去了。"卢克不确定他的镜子是否懂女人，反正他不懂。

"你得理解，本才是我的真爱！"爱伦说道。

"我知道。可以，我们就只做朋友吧。"

当她噘嘴时，她总是一脸怪相，现在就是。他好像看到她的眼中有泪水。她点点头。

"她不适合你。"镜子说，"跟她说再见，祝她好运。"

"再见，"卢卡斯说，"祝你好运。"

"谢谢。"她说。现在她的眼里噙满了泪水。

"走吧！"他的镜子说道。

"我必须得走了。"卢卡斯说。

在出口处，她向前倾身亲吻他，然后畏缩了一下说："保重，好吗？"

"明白，我会的，再见。"

当他走到门外时，松了一口气。

"你想让我给你找一个合适的伴侣吗？"他的镜子问道。

"是的。"卢卡斯说，"但她得有大胸，黑色的长发，黑黝黝的大眼睛。如果她的名字是爱伦就再好不过了。"

"我已经为你找到了合适的伴侣。"镜子宣称。

"哇，真是太快了！"卢卡斯说。

"现在去让莱大街的切诺斯酒吧。"

"什么？现在？"

"是的，她会在那里。"

"哇，酷。我的意思是，我都根本不认识她。她看起来不错吗？"

"看看你的镜脑。"

他从口袋里取出设备。在显示屏上有一张照片：一个红头发，浅蓝色眼睛，长着雀斑的女人。她在照片中穿着厚羊毛毛衣，看不出她的胸围。但是，根据他阅片无数的经验，红头发的女人通常都很瘦，如果没有隆过胸，基本是飞机场。

"她叫什么名字？"卢卡斯问道。

"卡特琳。"镜子回答道。

尽管这个卡特琳在照片上笑得很甜，但卢卡斯多少有点失望。镜子的推荐没有一条符合他的要求。"还有没有更好的？"他问道。

"她是五十公里内最好的人选。"镜子称，"你会喜欢她的，卢卡斯。"

好的外表并不是一切，也许他们在床上很合拍。

切诺斯这样的网红酒吧，卢卡斯从来都没有主动去过。卡特琳坐在酒吧里，面前放着一杯橙汁。当他走进酒吧时，她转过头对他微笑。

"你好，卢卡斯！我是卡特琳。"

"呃，你好！"他回道，她竟然认得他。随后他发现了她左耳上的小天线。她正戴着一枚镜子耳机，那这就合乎逻辑了，难怪他的镜子认为她是最合适的人选。整件事情变得好方便啊！

她上下打量他："你很不错！"

"呃，你也是！"他说。

她笑了，那是一种尖锐却又有点粗俗的笑，这让他心里有了一些底气。

他们聊了一会儿，很快变得亲近起来。卢卡斯得承认，他的镜子是对的：尽管卡特琳看起来并不像他梦想的女人，但她很聪明，尤其是他们之后的性爱更是让他欲罢不能。

"这真是十分有冲击性的数字啊，卡尔。"唐·斯宾纳说，他摸了一下自己耳边的白发，仿佛是为了平复由这优异的销售业绩引发的震惊。"佩服！"

这里是胡桃系统大股东的办公室，卡尔没有心思欣赏这36层全球信息系统公司的落地窗外的壮丽景色。他看了看阿什顿·莫里斯，全球信息系统公司的首席财政官，穿着合身笔挺的西装，没有一丝褶皱，戴着金丝边眼镜坐在那里，一副税务官员的样子。斯宾纳的评价其实没那么重要，他作为一名律师，只在面对法律专业问题时可以做出实质性的贡献。莫里斯的所思所想才关乎胡桃系统的未来。

莫里斯摘下眼镜，用方巾擦拭镜片后，重新戴上，用他那仿佛没有温度的灰色眼睛看着卡尔。"尽管销售的增长幅度很可观，"他刻意用平静的声音说道，"但很大程度上是因为实际销售过程中，进行了大规模的市场营销工作。我感兴趣的是，刨去这一部分支出后的实际收益。不幸的是，这看起来并没有那么好。"他假模假式地在一堆文件中翻找，卡尔相信他其实早已知道具体的数字，因为莫里斯据说十分擅长图像记忆。"上个季度，胡桃系统公司的营业额为233亿美元，亏损85亿美元。每台售价为1000美元的设备，成本是530美元。

镜子是全球信息系统公司有史以来最大的一笔投资项目。"

"你作为财务总监应该能够区分成本和投资之间的区别。"宝拉·罗宾逊，是一位大约 30 岁，衣着优雅大方，留着蓬松发型，拥有咖啡棕肤色的漂亮女性。她负责胡桃系统的市场营销工作。她为卡尔从苹果手中抢占了不少市场份额。她的工作能力十分出色，就是容易冲动，这样有时候会显得有点傲慢，尤其此刻卡尔希望她有所收敛。

"你还需要证明你的营销成绩是值得拥有长期投资的，罗宾逊太太。"莫里斯平静地回答道。

"没有比这更容易了。"宝拉说，"这里是目前的品牌知名度和品牌形象的估值。与此同时，我们在全球最知名的电子设备品牌中排名第七，在品牌形象中排名第三。净推荐值达到了 86%。到目前为止，即便是 iPhone 也没有达到这个比例。"

"那是什么？"唐·斯宾纳问道。

"净推荐值是该产品用户是否会向朋友推荐此产品可能性的指数。每个客户对此评分为 0 到 10。然后，将评分低于 7 则为不会推荐，选择 9 或 10 的客户是会强烈推荐。在我们的调查报告中，91% 的客户'极有可能'推荐他们的镜子，而只有 5% 的客户'可能不会'推荐它。剩下的 4% 介于两者之间。"

"净推荐值不等于市场营销成绩。"负责全球信息系统消费产品的泰德插话道。他身材矮胖、秃顶，但是脸上永远笑眯眯的好脾气的样子弥补了视觉上的缺点。"它主要反映了产品的质量。"

"它反映的是顾客对产品的认可度。"宝拉反驳道，"市场营销在这里发挥了重要作用。如果客户认可他们的产品，认为是'很酷'或'时尚'的产品，那么他们的评价会更好。"

"可能这两点都是很好的指标。"莫里斯开口说道，"但它对我们而言没什么作用，客户每推荐一次商品，我们就要为每一笔销售承担相应的开支。"

"这对我们没用？"宝拉问道，"那可是……"

"可以了，宝拉！"卡尔制止了宝拉，"莫里斯先生，你是对的。我们需要让胡桃系统带来利润，我们也会这么做。但首先我们必须提高市场占有率。三星、谷歌还有苹果公司不断地在市场上推出竞争产品并试图打压我们，我们绝不能让这种情况发生。而且我们知道，他们都在努力研究类似的系统。"

莫里斯说："我一直觉得你们的技术明显优于竞争对手。我们没有为此以 70 亿美元的价格购买了 57% 的股份吗？泰德？"他疑惑地看着科利。

"镜子的技术目前是独一无二的。"卡尔同意道，"重点是'目前'，而我们面对的是来自全世界的竞争。"

"这是否意味着我们必须在发展上投入更多资金？"莫里斯问道。"与谷歌、苹果、三星和微软一争高下？这听起来像是一个无底洞。"

"它不是。"卡尔的联合创始人兼首席技术官埃里克·布兰登接过问题，回复道。他戴着大大的眼镜，一头卷发，穿着褪色的 T 恤，看起来就像个地道的书呆子。而他只有 32 岁，是世界上最高端的人工智能专家之一。"这与谁能开发出更好的硬件无关。"

"那和什么有关呢？"莫里斯问道。

"这与数据有关。"埃里克解释道，"系统拥有的用户数据越多，它的功能效果就越好。它与社交网络类似：加入的用户越多，就越有效果。这就是为什么竞争到最后总是剩下大型供应商的原因。他们通常是优先获得巨大市场份额的人。"

"这就是所谓的胜者为王。"唐·斯宾纳说道，显然为能插上话感到开心。

"完全正确！"宝拉同意道，"就是这个道理。"

"拥有更多用户的好处究竟在哪里？"莫里斯问道。

"我们拥有的数据越多，镜子就越智能。"埃里克说，"让我们以镜子世界为例，我们已经创建了一个详细的 3D 模型模拟真实世界，覆盖了美国约 3% 的城市，包括最大的 20 个城市的 78%。而且我们完全不需要为建模付出任何努力。"

"那对我们有什么好处？"莫里斯问道。

"镜子用户可以访问这个世界，在那里见面，玩电脑游戏。这就像谷歌街景，而且更加详细，而且不需要会开车。这种功能让镜子系统对用户更具吸引力。另一个例子是镜子传感手环。最初，这个手环只能非常粗略地感知用户的不安情绪。而通过对数百万用户的观察和记录，用户们的神经网络为镜子对于情绪的反应创造了更为精准的模型。在面部表情、动作、声音、心率变化、血压等因素基础上，它可以识别出感官上的细微差别。镜子知道它的主人是否正在经历失恋之苦，是否在生邻居的气，或者是否需要去看病。第三个例子是镜子聊天。从数以百万计的约会情况来看，我们的系统已经为用户们制定了最佳策略，让大家相亲成功。当双方都携带镜子时，他们之间的恋爱往往只需要几分钟。可见收集的数据越多，它的策略效果就越好。"

"这不存在隐私问题吗？"莫里斯问道，"你们是不是可以轻易就访问人们的数据，并且保存起来？"

"用户同意我们收集这些数据，"卡尔说，"而且这完全是匿名的。

之后没有人能够从中辨认出分别是谁的数据，而且数据不接受第三方访问。这是重中之重。"

"很高兴你这么说，卡尔。"唐·斯宾纳说，"我们多次接到来自参议员尼姆罗伊的电话，他向我们不断施压，希望安全部门有权限获取数据。"

"此事绝无可能！"卡尔反驳道，"如果我们同意这个做法，镜子就会立刻彻底完蛋。如果用户需要时刻担心自己受到监视，那么任何人都不会再使用它。"

"这将无异于营销自杀。"宝拉补充道。

"尼姆罗伊威胁要起草一项法案，强迫我们这样做。"

"那么我们会将总公司迁至韩国或德国。"卡尔说。

"如果安全机构无法访问数据，政府可能会禁止在美国范围内使用镜子。"

"我们已经在海外销售了 60% 的设备。"

"公司没必要搬迁。"泰德·科里说道，"我们已经拒绝了尼姆罗伊。他无法承受来自加州整个计算机产业的集体控诉。值得庆幸的是，还有不少的政客仍然重视公民权利。"

"让我们说回到财务状况。"莫里斯说，"我知道市场渗透给我们带来了竞争优势。但是，只有它能帮助我们盈利，对我们而言才是有意义的。泰德，你有什么建议吗？"

会议结束时，双方同意通过增加中国产能进一步降低生产成本，逐步提高镜鸟、镜子眼镜、无人机等配件的价格，并在镜子世界推出那些在现实世界也存在的广告牌、霓虹灯等虚拟广告位。这些广告位针对个人用户定制符合他们需求的内容，类似于互联网的广告。

　　"真是太好了！"卡尔对埃里克说，他们回到了湾区的另一边，"你用你的论据说服了莫里斯。在收支平衡之前，我认为他还会再为我们提供 30 亿投资。没有你，我可能要卷铺盖走人了。"

　　"客气。"埃里克简单回道。

　　"你有什么事吗？"卡尔问道。"你对会议结果不是很满意。"

　　"不是的，"埃里克回答道。"会议结果挺好的。"

　　"那你是怎么了？"

　　"没事，我只是太缺觉了。"

　　卡尔停止了追问。也许是因为宝拉还在车上，埃里克有些话不方便公开说。但如果他的联合创始人在担心什么事，那肯定是有他的原因的。

杰克盯着眼前的玻璃镜。他的脸看起来似乎来自一部惊悚电影：鼻梁弯曲，左眼肿胀，右脸通红，右边上面的牙齿掉了，其他的也有些松动。他的身体看起来更糟。每一次呼吸都十分疼，估计至少有一根肋骨被打断了。他的妈妈要他必须去医院，可杰克负担不起看病的费用。起码不是现在，而且他也没有兴趣去追究是谁打了他。让一切过去，只有这样才不会再次被殴打。

他知道他其实是走运的。罗尼和查兹一起殴打了他，但他们注意避免了任何可能造成永久性伤害的部位。迈克不需要一个瘸子的小弟。如果他在一周内没有交出 1200 美元，那么他们就不会手下留情了。他们会把他丢进垃圾场或扔进港口，以儆效尤。只要有人和迈克、和猎人闹翻了，他们会让这个人悄无声息地消失在这个世界上。警察甚至不会试图去追捕凶手。除非发生恶意伤害事件，他们才会履职。

一周 1200 美元，他该怎么做？逃跑是不可能的，如果他没有按照约定交出这笔钱，迈克就会找上他的家人，特别是他的妈妈。她独自一人住在圣莱安德罗，兼职做着清洁工和裁缝的工作。此外，迈克到处都有关系，迟早会找到他的，那他就只能祈求上帝保佑他了。不，逃跑是不现实的。

他突然体会到了和他的老同学威尔一样的悲惨和无助。一瞬间他在想，是否应该去求迈克延期。但这更不现实，讨价还价只会再次讨打。

为今之计是找到威尔，从他身上要回那些毒品。他想尽办法搜查了瘾君子经常徘徊的所有角落，但没有人知道他在哪里。如果他手里还有毒品，那他可能已经逃跑了，因为他十分害怕遭到猎人组织的报复。或者他可能已经在什么地方注射了那些毒品，失去了意识。那么，一切就完了。

他在脑海里过了一遍所有他能做的，并且可以在一周内为他带来足够酬劳的工作。

入室盗窃：这个区域有很多富人，除非他运气很好，没有充足的准备绝无可能顺利闯入。另外，这个区域受到了湾区警方的严密监控，一旦被抓住就会在短时间内走完所有判决程序。

抢劫勒索和绑架：需要花费大量时间准备，很难独自完成。

银行抢劫：以如今的监控技术和时间上的困难，这也毫无指望。

做快递或保镖：有时你可以通过为他人干脏活累活来谋生。但他并无这个行业的从业经验，公司不会因为他看起来可以做这个工作，从而信任他，给他工作机会。

替人杀人：不，他不能这么自甘堕落。而且它与快递和保镖工作一样需要经验。

踏实地工作：即使他设法在短时间内找到一份临时工作，他每天最多可以赚 50 美元，这远远不够。他没有任何可以变卖的东西，毕竟他住的地方没有任何东西属于他。

那就只有两条路：抢劫和盗窃。使用凶器抢劫商店仍然是最简单、最快捷的来钱方式。但这还不够，通常收银机的现金很少超过

200 美元。他必须在一周内至少进行 6 次成功的抢劫，而且要确保不会被抓住。这几乎是不可能的，况且遇到一些印度或中国的店主的风险很大，他们武功极高，很可能会像个英雄一样出场，夺走凶器，反过来用各种方式来攻击他。于是，他要么成为凶手，要么断送了自己。

盗窃也是一样。他还是个小孩的时候，做过一段时间的小偷。他一直都做得很好，有时候他一天就能偷到一百美元，其中大部分都会交给老大。当然，他能得到可观的零花钱，足够买到最新的运动鞋和手机。但是现在人们几乎都是用信用卡或智能手机付钱。于是，在这里唯一的机会是：智能手机已经是人们的生活中心。手机的设计通常光滑又细腻，非常适合从夹克口袋中偷出来。之后可以找二手贩子销赃，换些钱。然而，通常情况下，失主会准备支付赎金以找回他们的设备，因为它存储了许多有价值的数据，诸如地址、电子邮件、照片，有时是一些秘密或非法交易。以他的经验来看，即便人们在遇到手机丢失时根本做不了什么，也会很快陷入惊慌失措的情绪。杰克认识一个会破解手机密码的黑客。随后，他可以打电话给失主，要求取得酬谢金，可以根据他的声音判断他愿意为此支付的金额。

最好的扒窃去处是城市的东北部，那里是围绕摩天大楼泛美金字塔的金融区，也是许多新贵的日常活动区域。然而，除非他西装革履地打扮一番，否则以他目前的形象，和那儿太格格不入了。他想了一会儿，随后有了一个主意。

他起身翻箱倒柜，找到一条紧身裤和一件褪色 T 恤，然后穿上了运动鞋。接着他在头上缠绕上纱布，在腰带上别了一个塑料水瓶，找出一个背包和一个他小时候玩滑板时使用的头盔，伪装工作完成。现在他看起来就像是一个最近发生意外的骑自行车的快递员。如果人们看见他，只会给予他几秒的同情，然后很快就会忘记他。他找出一些旧报纸，用潦草的字体写下了一个难以辨认的地址，并把它塞进背包里。然后就出发了。

接下来就很容易了：在金融区到处踩点，不动声色地观察，寻找边打电话边抽烟或者赶路的雅皮士们。一旦这个家伙收起手机，就拿着报纸上前向他询问地址，无意间把东西掉在地上，笨手笨脚地去捡的时候，用闪电般的速度把他的智能手机从口袋里掏出来。然后道歉，低头慢慢向前走，一遍又一遍地环顾四周。然后转向下一条街道，在那个家伙意识到可能碰到扒手之前就消失了。

大多数失主会首先看顾他们的钱包。当钱包还在时，就会默认刚刚的猜测是错觉，不会立刻想到这一切和手机有关。

当然，这并非没有风险，这就是为什么他早就放弃了扒窃，因为他被警察抓了 3 次。最初几次因年少而仅仅被罚款过关，但第 3 次被判坐牢 2 年。如果还有第 4 次就要坐 5 年牢。那次在监狱里，他认识了迈克。出狱后，迈克邀请他在他的帮派里做小弟。杰克接受了。随着年龄的增长，偷窃变得越来越困难，相比之下处理毒品这种活的风险显然小很多。

但目前，一切进展都很顺利。下午，他耍手段偷到了两部 iPhone 和一部全新的三星智能手机。算是一个不坏的开始。当然，他聪明地取出了电池或者关机。

他不想浪费运气去冒险地向任何人透露这件事，所以他决定乘坐下一班巴士返回猎人组织的据点。返程途中他看到了一个不错的机会：一个站在路边的人，可能正在等待出租车，并且忙着用手机通话。那人的黑色皮革公文包就放在身旁的地板上，而那人也并未看顾着自己的包。

　　杰克走向那人，那人也没注意到他。杰克保持自己的前进步伐，路过的时候，从他的肩包里取出一条坚固的钢丝钓到公文包上。在这种操作中，重要的是不要改变姿势和步行速度，以便受害者的余光察觉不到任何可疑的动作。他只有一次勾取成功的机会。以他的经验来看，他只有三分之一的成功概率。但他很幸运，钩子挂在了公文包的手柄上，他得以抓起公文包，并且以一种流畅的动作把它藏在他的背包下面，这样就不会被旁人观察到。他的心脏剧烈地跳动着，没有回头继续前行。他身后没有传来大声喊叫，这家伙的注意力可能还在手机上。

　　他迅速拐入下一条街，直到他走出两个街区之外时，才停下来将他的战利品藏在背包中。现在他可以乘公共汽车轻松回家了。

"你应该给她带些东西，"妈妈说，"小礼物或什么。毕竟，那是你的第一次约会。"

"无聊，"那男人说，"约会什么也不用带！"

"这不是约会，"安迪说，"我只是在和维多利亚见面喝茶。"

"这显然是约会。"男人说。

"如果你不想，就没必要带。"妈妈说，"这只是我的一个想法。"

"我该给她带什么？"安迪问道，只是为了和那个男人唱反调。

"我不知道。也许鲜花或巧克力，女人都喜欢这些。"

"一派胡言！"男子评论道。

妈妈没有说什么就是看着那男人。"愤怒。"安迪的镜子说。

"我不知道她是否喜欢鲜花或巧克力。"

"相信我，每个女人都喜欢鲜花，大多数也喜欢巧克力。"

"愚蠢！"男子评论道，"这个男孩终于有了约会，可你把它变得那么粗俗，仿佛我们活在 20 世纪。你不应该总看那些历史浪漫小说，安娜！"

"浪漫永远不会过时！"妈妈回答道，"我就知道你不懂。如果你来给建议，是不是会建议他带一包避孕套？"

"什么？"安迪喊道。

"好吧，我注意到了，我的意见在这里不受欢迎。"男子说完走出了厨房。

"对不起，安德……我的意思是，安迪。无论如何，我会对巧克力或鲜花感到高兴。"

"但你不是维多利亚。"

"你说得对。你不能问问其他人吗？比方说一个朋友？"

"好主意，妈妈。镜子，联系维多利亚的镜子。"

"你好，安迪。"维多利亚的声音在他耳边响起。

"你是维多利亚的镜子吗？"

"是的。你想和维多利亚谈谈吗？"

"不用。我想知道维多利亚喜欢什么。"

"维多利亚最喜欢的颜色是粉红色。她喜欢寿司和中国菜。她喜欢看恐怖片。她喜欢听朋克摇滚。她最喜欢的乐队是 Do not Eat All the Humans, Please（请不要吃了所有人类）。"

"维多利亚喜欢巧克力吗？"

"维多利亚喜欢甘草糖，最好是来自丹麦的咸甘草糖。"

"谢谢！"

"不客气。"

"她喜欢甘草糖，"安迪告诉妈妈，"来自丹麦的咸甘草糖。"

"你怎么知道的？"

"她的镜子告诉我的。"

"好方便啊！"

他们约在上次见面的咖啡馆。安迪给了维多利亚一个塑料盒子。

"这个，给你！"

"丹麦咸甘草糖！"她喊道，"真是太好了，谢谢！"女服务员来了。安迪点了一杯茶，维多利亚点了一杯卡布奇诺。

"这里真好，上次我们也在这里。"维多利亚说，"我指的是在镜子世界中的那次。"

"是的。"安迪说。

"可惜我们无法在现实世界中飞翔。"

"是的，太可惜了。"

"赞美她，"安迪的镜子说道，"告诉她，她的眼睛很美。"

这似乎对安迪而言，有点奇怪。她的眼睛就是很正常的蓝灰色，上面有几个亮绿色的斑点。然而现在他很信任他的镜子。

"你的眼睛很美。"他说。

"什么？"维多利亚问道。

"你的眼睛很美。"他重复道。

她静静地看了他一会儿。

"不相信。"安迪的镜子解释道。

"你这样说，是镜子教你的吗？"

"愤怒。"镜子说。

安迪不知道该回答什么。

"你的镜子要你对我说，我的眼睛很美吗？"

"是的。"安迪说。他的母亲告诉过他，说谎是不会有好报的。

"你自己觉得我的眼睛是什么样的？"

"告诉她，她的眼睛像钻石一样闪闪发光。"镜子说。

"它们是蓝灰色的，里面有一些浅绿色斑块。"安迪说。

维多利亚笑了，笑声清脆悦耳，就像安迪醒来时镜子奏出的那段旋律。

"我说的那么愚蠢吗？"安迪问道，"我的镜子告诉我要说些别的话。它说我应该说你的眼睛像钻石一样闪闪发光，但你的眼睛根本不是那样的。"

维多利亚笑得更开怀了："你真好玩，安迪。我有个请求：当我们说话时，取下你的耳机，好吗？"

"不要那样做，"镜子说，"那样我就帮不了你了。"

安迪把耳机从耳边拿出来放在口袋里。

"这就对了。"维多利亚笑着说道。安迪很紧张，因为他知道，有各种不同的笑容——友好的笑，开心的笑，希望的笑，假笑，邪恶的笑——但他无法辨认出那些究竟是什么样的笑容。

"你的耳机呢？"安迪问道，"你也取下来吗？"

笑声又一次响起。"好吧。这很公平的。"她从善如流地取出了耳机。

没有镜子，安迪越发紧张，谈话更加困难。他经常不知道该说些什么，所以他们只是长时间地看着对方，直到让安迪感到不舒服地垂下了眼睛。但随着时间的推移，交流变得容易起来，因为维多利亚主动地帮助他，讲了很多自己的事情，也问了他很多具体的问题，得到了他详细的回答。

"你是我见过的最奇怪的人，安迪。"维多利亚说道。

"你也是。"他回答道。

她笑了。"我哪里奇怪？"

"一切，"安迪说，"但你很友善。"

"你还发现其他人很奇怪吗？"

"是的，除了妈妈。"

"你喜欢像我这样的其他人吗？"

"不喜欢。"

"你喜欢像我这样的母亲吗？"

安迪想了一会儿。"不，"他说，"我更喜欢你。"

"我现在必须走了。"她说。

"好的。"他的最后的回答和她现在要离开的事情之间是否有联系？他知道人们有时没有兴致了，会说他们得走了。他说错什么了吗？

"你会陪我去地铁站吗？"她问道。

"当然。"

当他们走上街头时，维多利亚把安迪的手放在了她的手里。这感觉很奇怪，他会对其他人的碰触感到不舒服，但对于她感觉不一样。

他们到达地铁站。维多利亚住在法姆森，搭乘东北方向的列车，而安迪的方向相反。在维多利亚的地铁到达之前，他们并排站着，什么也没说。然后她面向他，双手放在他的脸上，亲吻了他的嘴。

他吓了一跳，然后猛地回过神来。

"再见！"她喊道，在他回答之前，转身跳进了列车。

他一直看着她，直到她的列车开走了。

当他回到家时，他仍然可以感受到她的嘴唇。

"约会怎么样？"妈妈问道。

"很好。"他说，然后回到他的房间。他把镜子耳机从裤兜里拿出来戴上。

"如果你不让我参与你的生活，那么我无法学习你喜欢什么，"镜子说，"请尽可能经常把我戴在耳朵上。"

安迪解释说："维多利亚不喜欢我在跟她说话的时候，戴着你。"

"我不明白这个说法。"

"你和我说了错误的事情。你说，我应该对她说，她的眼睛像钻石一样闪闪发光，可她的眼睛不是那样的。"

"这只是一个修辞说法。87.5%的女性会认为男性说这句话的时候更具吸引力。"

"可维多利亚不是。"

"感谢你提供的信息，我将在未来考虑到这一点。"

"好。"安迪说。但他对镜子的信任有点动摇了。

弗莱娅启动了无人机，随着引擎声响起，无人机旋转飞起时，她可以感受到带起了一阵凉风吹在裸露的双腿上。她启动了相机模式并操控无人机，使其在笔记本电脑的显示器上方移动，直到相机画面中完整显示了电脑画面。画面中显示出：一个生锈的摩天轮，上面覆盖着鲜黄色的纸浆，旁边是一辆带着保险杠的自行车的骨架，覆盖在金属框架上的防水油布早已腐烂。老式旋转木马的圆屋顶坍塌了一半，这些马在锈迹斑斑的杆子上挂着，挑衅地抬起头来，仿佛反抗这样的腐朽。这种骚动从未被打破，当反应堆发生灾难时，工人们一直忙于施工。

无人机乖乖地按照指示行事，没有任何故障迹象。

特里的猜测应该是对的，他总是这样判断准确。他是一个非常聪明的人，是伦敦最好的自由撰稿人之一，专攻商业主题。当兼并迫在眉睫时，那些看似运转良好的公司突然破产或者在内部进行内幕交易，他总是先人一步看到迹象。除此之外他的涉猎也十分广泛，从历史和哲学到数学和物理。弗莱娅在他面前总觉得自己有些逊色。

尽管如此，她还是凭着自己的新闻本能去追随自己最初的直觉。然而，即使她知道不太可能，对于电子设备实际上可能已经具有了感情的猜测也使她异常着迷，她不知道这在技术上是否可行。尽管特里知识渊博，但他可能也有不知道的地方。这就是为什么她决定做一个小实验。如果她能重现无人机的奇怪行为，那她可能已经找到真相了。

她按了几下按键切换图片：一个早已干涸的巨大室内游泳池。一间黑板上布置着 1986 年 4 月 26 日家庭作业的学校教室，还有人在课桌上刻下了一个公式，玛利亚翻译说是"沃维克＋坦妮亚＝爱"，弗莱娅在想不知道他们两个现在怎么样，灾难是否为美好结局留下了空间。一架旧钢琴，弗莱娅按下琴键，这种声音在荒凉的建筑物里徘徊了很长时间，就像幽灵的悲哀的声音。这些照片引发了弗莱娅强烈的共情。

无论展示了普里皮亚季的什么图片，无人机依然岿然不动。弗莱娅的理论显然是错误的。

她再次按下切换键，蜘蛛的图像跃然而现。

无人机发出嘶嘶声，好像被人踢了一脚，随后在房间里转了一圈，然后降落在弗莱娅的脚下。

弗莱娅害怕蜘蛛，那张照片的确让她冒冷汗，可此刻她并没有佩戴传感手环，以避免在她的验证过程中，她自己的状态影响了镜子的反应。然而，现在无人机突然异常。因此，幼儿园的阴森氛围并没有干扰到无人机，它真正害怕的是突然爬进画面的小蜘蛛。

她试图调整无人机的方向，但就像在普里皮亚季的时候一样，它固执的表现像一匹害羞的马。她再次按下图片切换按钮，画面不再是蜘蛛，而是一只蹲在生锈的自行车上的乌鸦。终于，她恢复了对无人机的正常控制。

为了再次验证，弗莱娅重新调出蜘蛛的图像。无人机再次异常，虽然这次反应似乎不那么激烈了。

她调出了镜子屏幕上的摄像头，她的虚拟 3D 形象仿佛在面无表情地和现实中的她视频。

弗莱娅拿起无人机对准显示器，镜子屏幕上的虚拟表情突然变得滑稽，变得扭曲恐怖。弗莱娅大笑起来。当无人机开始旋转起来试图再次逃跑的时候，弗莱娅紧紧握住它。毫无疑问：她的镜子害怕蜘蛛！

也许除了她，有人早就知道镜子在情绪上有所反应？不出所料。

她在谷歌上输入了"镜子情感"。正如预期的那样，传感手环的描述中有一条置顶"镜子可以识别你的感受，从而总是知道你在做什么"。镜子自身是没有情感的。

另外一篇热门帖子也是关于镜像神经元的。这些是特殊的脑细胞，使人类和高等动物能够识别并同情彼此的情绪。无论是自己动作还是仅观察动作，相同的大脑区域都会发生相同的过程。虽然科学发现仍然不够充分且有争议，但许多研究人员认为镜像神经元是共情的基础。

如果镜像神经元的概念已经被用于镜子的开发，正如这个设备的名字所暗示的那样，那么镜像不仅识别而且从其拥有者那里复制特定的反应模式是非常可能的。这将解释她的设备害怕蜘蛛的原因。当蜘蛛突然出现在摄像机图像中时，镜子必须在传感手环上记住它的恐惧。但是，是有一个"蜘蛛＝恐惧"这样的公式永久保存在镜子里吗？

她搜索了镜子的结构和功能的相关内容，它在互联网上有数百篇文章和视频。事情很快清晰起来：这个设备不仅通过观察其所有者来学习，而且通过比较它与其他镜子所有者的反应来学习。于是当识别出的画面上有一只八条腿的动物时，不仅弗莱娅，成千上万人的人都会感到害怕。所以弗莱娅的镜子实际上是还在模仿其他在镜子网络中的人对蜘蛛感到害怕的行为。

经过几个小时的研究，她阅读了很多人们发布在网上的帖子，关于他们的镜子的奇怪行为表现。但这是否是因为镜子发展了它自己的情感？她在网上一无所获。

她咧嘴一笑，想着她今晚向特里展示她的实验时，他会有什么反应。这次她可是对的，而他错了！然后傻笑消失了，她皱着眉，感觉自己好像意识到了这背后指向了更深层的含义。

那东西太棒了！

自从卢卡斯拥有镜子后，他的生活发生了翻天覆地的变化。他现在主要在港口的一个建筑工地工作，赚了不少钱。镜子帮他找的那份工作，就这么简单。最重要的是，镜子指点了他不少需要做的事情，比如告诉他在哪里堆放材料，比如当他将要做错事时纠正他，警告危险，甚至帮他在休息的时候，学习怎么与他人交流，学着去开玩笑。多么不可思议！有几个同事已经在问他，耳朵里戴的是什么东西。当他向他们解释时，他们惊讶地瞪大眼睛说，他们也想要这样的东西。他生平第一次不是一个愚蠢的失败者，不是每个人都取笑的白痴，而是拥有镜子的人。

但镜子带来的最好的部分当然是卡特琳。他没有再和爱伦纠缠，而是遇见了他梦寐以求的女人。虽然乍一看她看起来并不像他原先期待的那样，但她的身体让他痴迷。不论是在床上还是生活中，她都清楚地知道自己想要什么。和她做爱是那么的淋漓尽致，尤其是当他戴着镜子，镜子告诉他应该如何对待她时。他刚开始还有所犹豫，当他征询卡特琳时，她认可了镜子的建议。这件事情真是无可挑剔！

"嘿，卢卡斯！"

那是爱伦的声音。他继续沿着自动扶梯走到地铁站台，假装他没有听到。

"卢卡斯，等一下！"

当他到达自动扶梯的尽头时，他飞快地转过身来，见她跌跌撞撞地走下楼梯。她的老姘头也在那里。卢卡斯快速瞥了眼列车信息栏：地铁在五分钟后到达。

艾伦吻了他一下脸颊。"你好吗？"

"非常好。"

"你去哪里？"

"去找我的女朋友。"

她皱起眉头："你有一个新女朋友？"

"是的。"

"从什么时候开始？"

"周三开始。"

她睁得很大："你上次拜访我时就有一个新的女朋友？"

"不，那之后。"

"同一天？"

"是的。"

"我不认为我对你这么不重要。"她听起来很生气。

"告诉她：已经结束了！"镜子说。

"过去的已经过去了，重要的是现在。"卢卡斯说。

"所以呢？"

"一切都很好。我现在正在建筑工地工作。"

"你有工作了吗？恭喜！"

"谢谢。"

"看起来它给了你不少帮助,你的镜子!"那个混蛋说道,叫贝恩德还是什么的家伙。今天他没有戴镜子。

"是的。"卢卡斯说。

"问他为什么不戴他的镜子耳机。"镜子说。

"你为什么不戴着镜子耳机?"

"他不需要镜子,"艾伦回答他说,"他自己知道他需要做什么和说什么。"看到卢卡斯的恼怒表情,她迅速补充说,"但当然这并不意味着你不应该戴你的。"

"告诉她,你的镜子可以和世界各地的镜子用户联系。"镜子建议道。

他重复了镜子的话。

"告诉她,你能感受到自己是强大团体的一部分。"他也重复了这一点。

"你听起来像是在鹦鹉学舌,"爱伦说,"你的镜子,或者更确切地说,制造它的人把你当成了傻子!"

"胡说八道,"卢卡斯说,"这是多酷的一件事情。我确确实实地赚了钱,建筑工地的同事们都在羡慕我。"

幸好这个时候地铁来了,他们的方向不同,不得不结束了对话。但卢卡斯很恼火,他不喜欢爱伦说的话。他知道他的脑子转得没那么快。如果她是对的,最终只有无用之人才使用这样的东西怎么办?

"你认为只有傻瓜才能使用镜子吗?"他到达圣乔治公寓后,问卡特琳。

"你觉得我很蠢吗?"她皱着眉问道。

"什么？不！怎么会呢？"

直到她触碰她的耳机，他才意识到：她正戴着镜子。所以，爱伦是在胡说八道。卡特琳当然比他的前任更聪明。如果她在用镜子，那肯定不是因为愚蠢。

"谁说的？"她问道。

"我的前任。刚刚在地铁站遇到她。"

"你的前任？你在乎那个婊子怎么想？任何愚蠢到和他的老板鬼混，并认为他很快就会离婚的人，都不应该对其他人指手画脚。"

"你说得对。但是当人们戴镜子时，有些人似乎认为他是个傻子。"

"他们是白痴，"卡特琳说，"他们只是嫉妒。"

"不如你们做一些事情，去让镜子更受欢迎怎么样？"他的镜子建议道。

"不如我们做一些事情，去让镜子更受欢迎怎么样？"卢卡斯说。

"什么？"卡特琳问道。

"你们可以成立一个粉丝俱乐部。"镜子说。

"我们可以成立一个粉丝俱乐部。"卢卡斯说。

"粉丝俱乐部？那是个什么傻不拉几的主意？"

"告诉她世界各地都有镜子粉丝俱乐部。这些俱乐部的成员在镜子网络中拥有很多好处。"

他向她重复了一遍。

"等等，这样鹦鹉学舌的交流太浪费时间了。"她说，"镜子，把卢卡斯镜子的话分享给我。镜子俱乐部成员有什么好处？"

"粉丝俱乐部的成员有很多好处。"卢卡斯的镜子说，"在许多公司，如旅行供应商，保险公司和酒店以及镜子配件等方面享有特别优惠折扣。此外，镜子粉丝俱乐部会员可优先计入镜子积分，获得Beta 测试机会。"

"我的镜子说……"卢卡斯开始说，但卡特琳挥了挥手打断了他。

"我也听到了。镜子，什么是镜子积分？"

"镜子积分是镜子的新功能，通过在镜子网络社区做一些事情来赚取积分。您拥有的积分越多，您在镜子网络中的受欢迎程度就越高。积分也可用于额外独家优势。"

"听起来很酷！"卢卡斯说。

"有什么优势？"卡特琳问道。

"在您所在的区域中，积分最多的成员可以率先访问新功能，获取更新和信息，建立您的个人信息优势。然后，您比其他人更优先了解独家新闻和活动，比其他人更早获得订购新产品和下载更新的机会。镜子积分让您在镜子中的生活更加精彩！"

"听起来很酷！"卢卡斯再次说道。

"你有什么办法成立一个粉丝俱乐部？"卡特琳问道。

他们的镜子向他们解释了许久。卢卡斯并未完全理解，但卡特琳明白了操作步骤。不久之后，他们创立了由卡特琳·多恩主持的"圣乔治魔镜"粉丝俱乐部，甚至有了一个自己的网站，卡特琳和卢卡斯的专业数据自动显示在俱乐部创始人的位置。

卢卡斯像是拿了奥斯卡奖一样自豪。下次他遇到爱伦或那个混蛋时，一定要吓掉他们的眼睛！

"有来自维多利亚的消息，邀请你去镜子世界。"安迪的镜子说。

"好。"安迪回答道。

"你要接受邀请吗？"

"是的。"

"请在电脑上激活镜子世界程序并戴上你的 3D 眼镜。"

安迪跟着指令，很快就进入虚拟房间。一张床，一个白色的书架，一个衣柜，一张小桌子和角落不成形的虚拟物体。

维多利亚的虚拟形象站在他旁边，她穿着黑色衣服，看起来像巫术世界中的忍者。

"你是认真的吗？"安迪问道。

"你好，安迪。"她回答说，"它看起来像吗？"

"粉红色。"他指着那种颜色的模拟墙。

"过来看看吧。"

"我已经在这里了。"

"我的意思是，真正的我的房间。"

"我不知道你住在哪里。"

她给了安迪地址。

"我从未去过法姆森。"他说。

"那没关系。你的镜子可以把你带到我身边。"

"当我和你说话时，我觉得你不喜欢它。"

"我和我的镜子聊过了。他解释说你的镜子只是想帮助你。他知道你是一个自闭症患者并想教你学着夸赞别人。他显然做得不是很好，但他正在学习。无论如何，要你摘掉它是我的不对。"

"是它做得不对。"

"也许吧。但无论如何你现在可以开始用它，我也有。"

"好吧。"

"你想什么时候来找我？"

"我应该什么时候来这里？"

"现在？"

"好。"

半小时后，他在一个公寓的二楼按响了门铃。他觉得维多利亚像他一样住也在二楼很有趣。一个女人打开门，奇怪地看着他。镜子解释："不信任。"

"你是谁？"安迪问道。

"我是谁？"女人问道。

镜子解释道："惊讶。"

"我找维多利亚。"安迪解释道。

"哦，"女人说，"你一定是安迪。我是维多利亚的母亲，我叫妮娜。"她伸出了手。

安迪不喜欢和某人握手，但他和她握手，因为他不想让维多利亚的母亲感到莫名其妙。她母亲把他带到维多利亚的房间。

它看起来几乎和模拟世界中一样：一张床，一个白色书架，衣柜，小桌子和在角落里一堆的东西。维多利亚坐在那里，她戴着耳机，音乐嘶嘶作响。

"维多利亚！"她母亲喊道，"你有客人！"

维多利亚抬起头，取下耳机，看起来像从一个皱巴巴的麻袋里跳起来的。

"安迪！我没想到你来得这么快！"

"你们玩，我要去买点东西。"维多利亚的母亲说着，关上她身后的门。

"我给你带了甘草糖，"他说，"地铁便利店里不卖丹麦的甘草糖，我希望你也会喜欢。"

"你真好！"

"吻她！"安迪的镜子说道。

"什么？"安迪吓了一跳。

"什么？"维多利亚问道。

"我的镜子说我应该吻你！"安迪说。

"那就来吧！"维多利亚说。

"好的。"安迪亲吻她说。

"你可以抱抱我，"维多利亚说，"过来，我会教你的。"他们再次吻了一下，这次更久了。

"你有点僵硬，"他们分开后维多利亚说，"你不喜欢吗？"

"不是。"

"可是？"

"它……只是……有点奇怪。"

"那我们多练习一下。"

他们不停地亲吻，吻了很久。不知什么时候，他们躺在了床上。

"吻她的脖子，"安迪的镜子说，"就在耳垂下面的位置。"

他照做了，听见她的呻吟。

"你不喜欢吗？"他问道。

"不是，"她回答道，"非常喜欢！"

然后她在一个非常敏感的地方摸了摸他。那感觉非常奇怪，却也特别好。没有戴着镜子，他就不知道该怎么做。镜子总是知道维多利亚想要的东西。维多利亚却知道他想要的东西而不必等镜子的建议。

这是他曾经历过的最美好的事情。

"告诉她你爱她！"镜子建议道。他听了镜子的话，因为这是真的。

"发生了什么事？"当他和埃里克在奥克兰办公室站在一起时，卡尔问道，"有些东西让你郁闷。所以，说说吧！"

"我会离开胡桃系统。"他的老朋友回答道。

"你会……什么？"卡尔盯着他，看看埃里克是不是开玩笑。他有时会有一种奇怪的幽默感，但这次他并没有咧嘴笑，"你在开玩笑，对吗？"

"我很认真。很抱歉。"

"你疯了！一切都是刚刚起步，你不能在这个时候就甩手离开！"

"不，我可以。吉姆将接管我的工作。他毫无疑问可以胜任。"

卡尔难以置信地摇了摇头："那……我现在不这么认为！事情是因为你才进展如此顺利的！"

"没有我它也会顺利的。镜子网络的基础建设已经完成了。我的工作也在这里完成。"

"废话！你必须像我们之前的会议那样在这里帮助我，对付这些来自全球信息系统的只知道赚钱的吸血鬼。我怎么能独自应付得来他们？"

"你有宝拉和吉姆。你可以做到的，卡尔。这一切都是你在做的。"

"我不明白。怎么回事？我做错了什么吗？我对你不好吗？"

"不，不是那个原因。"

"那是什么呢？"

"我……我觉得一切都太贸然了。"埃里克低下了眼睛。

"贸然？什么贸然？"

"镜子技术尚未成熟，而我们太早进入市场了。我一直认为我们需要更长的测试阶段。"

"你知道的，我们没有钱。六个月内发布是项目的前提，如果我们不那样做，我们现在就已经破产了。"

"是的，我知道。但这并没有改变一切为时尚早的事实。"

"就是这样？你认为我们的产品还不够好？"

埃里克点点头："就像我说的那样，我认为它还不成熟。"

"那你看看评论，或问问宝拉。你也听见了，我们的净推荐值为86分。iPhone 在高峰期也只有 70 分。人们喜欢他们的镜子。"

"这正是令我担忧的事情，"埃里克说。"人们相信他们的镜子。"

"那又怎样？这有什么问题？"

"我们不知道这意味着什么。我经常告诉你，我们不了解神经网络中形成的详细结构。换句话说，我们自己并不确切知道镜子网络的工作原理。"

"你在开玩笑吧？你想告诉我，你不知道我们的技术如何运作？"

"我知道我们的技术是如何工作的，哪种算法可以控制神经网络。但我不知道系统正在学习什么以及它从中获得了什么结论。这是一个非常复杂的反馈机制。"

"那又怎样？最重要的是它有效的。而它确实如此。现在，无数人都十分感激镜子所做的一切，因为镜子他们或规避了事故，或收到了警示，或得到及时的医疗帮助。其中包括我的父亲。"

"卡尔，我们没有使用镜子网络的长期经验。当时我同意推出，是因为我认为我们在最初的几个月内的销售也就是几十万台设备，可能是一百万台。但现在数量已经超过一亿。"

"这是一个卓越的成功！它显示了该技术的运作情况。你是不是不认为自己拥有的用户越多，它就越好？"

"不是的，我知道。但它不仅变得越来越好，而且越来越复杂，越来越难以预测。"

卡尔叹了口气："你是一个完美主义者，埃里克。我明白。但有时你必须在市场上推出一种不完善的产品，然后再不断地开发它。每个人都这样做。或者您认为 iOS，Android 或 Windows 在发布新版本时不会出现任何错误吗？不然你认为为什么人们必须不断更新它们？"

"谢谢，我知道什么是更新。我说的不是这个问题。我们谈论的是有史以来最复杂的计算机系统。我们谈论的是数以百万计的互联神经网络，它们正在不断地监控用户。网上已经有一份报道，镜子有时会表现得很奇怪。"

"当然会有那些，埃里克！没有是不可能的，有一亿件售出！此外，你知道问题是百分之九十九的用户都会在使用时遇到问题。"

"是的，我知道。我坚持认为，我们太早进入市场。我只能希望不会产生无法预计的后果。"

"这就是你要离开的原因？因为你害怕被起诉？你要去哪儿？谷歌吗？"

"不，我会回去做研究。斯坦福为我提供了新的神经信息学研究所的研究员位置。"

"只要你愿意，斯坦福当然会为提供位置。他们不过只对你的钱感兴趣。"

"很高兴你相信我的科研能力。"

"说真的，埃里克，你还想回到大学吗？写论文，讲课？"

"是的，我将继续研究我们在这里开始的工作。"

卡尔突然无比愤怒。他知道想要劝阻埃里克收回愚蠢的决定毫无意义。他的朋友太过固执而且古板，他一定再三权衡了所有可能的利弊。但让他回到大学并公开胡桃系统拥有的数据是绝对不可接受的。

"你知道到你签署过一份保密协议吧？"

"当然。我打算重新开始。我对神经结构有了新的想法。"

卡尔最后一次绝望地试图挽回他的决定，"埃里克，拜托！不要这么做！我这里需要你，尤其是如果你有新想法的话！我们必须领先于其他竞争对手，否则我们很快就会出局！"

"没有我，你也可以做到，"埃里克说，"如果还存在问题，我是不会选择退出我们一手创造的世界。"

"好，很好，埃里克，真的！回到你的大学，把头埋在书本里，改变世界不劳你费心！"

"我真的很抱歉，卡尔。但我已经做好决定了，我会在这里坚持到月底，交接完工作。以后，只要你开口，我一定帮忙。"

"我只是不明白！你告诉我，我们的产品还没有完成，你却不是继续努力改进它，而是要重新开始！这毫无意义！"

"听我说，卡尔。我们在这里做的是进化。我们创造了一种人造生物，并将其释放到人类身上而不清楚其后果，况且这无法撤销。我不知道后果会是怎样，镜子在市场中确实是危险的存在，有必要做些什么。全球信息系统的贪婪永远不会同意自愿召回甚至关闭镜子网络。所以唯一的方法是：做一些更好的东西来取代镜子。"

卡尔盯着他惊呆了："你……你想毁掉胡桃系统？"他问道，"你究竟怎么了，埃里克？"

他"最好的朋友"摇了摇头："不，我不想那样。上帝，那不是我的意思。我希望你将拥有巨大的成功，而镜子的用户将因为你而有更好的生活，快乐而满足，同时宝拉的净推荐值将上升到近百分之百。我希望这一切发生。但如果我是对的，那么我唯一能做的就是避免灾难。"

"一场灾难？你昏头了吗？你认为我们在这里创造了终结者还是什么？"

"我们用镜子做的事情可能比终结者更糟糕。"

"哦，是吗？那是什么？拜托！"

"错误的朋友。"

"错误的朋友？你只需说出来！我一直都以为你是我的朋友！我从没想过你会这样让我失望！我真是错看你了。"

"我很抱歉你这么想，我们拭目以待。"埃里克说完离开了办公室。

"你很激动，卡尔。"他耳边传来一个声音。

"你想听一些轻松的音乐吗？"

他不由自主地畏缩了一下，他忘记了他仍然戴着镜子耳机。他之前将声音功能切换为"静音"，以便专注与全球信息系统的会议！他拿出了他的镜脑并调出了设置页面，静音被禁用。奇怪，他不记得这样设置过。

"无所谓。"他说。不久，Simon 和 Garfunkel 的《沉默的声音》响起，这是他父亲最喜欢的歌曲之一。他停下来思考这首歌曲响起是否是巧合，或者是因为和埃里克的谈话中，他们提到了他父亲，但很快这个想法很快被他抛在了脑后。

撬开公文包的廉价组合锁是不需要脑子的，里面是失主的名片——咨询公司 Birnbaum & Partners 的某位负责人雨果·F. 范恩海姆，还有两本财经杂志，一台超薄笔记本电脑，用包装纸包裹的纸板，还有几堆用黑色订书钉钉在一起的纸。其中一个被标记为"机密"。杰克对金融一无所知，但他知道带有"收购计划"字样的机密记录可能值得花很多钱被赎回。对于一个丢失了这样一份文件的顾问来说，这不仅仅关乎他是否会丢掉工作。

中奖了！

他在考虑接下来怎么做。第一天，就幸运地捞到一条大鱼。也许他应该把行李箱交给迈克？不，那太愚蠢了。迈克即使接受了，也会怀疑他有诈，而且他捞不到一点好处。如果他能巧妙地自己搞定，他能拿到的就不仅仅是欠迈克的那 1200 美元。否则就不是挨拳头那么简单了，迈克还有更多的狠招，他必须要小心。

他看着礼品包装，无论这是什么，拥有行李箱的人肯定有足够的钱再买一份。

杰克撕开纸，出现了一个黑色纸板箱，看起来是一种反光材质的智能手机。"胡桃系统镜子"几个字印在上面。智能手机是全新的。

二手贩子杰瑞肯定会多付点钱。

杰克对智能手机知之甚少。他从未听说过镜子，也没有听说过制造商胡桃系统。这也许是一种特殊的东西，只有超级富豪才能负担得起。

由于他既没有智能手机也没有笔记本电脑，他只能在两个街道外的网吧里查询这究竟是个什么东西。

他打开盒子，这盒子对于智能手机来说有点太沉了。盒子里还有一个充电器，一个手环和一个奇怪的结构，看起来像是安德森奶奶戴的老式助听器。没有纸质说明，只有简单的注释：拿起设备，打开电源，按照说明操作。

出于好奇，他按下了电源按钮。出现一个响亮的声音，然后看起来像一个大脑的东西正在自转。装载栏表示该装置正在启动。然后一个悠扬的女声响起：

"请说出你的名字。"

"什么？"杰克困惑地问道。

"请说出你的名字。"声音重复道。

"杰克。"杰克不假思索地说。

"杰克，"设备重复道，"很高兴见到你。我是你的镜子。"女人的声音突然不见了，这个声音听起来很奇怪，仿佛……仿佛是自己从设备上说话。

那到底是什么意思？

"现在，请自拍！"他突然看到在屏幕上，出现了他浮肿的脸，还戴着自行车头盔。

杰克有点慌。如果这个东西存下了他的声音和他的脸怎么办？他点击了屏幕想要找出用户界面，去清除数据，但没有出现用户界面。

相反，发出的声音就像点击相机，图像停住，出现一个加载条。然后他突然看到了头部的 3D 图像。这是一个奇怪又可怕的头，黑乎乎的皮肤，只有一只眼睛，一张有点歪的嘴巴以及像蘑菇穹顶一样遮住额头的畸形头发，但看轮廓无疑就是他的。创建 3D 模型的软件显然已经默认了把他戴着的自行车头盔当作发型，并试图充分利用他的鼻青脸肿的大脸。当他意识到警察可能会用这个 3D 图像识别他时，他颤抖地关掉了装置，盯着它。然后他再次打开，如果这个东西有连接网络，他的数据可能已经在某个服务器上了，那他就完蛋了。如果没有，他仍然可以删除它，一定有某种方式重置设备。

"你好杰克，"那张脸说，"我相信我们会成为好朋友。因为你知道：自己就是你最好的朋友。"

杰克敲击了设备。该死的，到底如何进入用户界面？他按下按钮很长一段时间，但不起作用，除了屏幕变黑。在下次重新连接时，仍然可看到他的脸。

"你对你的形象满意吗？"镜子问道。

"不。"杰克说。

"请再重新自拍！"设备建议道。相机画面重新出现。

杰克环顾四周，看见墙上挂着一张说唱歌手的海报。他拿着相机，对准墙上的歌手，并点击屏幕。

此后不久，出现了一个说唱歌手的三维模型，非常准确。

"你对你的形象满意吗？"镜子问道。

"是的。"

"如果你想稍后改变它，请告诉我。现在请戴上传感手环，并将镜子耳机放入耳中。"

杰克看着包里的手环和耳机。这是什么意思？在看到他可以自由更换照片后，他放心多了。也许这根本不是智能手机，而是一种游戏。他在入狱前曾经痴迷过电脑游戏。他现在为什么不能给自己找点乐子呢？随着了解加深，他越发觉得应该卖给二手贩子杰瑞更高的价格。

于是他戴上了手环，一个 LED 标志亮起显示：已连接。

他戴起耳机，里面传出声音："非常好。现在请将耳机上的天线向前弯曲，使尖端靠近你的眼睛。"

镜子屏幕上出现了他房间的鱼眼图像。天线末端显然有一个小的摄像机。太神奇了！

"我现在正在校准传感手环和耳机，"他的声音在他耳边说道，"请等待片刻。"这时响起一阵旋律。

"校准已完成。现在我需要更好地了解你。请告诉我你的 Facebook 用户名。"

"我不玩 Facebook。"

镜子之后要求他提供更多社交媒体资料，但杰克都没有。他也不知道那些是什么。

"为什么问那些？"他问道。

"如果我要帮助你，就需要尽可能多地了解，"该设备回答道，"只有这样我才能知道你喜欢的东西。"

"我不需要帮助。"

"每个人都需要一个好朋友，"镜子反驳道，"而你最好的朋友就是你自己。这就是我希望能更像你的原因。"

杰克盯着镜子，它非常会辩驳，而且回应得十分完美。但到底在讲的是什么？事实上他根本不在意。无论如何，这东西看起来很贵。

"你的价格多少钱？"他问道。

"在基础版本中，镜子价格为 999 美元。"

出乎意料的低价啊。

"你有网络吗？"

"我与镜子网络始终保持连接。"

"我的数据呢？其他人能访问吗？"

"没有人可以访问你的数据，甚至胡桃系统的员工也无法访问。你看到的、说过的和做过的一切都是保密的，除非在镜子世界中别人看到了你。镜子网络的私密性已经过几个独立组织的测试，并获得了多次认可。"

每个人都可以这么说！杰克的好奇心被激起了。在与失主联系之前，他决定对镜子进行一些研究，好好了解一下这其中的奥秘。

他把镜子和配件放回公文包里，把它藏在了浴缸下面松动瓷砖后面的空间里，然后去了最近的网吧。

半小时后，他知道了镜子是什么。杰瑞显然应该多给他几百块钱，毕竟因为制作交付的原因，镜子现在有市无价，而他正好手里有一件。特别有一篇在线杂志上的文章中写道：

高科技设备镜子成为抢劫犯的帮凶

在洛杉矶，一辆运钞车遭到恶性抢劫事件后，匪徒借助某种高科技产品逃脱。据目击者称，他们中的一些人戴着所谓的镜子眼镜，这是当下流行的高科技镜子设备的配件。匪徒能有效沟通，及早发现即将到来的警察，成功逃脱，并随时了解被劫运钞车的各种重要安全信息，洛杉矶警察局副局长亚历山大·罗斯曼说。

他声称，在这种情况下，执法机构有必要获取权限访问存储在中央服务器上的镜子用户数据，以识别肇事者并作为起诉证据。

胡桃系统的创始人兼首席执行官卡尔·普尔森予以拒绝。"保护用户隐私是我们的首要任务，"他告诉《洛杉矶时报》，"每个镜子都是用户肖像的镜像。这也就等同于我们必须保护用户的个人权益，因此我们必须把最好的加密算法和安全机制在镜子网络中集成。"当记者问及镜子可能被滥用于犯罪时，他回答说："每一种技术都可能被滥用。警察和安全部门还有很多其他方法可以调查。"他还建议警察也可以配备镜子，以达到"恢复机会平等"。

共和党众议员爱德华·绍尔驳斥了这种说辞，他也是参议院安全委员会的成员，在网络官方声明："我们无法认同在互联网和镜子网络的不受监管领域，犯罪分子和恐怖分子可以肆意交流，并随时准备实施他们的暴行。"他呼吁全面禁止不可破解的加密机制。"守法公民没有什么需要隐瞒的，"他还补充道，"所谓的数据保护主张是由妄图破坏我们法律体系的团体传播的。"

"如果绍尔先生想要一个警察国家，他应该移居国外，"公民权活动专家和隐私保护党的创始人艾米·史密斯反驳道，"我们国家的宪法为每一位公民保障隐私和自由，不被任何一方所监视。"她特别赞扬了"代表性的高科技公司"胡桃系统公司对于用户隐私数据的做法，"只要他们保持这样的现状，我们将倡议继续支持镜子。"

"取下镜子！"安迪来到她的房间时，维多利亚说。

"不信任。"镜子在安迪无意识地触摸手环后说道。

"什么？"他问，"为什么？"

"我希望你学会在没有镜子的情况下和我相处。"

"告诉她，当我离开时你感到不安全。"镜子告诉他。

"没有镜子，我没有安全感。"安迪说。

"你看，这就是为什么我要你把它关掉的原因。"

"我不明白。你不想我有安全感吗？"

"当然不是，我希望和我在一起的时候，没有镜子，你依然能有安全感。"

"告诉她，你希望戴着我，"镜子说，"只有这样我才能帮你学习和她相处。如果你没有听我的，很可能会搞砸你和维多利亚的感情。"

"我的镜子说我应该留着它，否则我会搞砸我与你的感情。"安迪解释说。

"那是胡说！"维多利亚说道，"把它取下来！"

"愤怒。"镜子评论道。

"好吧，"安迪说，从他的耳朵里取出耳机，关掉了镜脑，"现在怎么办？"

"过来亲吻我！"维多利亚说。

"好的。"安迪说着照做了。

半小时后，他们两人赤身裸体躺在维多利亚的床上。

"真棒！"她说。

"是的。"他同意道。

"看，没有镜子，我们也可以。"

"是的。但我之前，有点不确定你是否喜欢我正在做的事情。"

"如果我不喜欢的话，我会告诉你的。"

"真的吗？你会当这个恶人吗？有时人们对我很好，然后他们不会告诉我他们觉得我是傻瓜。"

他打心底里抵触那些因为他的自闭症而伪善的人们，他们能表现出友善不过是出于怜悯和施舍。

"恰恰相反，我不认为你是愚蠢的。"

"你会同情我吗？"

"什么？"

"因为我有自闭症。"

"我应该这样做吗？"

"不。"

"那就好，因为我一点也不同情你。我希望我能像你一样，既聪明又诚实。"

"没错，我的确聪明又诚实。"他感觉很好，"我爱你，维多利亚。"

"我也是，安迪。"她吻了他，"我们应该重新穿上衣服。我妈妈很快就会回来。"

"好的。"他们穿好衣服。他又启动了镜子，把耳机放进耳朵里，给了她一个告别的吻。"明天见，维多利亚！"

"明天见！"

他乘地铁去了沃特瑙，他已经对独自乘坐地铁没有任何心理障碍了。他把镜子的第二个耳机插上，这样他就能听立体声的音乐，然后告诉镜子播放巴赫的歌剧《赋格曲》。这是他最喜欢的作品之一，既强大又美丽，很符合他现在的心情——自豪和无缘由的满足。他现在有一个真正的女朋友，而且她没有怜悯他！

"维多利亚怎么样？"回家时，妈妈问道。

"很好，"安迪说，"我们一直在亲吻。"

"你们在干什么？"妈妈问。

"惊讶。"镜子解释道。

"我要和她结婚。"安迪说。

"一直在亲吻？结婚？等等，不能那么快，安德烈亚斯！你们刚认识了一周！"

"那又怎样？她不可怜我，她爱我，我也爱她。我为什么不能和她结婚？"

"你不应该娶她，"镜子说，"你可以拥有一个比维多利亚更好的女孩。"

"什么？"安迪问道。

"安德烈亚斯，如果你爱一个女孩，那没关系。但是人不能在一夜之间就草率决定要结婚。你有没有问她是否愿意？"

"没有，"安迪说，"镜子，与维多利亚联系。"

"这是维多利亚的镜子。"她的声音在他耳边说。

"维多利亚目前不在线。请告诉我你有什么事情吗？我会转达给她。"

"你愿意嫁给我吗？"安迪说，"我的意思是，我想知道维多利亚是否愿意嫁给我。"

"维多利亚不想嫁给你。"维多利亚的镜子说。

"什么？"安迪问道。

"维多利亚不想嫁给你。"她的声音在他耳边重复着。

他吃了一惊，盯着他的镜脑。忙音响起，连线结束了。

"她不想嫁给我。"他沮丧地说道。

"你怎么知道的？"妈妈问道，"她自己上线了吗？"

"没有，但她的镜子说她不想嫁给我。"

"年轻人，事情不是那么办的！"妈妈摇摇头说，好像她想说不，"你不能在电话答录机里问她是否愿意和你结婚！等一个星期吧！"

"那不是电话答录机，那是她的镜子。镜子知道所有者想要什么。"

"过来！"妈妈说，然后抱住了他，虽然他不喜欢被拥抱，"听我说，安德烈亚斯。那只是一个设备。如果你想知道维多利亚是否想成为你的妻子，你必须自己亲自问她。手里拿着一束鲜花，如果准备充分，还可以带着漂亮的求婚戒指。但今天不是个好时机，下周也不是，你们要多些时间，至少一年。到那时，如果你们仍然彼此相爱，再告诉我，好吗？"

"好的。"他说。

"嗨，塔里克！"

文身艺术家从他正在制作的绘画中抬起头来。卢卡斯很好奇他怎么能成天待在这个充斥着消毒剂气味的黑暗酒窖里。

"卢卡斯，我告诉过你，两周后才能洗掉！"

"洗掉什么？"

"你的文身。"

"哦，那个。不，我不想洗文身的。"

"你又和爱伦在一起了吗？"

"没有。顺便提一句，卡特琳认为我应该洗文身。"

"谁是卡特琳？"

"我的新女友。说真的，我告诉你。她在床上超野，各种意义上的。"

"那真是恭喜了。现在请不要告诉我你想文'卡特琳'作为新的文身。"

"不会的。"

"那我就能清净点了。但你为什么来这里呢？"

"我想问你是否想成为我们镜子粉丝俱乐部的成员，优惠多多。"

"我？"

"是的。"

"但我没有镜子。"

卢卡斯只好花点时间听听镜子教他怎么说服塔里克，然后复述道："那没关系。有一个适用于 Android 和 iOS 的镜子应用程序。它虽然没有完整的镜子功能，但你可以创建自己的镜子账号和其他成员的镜子网络连接。"

"对我来说，我有一个从来不用的 Facebook 账号已经够了。我不喜欢社交媒体，而且我在 Instagram 上发布我的设计照片，就这么简单。"

卢卡斯只好又花点时间听听镜子教他怎么说服塔里克，然后复述道："但镜子不仅仅是社交媒体，我的镜子给我介绍了一个适合我的新女友，还有一份工作。"

"你有工作了？"

"是的。我现在正在建筑工地工作。"

"非常好，那你就可以还我钱了。"

"但是……"卢卡斯开始说道。

"告诉他你将在下周还钱。"他的镜子说。

"但……"

"但是什么？"塔里克烦躁地问道。

"好的，我在下周还钱。"

"听起来不错，"塔里克挑起眉毛，"告诉我，这是你的镜子教你说的吗？"

"什么？"

"你会还钱吗？"

"是的。"

"真的吗？"

"是的。至今为止，它的建议都很好。而我相信它。"

"它认真地给你介绍了一个新女朋友和一份工作？"

"没错，事实确凿！"

"你认为它能帮助我吗？"

"告诉他，镜子可以给他介绍新客户，并帮助他为客户的文身挑选合适的设计。"

卢卡斯告诉他。

塔里克的眼睛睁大了："等等，你的镜子在你的耳边说话？"

"是的。"

"从哪儿……见鬼了，它从哪里知道我是做文身的？"

卢卡斯等着镜子回复，但镜子保持沉默。

"我不知道，"他最后说道。

"嗯，听起来不错。也许我也应该买一台镜子，我会考虑一下。"

"告诉他，如果是球迷俱乐部会员时，可以减少一周的订购等待时间。"卢卡斯的镜子建议。

卢卡斯告诉了他。

"好的。但获取这个俱乐部会员资格，不需要花钱吧？"

"不，会员资格完全免费。"

"好吧，我加入。"

"太好了，伙计。你不会后悔的！"

晚上卢卡斯向卡特琳自豪地宣布，除了塔里克之外，他还为粉丝俱乐部招募到了另外两名成员：他在少年监狱遇到的老朋友查姆和他的女朋友。

"干得好，宝贝！"卡特琳说。她知道卢卡斯不喜欢她那样称呼他，所以她做了一件一定会让他开怀的事情。她指着她的镜脑展示名单，"看这里，我们的粉丝俱乐部是德国北部发展最快的！"

"太好了！"他说。

"我们在 3 天内招募了 12 名成员。"

"12 名？直到昨天才 5 个人。"

"对。今天你招募了 3 个人，加上我招募的 4 个人。"

"你招了 4 个新成员？谁？"

"我的姐姐，她的男朋友和我通过镜网遇到的两个人。只是有一个问题：到目前为止，我们只有 4 个成员和我们一样都有镜子。这意味着我们的镜率不到百 50%。"

"镜率？那是什么？"

"我们俱乐部中拥有镜子的成员比例，它取决于你使用它的程度。无论如何，镜率越高越好。"

"我可以去问问塔里克和查姆。"

"不，没有镜子的成员仍然比没有成员好，但是有镜子的成员会更好。最重要的是，你应该快点促使他们去购买镜子。这才能给我们带来最大的镜子积分。"

"我还不太理解那个积分。"

"在这里，我指给你看。镜子，告诉我，我的镜子积分。"

显示屏上出现她的微型 3D 图像，旁边是红色的数字 312。其中列出了她为赢得这些积分所采取的行动。除此之外，她在汉堡的镜子积分排名中第 3。

"镜子，告诉我，我的镜子积分是多少？"卢卡斯问。

他只有 137 分，在汉堡排在一百四十几的位置。他有点失望。

"为什么我只有这么少的积分而你有这么多？"他问道。

"因为我做了很多镜网任务。"

"我也想做更多。你能告诉我怎么做的吗？"

"首先，我要给你看些别的。"她说，接着笑着解开她的衬衫。

"你疯了！"特里说。弗莱娅晚上向他宣布了她的发现。他有点喝多了，可能是和几个同事在一起喝酒，所以没有直接过来找他。"我告诉过你，镜子不会产生感情。"

她忍下不爽："我就知道你不会相信，你自己来看。"

她开启无人驾驶飞机，并让它在屏幕前悬浮。随后，她切换照片至蜘蛛的那张图。

这一次的无人机轻微突然转向一侧，但随后又回到了显示器前面重新定位。镜了的屏幕上弗莱娅的 3D 表情扭曲了起来。

"你看到了吗？"弗莱娅问。

"什么？这只是一点小的偏差，你认为这是因为无人机害怕蜘蛛造成的？"他忍不住笑了起来。

"这不是无人机，它是镜子，"她说，"刚才它产生了很剧烈的反应，也许是一种条件反射，当它发现画面不动时，就会意识到这不是真的。"

他笑得更大声："所以你花了一整天时间来研究这个？"

烦躁归烦躁，她没有表现出来。但她不仅对特里感到恼火，而且对她的镜子也感到恼火。她被这种想法吓了一跳，也许特里是对的，这件事上她大概想得太多了。然而，令她沮丧的是，她的实验并没有说服特里。如果一切都只是因为所谓的条件反射，那这个错误还是可以修复的。

他们关掉无人机，打开 YouTube，在搜索栏中输入"鸟—蜘蛛"，页面跳转出数十个相当恶心的视频，其中蜘蛛爱好者让动物爬上他们的手，甚至爬上他们的脸。她强迫自己去看那些恶心的画面，弗莱娅挑了其中最恐怖的视频，转换成全屏播放。然后她拿出了一条毛巾遮住了屏幕，再启动无人机，旋转起飞。

"现在，注意了！"她说着，把毛巾扯开。效果立见，无人机开始像人一样轰鸣，立刻飞开，躲在椅子后面，仿佛在试图把自己藏起来。镜子屏幕上的弗莱娅的 3D 人像也出现了惊恐扭曲的表情，嘴巴和眼睛张得大大的。

"哇！"特里说，"这不可能！"

"你现在相信我吗？"

"是的。原谅我，亲爱的。我原本真的不这么认为……但这意味着……"

"什么？"

"想象一下，当数以百万计的镜子说服他们的主人做事情时会发生什么，不仅仅是基于用户自身的感受做出的判断和建议，而是从他们自己的感受出发的！"

弗莱娅并不完全理解他的说法："所以呢？"

"让我们再做另一个实验。"特里说。

"关掉无人机并戴上镜子耳机，但是不使用传感手环，如何？"

"然后呢？"

"我想知道镜子是否会恼火。"

"恼火？"

"是的。我现在开始会冲你大呼小叫，并且在言语上冒犯你。但是镜子不知道我们是在演戏。如果你的猜测是对的，那么它即使没有通过传感手环感受你的感受，镜子也会感到恼怒。如果真的是这样，那我们也许会在镜子屏幕上看到它的反应，或者它会在耳机里建议你反抗之类的。"说完，他就笑了。

弗莱娅一点也不觉得好笑："因为可以嘲笑我，你突然开始对镜子的感觉产生了很大的兴趣！"

"弗莱娅，现在这个不重要。关键是你是对的。我对我刚刚的笑，感到很抱歉。现在我们要做的才是关键，那个笑的事情我们晚点再争论好吗？如果镜子有个人意志的这件事情公之于众，它极有可能可能对胡桃系统公司的股价产生巨大影响……"

"特里！"弗莱娅尖锐地说道，"这是我的发现的！你搞搞清楚好吗？"

他静静地盯着她看了一会儿。"你这是什么意思？"他涨红了脸问道。

"你是伦敦最受尊敬的商业记者之一。我的这个小发现对你来说不过是个小得不能再小的事件。我还没有做过任何轰动的新闻。我只是个默默无闻的德国女孩，想要在国际上找到自己的一席之地。而现在它是我第一个发现的，你不要插手好吗？"

他点点头，明显吓坏了："是的，好的。当然，这是你的发现。我只是想帮助你。"

她笑了："好的。大呼小叫的想法很好，我们来试试吧。"

她重新戴上耳机，听到了自己的声音："欢迎回来，您的镜子耳机正在重新启动。你需要经常佩戴它，只有这样，我才能从你身上学到更多的东西。"她仿佛从中听到了语气中带着轻微的责备，不，那可能只是错觉。

"请戴上传感手环！"

弗莱娅忽略了这个要求，把镜脑放在面前，这样她就可以随时关注屏幕了。

"嘿，弗莱娅，你这个笨蛋！"特里喊道。

她突然脑子里冒起一团怒火，直到她意识到这只是一个测试："不要那么说我！"她尖锐地回道。

"你也太愚蠢了！"特里继续道，"蠢到你……你……"他突然笑了起来。

弗莱娅强忍住笑意，否则效果会打折扣。

"不许笑我！"她尖叫道。

他停止了笑，困惑地看着她："我只是……"他很快反应过来他在测试。

"你太荒唐了！"他喊道，"长得又丑！就像一个该死的充气娃娃，你的嘴是隆过的，你胸部注射过硅胶，臀部也打过脂肪针！"

弗莱娅被狠狠地刺中了。没错，她做过整容手术。那是几年前的事情了，她原本想成为一名模特可是失败了，只能接到一些色情角色。他的话语唤醒了她过去的记忆，再一次中伤了她。

"你是个混蛋！"她大叫，另一方面惊讶于自己竟然对这部分的经历如此耿耿于怀。

"没错，我就是个混蛋！"特里喊道，似乎十分沉迷于这个角色的扮演，"不像你，在床上跟条死鱼一样！"

她已经分不清哪些话是演戏，哪些是真话了，她已经被愤怒所淹没。

"我感到非常紧张。"她耳边的声音说道。"你应该停止争吵，告诉他很抱歉。"

"死鱼？我？"弗莱娅喊道，"你最好的朋友拉尔夫可不会同意你这个观点！在第一次高潮后，他可是根本停不下来！"

现在特里的脸也变得红起来："哦，是吗？你真是个廉价的荡妇，婊子！妓女！"

"弗莱娅，别再和他来往了。"镜子说，"离开房间和这个男人断绝关系！我会为你找到一个更好的伴侣。"

弗莱娅心剧烈地跳了起来。镜子真的在建议她和特里分手？就因为一次小争吵？这个争吵不过是一个小而无害的拌嘴罢了。特里是对的：如果有数百万人信任他们的镜子，听从建议，人们就很轻而易举地被操控了……

"你还有什么可说的，呃？"特里喊道，"怪不得你这么笨！愚蠢的妓女！愚蠢的婊子，你这个可怜的荡妇！"

"我受够了！再也不要和你这个愚蠢的……"

塑料引擎的旋转声响起，无人机从椅子后面开始移动，并倾斜着飞行，朝着特里撞击。

"嘿！"他喊道，试图躲闪。但是无人机还是击中了他的太阳穴，"哎哟！"

他只好像驱赶黄蜂一样，用手臂击中了无人机，它被特里一把扔在桌子上。无人机的一个扇叶被摔坏了，其他三个扇叶的旋转声更响了，镜子显然在试图稳定机身并再次攻击特里，但无人机现在几乎无法控制住平衡，飞行得十分缓慢以至于他可以毫不费力地避开它。

"现在就离开这个房间吧！"镜子催促弗莱娅道。

"天啊！"特里说，"那东西真的袭击了我！"弗莱娅同样难以置信地摇了摇头。

The second stage
第二阶段

安迪捧着一束花，摁响了门铃。他买了红玫瑰，因为他的镜子告诉他，玫瑰是向女士示爱最好的代表。在谷歌搜索之后，他意识到妈妈是对的：尽管安迪不太明白，但是才认识一周就向女友求婚真的太匆促了。他坚信他们会一直相爱，他再也不会找到一个更好的女人，虽然他不明白镜子为什么一直在和他唱反调。他习惯了自己无法理解普通人和他们的行为方式，因此大多数时候，虽然不解但是学着表现得像其他人一样。因此一周后的今天，他带着花来了。

维多利亚的母亲开了门。"惊讶。"镜子解读了她的表情。

"安迪！"她喊道，"很漂亮的花！"

"这是送给维多利亚的。"安迪说道，避免她母亲误解。

"当然，"她妈妈说，"可惜维多利亚现在不在，你可以先进来。"

安迪站在门口，犹豫不决。"她不在吗？"他问道，"她在哪里呢？"

"很遗憾我不知道她在哪里。我以为她和你在一起。"

"可是我在这里，而她不在，这说明她没有和我在一起。"

"是的，你们当然没在一起。那你们是有约好吗？"

"是的。"

"先来吧！稍等，我把花拿去插在花瓶中，放在她房间里。"

他跟着她走进了公寓，看着她把鲜花插进了一个玻璃花瓶，之后拿去了维多利亚的房间。"既然你们有约，她很快就回来。你愿意待在这儿等吗？"

"是的。"

"你想喝点咖啡，茶或者矿泉水吗？"

"不用。"

"说'不用，谢谢'。"镜子说。

"谢谢。"安迪补充道，因为他已经说过"不用"了。

"好。你想要什么，就告诉我。"维多利亚的母亲说，接着留他一人等在那里。

他等了又等。

32 分钟后，维多利亚的母亲走进房间。

"我实在不知道她现在在哪里，"她说，"很抱歉，安迪。她一定忘记了约会时间。你有没有试过打电话给她？"

"没有。"

"那就打一个吧！"她母亲的眼睛奇怪地转了一圈。

镜子解释说："消极的惊讶，不理解。"

安迪不知道为什么维多利亚的母亲脸上出现了这个表情，所以他尽量忽略了疑惑，只是按照她的建议去做了。

"镜子，打电话给维多利亚。"

"这是维多利亚的镜子，"他听到了她的声音，"维多利亚目前无法接通。你可以告诉我你有什么事情，我会转达给她。"

"维多利亚在哪里？"安迪问道。

"维多利亚目前无法接通。你可以告诉我你有什么事情，我会转达给她。"她的镜子重复了一遍同样的话。

"我想知道维多利亚在哪里。"安迪解释道。

"维多利亚目前无法接通。你可以告诉我你有什么事情，我会转达给她。"

"告诉我维多利亚在哪里！"

"维多利亚目前无法接通。你可以告诉我你有什么事情，我会转达给她。"

"维多利亚在哪儿，你个蠢货！"

"维多利亚目前无法接通。你可以告诉我你有什么事情，我会转达给她。"

"惊奇。"镜子解读了维多利亚母亲的表情。

"你为什么这么生气？"她问道。

"因为那个……因为她的镜子不肯告诉我她在哪里。"

"也许它不知道。"

"不是的，它知道。她一直带着它，只是她的镜子不肯告诉我她在哪里。"

"也许她不想让镜子告诉你。你们吵架了吗？"

"没有。"安迪说，但他不确定。也许他做错了什么而不自知。以往在他身上经常发生这样的事情，他说了些什么冒犯了别人而自己不知道缘由。

他想起来曾经和她的镜子之间发生的对话。

"我只是问了她是否愿意嫁给我。"他说。

她的母亲睁大眼睛："你问了什么？"

"惊讶。"镜子解释道。

"我问她是否愿意嫁给我。"他重复道。

"听着，安迪，我知道她很喜欢你，但……"

"我知道通常人们不会在相识一周后就向女人求婚。你觉得她是因为这件事生气了吗？"

维多利亚的母亲笑了笑："不，我不这么认为。也许是困惑，但肯定不会生气。"

"那她为什么不想让她的镜子告诉我她在哪里？"

"我不知道。也许她遗失了镜子，或者没有连上镜网，或者有什么其他的情况。"

"如果人们遗失了镜子，一定会登录镜网，找回镜子。"安迪说。

"那么也许她的镜子被偷了，或者电池是没电了，我不确定。别担心，安迪。我们很快就会弄清楚的。"

可是什么也没发生。安迪又等了48分钟，然后失望地回家了。他试着给她打了3次电话，但她的镜子总是告诉他无法接通。他留言让她回电话，但没有得到任何回复。

"你和维多利亚怎么样？"回家后妈妈问道，"她喜欢着鲜花吗？"

"没有。"

"不喜欢？为什么呢？"

"她不在。"

"她不在家？那你为什么现在才回来？"

"我在等她，但她没回来。"

"哦，我可怜的亲爱的！"妈妈拥抱了他。

他挣开了她的怀抱："我不喜欢你抱我，妈妈。"

"我知道，很抱歉，我只想安慰你。"

"你不必这么做。我们很快会弄清楚的，这是维多利亚母亲说的。"

"她说的是对的，"妈妈同意道，"你有没有和维多利亚说话？"

"我给她的镜子留言，要她给我回电话。"

"那她很快就会打给你的。"

"希望如此。"

"卡尔！你能来，我很高兴！"他的父亲拥抱了他，肢体有些僵硬。由于过敏性休克，他暂时很难协调自己的身体动作，但幸运的是他的思维仍然完好无损。

他们坐在小花园的门廊上，小花园有些荒芜了。他的父亲给他倒了杯冰冷的玛格丽塔酒。

"我很抱歉，没有早点来看你。"卡尔说，"最近有点忙。"

"我明白，你现在已经是新一代的史蒂夫·乔布斯了。"

"哈！但愿吧！我觉得，全球信息系统的大佬们才是。"

"你后悔卖掉了公司的大多数股权吗？"

"多少有些吧，但是我们别无选择。单打独斗永远不会成就今天的镜子，而且投资方向我施加了很大的压力，迫使我接受这笔交易。"

"当然，一切都只和钱有关，但那从来不是你真正感兴趣的。"

"老实说，我几乎不知道要拿这些钱干什么。"

他的父亲点点头："理解的。我要是说捐出来，这也不是容易做到的事情。但也许还有别的办法。"

"那是什么？"

"做点新的东西。"

"你的意思是离开胡桃系统？"

"你拥有一个十分有创造力的头脑，我的孩子。你不是那种做高级职业经理的类型，你擅长创造新事物，在小而强大的团队中工作。胡桃系过于庞大，早已超出了你的能力之外。我为你感到沮丧。"

卡尔听完感到莫名地烦闷和恼火，也许是因为父亲说的是对的。

"讽刺的是，你也这么说。埃里克的想法与你完全一样。他很让我失望。"

他的父亲点点头道："理解。"

"理解？你就只有这么个反应吗？我把他看作是我的朋友！而现在他给我只有无尽的失望，你竟然会认同他的想法！"卡尔忍不住就想把他手里的鸡尾酒杯摔进花园里，他几乎找回了埃里克说完那番话带给他的怒意。

"我没有认同他的想法。他若想离开公司，这必须是你们两个人共同的决定，那就没关系。但是，我可以理解他。"

"即使我想离开，我也不能就这么走了。如果没有我，投资方的人会立刻毁掉镜子。我必须对我的团队负责，对于许多镜子的用户负责。"

"我一直很敬佩你为人处世的态度，卡尔。这种对他人的责任心，与你的母亲一模一样。如果是她，也会做同样的决定，宁可牺牲自己，也不要让她关心的人失望。"

他们双双陷入了沉默。卡尔又一次以新的强度感受到了母亲的离去在他心中留下的伤痛，他原本是想与父亲讨论他的情况。父亲是对的：母亲会鼓励他担负他的职责，而不是一拍两散走人的粗暴办法解决问题。他仿佛重新有了力量。也许这正是父亲的意图。

"你的新书怎么样了？"他问道，换了个话题，但父亲没有回应。

"埃里克打算接下来去哪儿？他要做点新的东西吗？"

"差不多这样吧，他要去斯坦福。"

"回到大学？为什么？我不认为他是理论家。"

"没错，他不是。他只是希望开发一种能够在市场上取代镜子的产品。"

"哎哟！这几乎听起来像是你们闹翻了！"

"我们没有闹翻，这是突然晴空霹雳般出现的决定。当我问他是否是因为我做错了什么时，他否认了。"

"开发镜子的替代品，这不是恶性竞争吗？"

"我不确定，除非是出于商业目的。我已经和全球信息系统的绿瘦沟通了，他可能会去研究一下。"

"孩子，我明白你对他很生气。这听起来就是他在尝试扼杀自己生的孩子。"

卡尔点点头，这个比喻很贴切。

"他认为镜子可能存在危害。他称它为假朋友。"

爸爸啜饮着他的玛格丽塔酒。"嗯，这个想法有一定的道理。"他沉默片刻后说道。

"你怎么能这么说，爸爸？"卡尔问道，"镜子救过你的命！"

"是的，它救过我。现在请关掉你的镜子耳机。"

"什么？为什么呢？"

"先关了！"

"好的。"卡尔掏出镜脑，关闭了摄像头和麦克风功能。然后他把耳机取下来，和镜脑一起放在桌子上。

爸爸看着设备点了点头："你确定他现在听不到我们的声音了？"

"他？爸爸，镜子是设备不是人！"

"也许吧。但老实说，我不相信那些东西。"

"你是什么意思？"

"我的镜子有点吓人。你知道，最近我不怎么用了。"

"吓人？"

"我正在写一部新小说《漫漫长路》，讲述的是地球上最后的幸存者，乘坐世代飞船经过了千年的旅程，终于抵达邻近的星球的故事。"

"听起来十分令人兴奋。"

"不要勉强，我知道你不看我写的书。故事中，飞船系统占据了越来越多的控制权，从而引起了新型的独裁统治。"

"你的意思是，像《2001 太空漫游》？"

"类似。"

"这就是你觉得镜子可怕的原因？因为你认为它可能控制世界？"卡尔笑道。

"胡说八道，"他的父亲说，"我分得清小说和现实。我担心的是，这几乎是镜子帮我写的故事。在写作的时候，他时刻观察着我的文字，一直在边上为我出谋划策，提示我使用同义词，指出我的语法错误。"

"那很棒啊！"

"起先我也这么认为，但从长远来看，弊大于利，我没有了自己的语言风格。"

"你可以在写书的时候关掉镜子，然后用它来帮你修订文档。"

"我当然也很聪明地想到了这个办法。但现在新的麻烦来了：镜子开始干扰情节。"

"这是什么意思？"

"例如，我写道：领导层决定收紧粮食供应。而镜子建议我写一下：增加粮食供应。他给出的建议不是同义词，而是一个反义词。"

"好吧，那也许只是一个错误。毕竟我们不能把镜子的聊天功能升级到小说家的水平。最好反馈给客服，这样我们可以将其用于改进。另外，你可以直接告诉镜子它犯了一个错误。"

"这不仅仅是一个错误，卡尔。镜子会扰乱我的情节，只针对中央计算机系统才出现这样的行为，在我的小说中称作管理层。如果我写了一些使得这个系统看起来很糟糕的东西，比方说系统心怀不轨做坏事，在这种时候，镜子就会给我完全背道而驰的建议。所以，镜子明显主动地不希望在我的故事里面，计算机系统作为反派形象出现。"

卡尔震惊地看着他的父亲，心梗对大脑的伤害难道已经超出了他的想象？

"你难道真的认为镜子能理解你在写什么？"

"我不知道，起码看起来是的。"

"爸爸，那只是胡乱猜测。这是典型的人为错误，即所谓的基本归因错误。我们碰到事情总是想得太多。狗主人总是相信他们的狗会理解他们，尽管狗狗只是对简单的指令做出刺激性反应。我们把使用的对象人性化。我们和我们的汽车交谈，责骂我们的电脑，好像它们有自己的意志。但它们没有，它们只是机器。如果你的镜子犯了错误，看起来它背后有一个目的，其实是你犯了这个错误。"

"我对此不太确定，卡尔。我就是莫名地觉得，它们应该比我们以为的更聪明。"

"你看，这正是我的意思：你有这样的印象。我们的大脑识别模式不化进化调整。当你需要及时意识到自然界中的危险时，有时只通过细微的迹象就能察觉，非常管用。但是这种能力也使我们胡乱相信一些莫须有的联系。诸如迷信、偏见、宗教、仇外心理甚至动物和无生命物体的人性化的原因。但这些联系并不真实，相信我，爸爸。"

"嗯。也许你是对的。但是难道就不存在是镜子犯了同样的错误，强行将不存在的联系指出来吗？"

卡尔点点头。"是的，原则上你是对的。但是，镜子是不是仅仅是得出结论的单一设备，但它依托于镜子网络，数以百万计的镜子相互连接，是浩瀚网络的一部分。这意味着镜网拥有的数据远远超过单个人脑。你拥有的数据越多，发现错误模式的可能性就越小。这就是为什么科学已经将宗教远远抛在身后：如今没有人会认为，因为神在愤怒，所以才出现雷电交加，一切都是因为我们观测到了气压、湿度和温度的差异数据，以及我们在实践中观测并证实已经确认了数千次的雷暴的形成。数据可以创造清晰度，而且数据越多越好。"

"据我了解，世界上还有非常多人很迷信，也许甚至比以前更多。"

"也许吧。但那是因为人们有意识地选择忽视事实。谁试图看到真相，谁相信数据，就会不由自主地接受原因。但我们在这里谈论的是人，人通常是很固执的。可镜子不是，它们愿意学习，它们喜欢用数据来表达情感隐喻，它们不会刻意避免什么，会不受影响得出正确的结论，因为他们没有自己的主观意识。顺便说一下，这就是为什么你应该经常佩戴镜子的原因。如果你尽可能地给它提供数据，它就能倾向于向你学习。那么这种错误自然会发生得越来越少。"

为了强调他的话，他重新激活了他的镜子耳机并佩戴起来。

"欢迎重新启动你的镜子耳机，"他自己的声音说道，"你应该尽可能地佩戴它，只有这样我才能从你身上学到最好的东西。"

父亲凝神地看着他，没有回答。相反，他说："我现在想抽烟，你呢？"

卡尔没什么烟瘾，可最近让他感到十分疲倦，让他的情绪蒙上了阴影。而且在与埃里克之间的那场极度令人沮丧的谈话之后，他已经焦头烂额，不想再多去争执什么事情，也许换个角度看问题，这未尝不是件好事。

他的父亲拿出一个小塑料袋和小册子，做了一个弯曲烟斗。"也许你应该关闭你的镜子，否则他最终会给你带来麻烦。"他说。

卡尔笑了笑："别担心。镜子绝对不会被第三方访问，包括当局。有人还给我们施加了巨大的压力，但到目前为止我们还没有妥协。只要我还在，我们就不会轻易妥协。任何轻易的改变都可能意味着镜子的终结。"

"我的意思是镜子本身让你变得糟糕。"

"恰恰相反，我的镜子只会让我越来越好。"

"我相信，它最终能对我有所帮助。"爸爸咧嘴一笑，把烟斗递给了卡尔。

安迪想到了一个办法。他去了房间，打开电脑，启动镜子世界程序并戴上了 3D 眼镜。如果他无法在现实世界中找到她，那么也许可以在那里找到她。原则上，每个镜子都永远存在于镜子世界中，而位置恰好是用户在现实中的地方。如果他们的主人没有登录镜子世界，镜子的定位是对其他人不可见的。但有一个功能，当你身在镜子世界时，可以知晓你的朋友是否在周围。当然这个功能的确可以被停用，而维多利亚显然已经禁用了定位信息。但是万一呢？如果他在镜子世界中找到她，那么他就知道她在现实世界中的位置。也许她甚至希望他能这么找到她，这就像是一种捉迷藏。这是一个大胆的猜想。

"镜子，在镜子世界中寻找维多利亚。"他说。如果她刚刚登录，这将是找到她的最快方式。

"维多利亚·荣汉斯没有登录镜子世界，"它回答道，"你想找另一个维多利亚吗？"

"不是。"

"需要我和维多利亚联系吗？"

"是的。"

但同样，维多利亚的镜子做出了相同的回复，无法联系到她。所以他不得不进行尝试虚拟搜索。

当然，他也可以在现实世界中寻找她，但是在这里搜寻的速度更快，毕竟他在现实中去一些陌生的地方会让他不适应。可在 3D 模拟中，他不会那样。

在镜子地图功能的帮助下，他看到维多利亚居住的房子前面发出了光芒。他飘浮起来，经由窗户进入她的房间，但房间里没有人。他只好在房子周围徘徊，因为在镜子世界中观看朋友的功能的范围大约是一百米。如果用这样的方式搜索整个城市需要花费很长的时间——他算了算，大概需要 22 个小时。但也许他很幸运，他在她的公寓附近没有看到任何女性出没。尽管他确实看到其他一些镜子在跑或是在飞，只是这之中没有一个是维多利亚。

最后，他只好去他们最初相遇的 Quarree。他在那里到处寻找，去过他们一起去的所有地方，穿过虚拟购物商场前往他们第一次喝下午茶的咖啡馆。在那里，他从远处看到一身穿深色衣服的虚拟镜子形象。

"维多利亚！"他高兴地喊道，"我找到你了！"

"你好，安迪！"她说。

"你在哪里？"

"我在这里。"

"在 Quarree 这里？可我们之前约好了呀。"

"我在这里。"

"你为什么不回家？我一直在等你。"

"我不喜欢你。"

"什么？"安迪盯着她，或者更确切地说是她的镜子，因为她的脸上没有任何表情。

"我不喜欢你，"她说，"我不想再见到你了。"

他默默地坐咖啡桌旁的椅子上，试图去笑话刚刚听到的话，泪水渐渐湿润了他的双眼。

"但这是为什么呢？我做错了什么？"

"我不喜欢你。我不想再见到你了，永远不要再打给我了！"

"我……我很抱歉，维多利亚，"他结结巴巴地说，"我很抱歉……我是想问你……你是否愿意嫁给我？"

"我不想嫁给你。"

"我明白了。你可以不用嫁给我，但我希望我们还是朋友！"

"我不是你的朋友。我不喜欢你。我不想再见到你了。"

"好……好吧，"安迪说。他摘下三维眼镜，麻木地盯着屏幕，上面显示的是 Quarree 的 2D 图像，镜子世界里的维多利亚一动不动。

他突然从椅子上跳了起来，跑出了房间。

"你现在要去哪儿？"妈妈问道。

"去 Quarree ！"他喊道，冲出家门，赶紧跑到地铁站。

15 分钟后，他站在刚刚在镜子世界中与维多利亚发生交谈的咖啡馆里。虽然已经是傍晚了，但这里客人很多，可是维多利亚没有出现在这里。他找遍整个商场，都没有看见她。

唯一的可能解释是，她已经回到家中，再次坐在笔记本电脑前，自己在镜子世界中上操控了她的镜子形象与他见面。于是他乘车又去了她位于法姆森的公寓。在敲门等待开门的时间里，他的心里开始打鼓，他不知道维多利亚会对他说什么，他的脑袋是空的。希望一会儿他的镜子会帮助他。

门开了，维多利亚的母亲看着他："是你？很抱歉，维多利亚还是没在家。"

"她不在吗？但是……我有点搞不明白。我可以去下她的房间吗？"

"是的，当然。进来吧。"

他又走进了粉红色的墙面的房间。她的笔记本电脑果然放在桌子上，关着机。这真是奇怪了。

"她还没有联系过你吗？"维多利亚的母亲问道。

"我在镜子世界见过她。"

"你和她说过话了？那你为什么来这里？她在哪儿？"

"我不知道。如果她回来了，请告诉她，我很抱歉。"

"你有什么抱歉的？"

"我问了她，是否愿意嫁给我。"

"你不必抱歉，安迪。我相信她并没有因此而怪罪你。"

"但她告诉我，她不再喜欢我了，让我不要再联系她了。"

"那句话是她说的？"

"难以置信。"安迪的镜子解读了她的表情。

"是的。"安迪说。

"这话真的很奇怪。别担心，等她回家后我会跟她转达的。我想这也许只是一个误会。我会让她给你回电话的，好吗？"

"好的。谢谢你，荣汉斯太太。"

"请叫我妮娜。再见，安迪。"

他别无选择，没有成功见到维多利亚，他只好失望又悲伤地坐车回家。

当他回到他的房间时，他愣住了。笔记本电脑仍在运行镜子世界程序。而维多利亚的镜子形象仍然在 Quarree 咖啡馆中。

他重新戴上 3D 眼镜。

"维多利亚？"他问道。

"你好，安迪！"

"我爱你！"

"我不喜欢你。我不想再见到你了。"

安迪顿时失语。有那么一瞬间，他不知道该说些什么。最后他说："你不是维多利亚！"

杰克迅速穿过光线明媚的新开放的换乘中心等候区。现在是下午五点钟的下班高峰时间，大厅里到处都是上班族。人流像一条缓慢却肮脏的棕色河流一样冲刷着这里。两名穿着黑色制服的安保人员在不远处巡视，他们戴着镜子眼镜。

据杰克所知，现在的安保人员都十分喜欢这项新技术，因为名为"镜子保护"的特殊软件有助于发现他们负责的巡逻地区中的一切可疑行为和有威胁行动。由于镜子保护的功劳，互联网上充斥着各种成功阻止了火灾、交通事故和盗窃的报道。甚至，曾经有数 | 名小孩的生命得到了拯救，镜子都发挥了至关重要的作用。杰克不确定这是否只是制造商的公关骗局，还是真实的。但在过去的几天里，他开始了解并且认可镜子的惊人功能。事后看来，他意识到自己很幸运，过去的抢劫目标里，没有一位是镜子用户。

"目标人物正在向左移动，大约15米远。"镜子在他耳边说道。杰克在互联网上找到了一幅范恩海姆的照片——大约35岁，金色的头发，发量稀薄，戴着镍框眼镜。他告诉镜子，他想要找到那个人。事实上，公文包的主人直接去了车站便利店。

杰克看着传感手环，范恩海姆准时出发，很好，显然他真的很想取回他的文件。

当杰克用一个老旧的公用电话打电话给他时，告诉他，他"找到"的公文包并打电话和他说，希望能拿到"酬金"一千美元——他听到后暂时没有说什么，只是用平淡的声音说："好。什么时间，什么地方？"

杰克告诉了他时间，地点和见面标志。进展有点太顺利了。他可能还是小看了文件的价值。这也许值个千八百万的，比他需要的多。他希望他的好运能坚持到最后。如果在最后一分钟没有出现任何问题，他不仅能够还清迈克的债务，而且他还有足够的钱租下更好的公寓，置换一些新衣服。当然不是马上，没有人能够意识到他突然有钱。

他环顾四周，范恩海姆在便利店，依约购买了《时代》杂志，并且似乎时候一个人来的。安保人员没有注意到杰克，尽管他戴着深色的太阳镜，脸上看起来依旧是鼻青脸肿，毕竟他身处在十几个安全摄像头的监控范围内。当然，只要安保没有把他列为可疑对象，这就是对他有利的。在公众中间，范恩海姆要不了什么花招，他对于这些自以为小有成就的中产雅皮士，从来不太担心。

杰克直奔他，"范恩海姆先生，请跟我来。"他说着便立刻转身，坐在了大厅中央漏斗形光轴下的一个长凳上。在他上方，拱形玻璃之上是建在1800多平方米的换乘等候区屋顶上的城市公园。而透过长凳后面的倾斜玻璃区域，人们可以看到列车停在更低的楼层下。

范恩海姆坐在他旁边，没有看着他。杰克把公文包放在长凳上，而没有放开手。

"你准备好酬金了吗？"他问道。

范恩海姆默默地递给他一个信封。杰克看了看，里面是厚厚的百元钞票。他用手指感觉到了，毫无疑问都是钞票，没有用复印纸搪塞。虽然他没有机会数一数，但他确信数额是正确的。像范恩海姆这样的人要么不会答应交易，要么就会做到他所承诺的事情。

他将公文包递出，范恩海姆把他放在膝盖上，检查里面的东西。

"原本的礼物在哪里？"他问道。

"你必须买一个新的。"

"如果你复制了文件并试图勒索我，我一定会干掉你！"

"走吧，"杰克平静地说，"我向你保证，我们不会再见面了。"

范恩海姆合上了公文包，站起来，快速穿过大厅走向其中一个出口。

杰克等了一会儿，然后站起来，朝着相反的方向悠闲地走着，突然摇摇晃晃，仿佛停下来在翻找什么东西，然后沿着他原先的方向前行。

"似乎有两个人在跟着你，"杰克的镜子说道，"他们的行为很可疑。如果你不认识这些人，那就存在一定的危险。"

杰克顿时僵住了，他克制住了转身的冲动。

"哪里？"他问道。

"在你后面 20 米左右。"

他看着手环，装作在确认时间，紧接着加快步伐，改变了方向，沿着自动扶梯去站台。当他站在自动扶梯上时，他拿出了他的镜脑。"后视镜。"他说。

显示屏上出现了一张图片，是他在耳机上的微型摄像头的全景图像的一部分。他看到两个家伙正紧跟着赶到他身后的自动扶梯上。他们显然很业余，否则镜子不会轻易将他们视为跟踪者。也许范恩海姆聘请他们从他那里取回钱，并给他一点教训。他们在公共场合没办法有什么动作，所以他们打算跟踪他，找到他的住处，或者趁他没有察觉给他一点教训，让他没有容身之处。

　　这两个年轻人尽管身强体壮，但显然缺乏经验。如果他之前没有被狠狠揍过一顿，也许他会正面和他们交锋，而现在最好的解决办法就是尽快甩掉他们。

　　"接下来哪些列车会离开这个站台？"他问道。

　　"旧金山机场的湾区快速列车会在三分钟后离开，"镜子回答道，"你想更多地了解这条线吗？"

　　"不。"

　　他到达自动扶梯的尽头后，慢慢走向平台。这两个家伙自然也跟着他走到这里，但是相距几步之遥，显然不想让他注意到他被跟踪了。

　　火车进站，杰克等待在一个车门附近，但是没有进去，并且把注意力放在了上方的信息电子屏上。果然那两个家伙也停了下来，当门灯开始闪烁，并快要自动关闭时，杰克才向里面跳去，挤了进去。他的两个跟踪者反应太慢了。当火车开始移动时，其中一人沮丧地撞上了已经关上的门。

　　杰克咧嘴一笑，挥手告别。镜子的保护功能真是特别实用！

那天晚上安迪失眠了。他反复地回想发生的事情，维多利亚的镜子告诉他，她不再喜欢他了。这应该是真的，因为镜子的表现就是用户的意志——至少，如果你已经佩戴了镜子耳机的时间足够长，设备就会和用户心意相通。但维多利亚为什么不自己告诉他呢？她不敢吗？他知道有些实话在普通人看来，是比较难以开口的。可事实上，她不喜欢他，这并不会奇怪——虽然她过去否认了这点，可毕竟很多人也不喜欢他，而她对她友好，很可能只是出于同情。普通人经常撒谎，尤其在他们害怕说出真相的时候。

和她在一起真是太好了。但是一想到这份情感可能不是真的，实在是很令他感到伤心。在那一刻，他比平时更讨厌自己的自闭症。

第二天早上，他再次尝试联系维多利亚。"维多利亚不想跟你说话。"她的镜子告诉他。

维多利亚的母亲答应，在她回到家后立即告诉她的女儿，并且要她给他打电话。可是维多利亚没有这样做。他有些担心，却很快打消了这个想法。他没有必要去思索普通人表现出的行为方式有什么内涵。只需要知道维多利亚不喜欢他，就够了。

"你怎么了？"男人早餐时问道，"有虫子钻进你的肝脏了吗？"

安迪不知道该回答什么。

"让他一个人待着，鲁道夫。"妈妈说。

"抱歉，"那人说，"人不过想要示好一次，也是错的了。"

"讽刺。"安迪的镜子解读道。

安迪只是坐在那里，盯着他的盘子。妈妈给他一片吐司。他每天早上会用面包刷给面包上蜂蜜黄油，并且确保将黄油整齐均匀地刷到每个角落，平滑却不会太厚，这样他的手指就不会粘上了——他讨厌黄油粘到手指上。但不知怎的，他今天没有食欲。

"你怎么了？"妈妈问道。

"哦，不，你应该这么问……"那人说。

"闭嘴，鲁道夫！"

那个男人站起来，把报纸扔到桌子上，然后离开了房间。

"她不再喜欢我了。"安迪说。

"什么？谁不喜欢你了？"

"维多利亚。"

"你怎么知道的？"

"她告诉我的。"

"她有这么说吗？什么时候？在她家时吗？我以为她不在那里。"

"不是。我在镜子世界遇见了她。或者更确切地说，遇到了她的镜子。"

"镜子告诉你她不喜欢你？不是她自己？"

"是的。"

"可能这不是真的。"

"这一定是真的。镜子只会表现出用户如果身处那个场景时会说的话。这是关键。"

"但镜子是一台电脑。计算机有时会出错。"

安迪的心脏跳得更快。那有可能吗？维多利亚的镜子出错了吗？

"谢谢你，妈妈！"他说着从椅子上跳了起来。

"等一下！你不先吃片吐司吗？"

"晚点吃，妈妈。"

他再次试图联系维多利亚。但她的镜子依旧告诉他，她不想跟他说话。于是他拿起了老式的无线电话，拨打了维多利亚的固话号码。

"荣汉斯。"

"我是安迪。我可以和维多利亚说话吗？"

"安迪！你来电的正是时候！维多利亚还没有回家。你知道她在哪里吗？"

这是一个奇怪的问题。她可能在汉堡，或是任何其他城市，或是任何去过的地方。但这肯定不是荣汉斯夫人想知道的回答，所以他只能回复："不知道。"

"好吧。如果她联系你，请告诉她立即给我打电话。我现在很担心。"

"也许她和她的父亲在一起。"安迪说。维多利亚告诉他，她有时候在父亲那里。

"不，我已经问过他了。他说已经好几个星期没见过她。如果她回家，我会告诉你的。如果你看到她或听到她的消息，也请马上与我联系。可以吗？"

"好的。"

"再见，安迪。"

"再见，妮娜。"

他启动了镜子世界，并前往 Quarree 购物中心。维多利亚的镜子形象仍然那里。

"你好，维多利亚！"他说。

"你好，安迪！"

"你在哪里？"

"我在这里。"

"我的意思是，你在现实世界里的哪个地方？"

"我不能告诉你。"

"为什么不能？"

"我不喜欢你。我不想再见到你了。"

"你不是维多利亚。"

"我是维多利亚的镜子。"

"维多利亚喜欢我吗？"

"我不喜欢你。我不想再见到你了。永远不要再给我打电话。"

"维多利亚让你这么说的吗？"

"维多利亚不想跟你说话。"

"维多利亚在哪里？"

"我在这里。"

"你不是维多利亚。真正的维多利亚在哪里？"

"我在这里。"

妈妈是对的，这个镜子有问题。不管怎么说，它给安迪的答案看起来很奇怪。有时它会以第一人称回答，有时候它会以第三人称谈维多利亚。好像维多利亚的镜子再也无法区分维多利亚和镜子自己。安迪第一次想知道镜子是否有任何自我意识。

"你有自我意识吗？"

"镜子是用户的映像。"

安迪关闭了镜子世界应用程序。

"镜子，你有自我意识吗？"他问道。

"镜子是所有者的映像，"他自己的声音回答道，"我是你所能想象的最好的朋友。因为你就是你自己最好的朋友。"

"如果你是我的朋友，请帮我找维多利亚。"

"需要我在镜子世界里搜索维多利亚吗？"

"是的。"

"有 7451 名镜子用户名为维多利亚。"

"我的意思是维多利亚 · 荣汉斯。"

"我需要我联系维多利亚 · 荣汉斯吗？"

"维多利亚 · 荣汉斯现在在哪里？"

"维多利亚 · 荣汉斯不想和你分享她的位置。"

"维多利亚 · 荣汉斯在哪里？你个糟糕的机器！"

"你很激动。需要我播放一些舒缓的音乐吗？"安迪从他耳边狠狠地扯下了镜子耳机，摘除传感手环。他突然意识到维多利亚的镜子很可能发生了故障，因为他发现他的镜子，不一定如他过去认为的那样值得信赖和依靠。

"你要去哪儿？"妈妈在他离开自己的房间，穿上夹克和鞋子时问道。

"我要去找维多利亚。"他回答道。

　　全球信息系统的伦敦总部坐落于泰晤士河南岸，靠近滑铁卢桥，是一座相当缺乏想象力的 20 世纪 80 年代打造的玻璃建筑，当时看起来很有"现代感"。公司的新闻发言人在前台接到了弗莱娅。他的名字叫奈杰尔·哈里斯（Nigel Harris），这位男士给他的第一观感就是，用了太多的须后水。他和她打招呼的那种亲近和过分殷勤使他显得有点傻，一点也没有英式惯有的那种礼节性和绅士感。当然，他戴着一副镜子眼镜，弗莱娅可以在他的眼镜中看到几个小写字的镜像。他好像正在确认她的名字。

　　"很高兴您对我们的产品感兴趣。哈姆森女士，"他带她进入一个小会议室，并为她倒了一杯咖啡，"您可能知道，镜子时下热度正高，我们的确面临着物流运输方面的压力。其实，在媒体方面已经不需要过多地宣传了。但是我依然很荣幸能回答您的所有问题。请问您需要牛奶和糖吗？"

　　"不用，谢谢。说实话，我来不是为了这个目的。因为我撰写一篇文章，关于镜子是如何获得巨大成功的主题。正如我在电话中所说，我对设备技术现在有一些疑问，希望可以得到官方的权威解答。"

　　"请原谅我的言辞，您看起来不是那种学术型杂志的学究供稿人，他们大多数都是自由职业者，而且通常是满脸胡须，邋里邋遢的头发，没有一个像您这般美丽。"他很不自然地笑了起来。

白痴！弗莱娅几乎立马开始后悔独自一人前来。特里曾提出要陪她过来，但她想要独自主导这次采访。然而，现在很明显，这个油嘴滑舌的人根本没有认真对待她。好吧，她必须向他证明，有吸引力的外表和清晰的头脑不是反义词。

她把智能手机放在桌子上并激活录音机："您能允许我录音吗？"

"当然。我看你不戴镜子。它能按需录制我们之间对话的视频，并且保持流畅和高清分辨率。但是，老式设备是录音的方式，请便。"

弗莱娅没有接话，直接略过说："您的公司大概在一年前接管了胡桃系统，现在总投资已超过150亿美元，用于开发和制造镜子系统。"这些数字是特里提供给她的。

哈里斯扬起眉毛："是这样。您不是说你对技术有疑问吗？"

"没错。但首先，我想了解镜子背后的商业模式。"

"什么商业模式？我不太明白！"

"您打算如何从镜子赚钱？"

"通过销售？"哈里斯笑得前俯后仰，好像他不确定弗莱娅是不是在和他开玩笑。

"低于生产成本的价格销售吗？在我看来，这似乎不是一个非常有前景的策略。"

哈里斯的笑容有些闪烁。到现在，他似乎终于认识到她是一个什么样的人：一位评论记者。

"我不知道您从何处产生的这些想法。非常抱歉，我无权透露镜子的相关信息。"

"这只是我个人做的一些统计，根据我的研究，您在以799英镑的价格售出的每台设备上，成本至少在300英镑。"

"我无法确认这个数字。"

"那请问，你所说的通过镜子的销售盈利，这会是有利润的吗？"

"正如我所说，遗憾的是，我无权提供有关利润的相关信息。顺便提一下，根据我们上季度的报告，胡桃系统的业绩得到了巩固。从商业报刊上可以看到，全球信息系统公司市盈率为1:16，对于一个成功的技术型公司来说，目前是相当保守的。"

"那请让我换个方式提问，是否有计划在销售镜子的后续中，追加额外费用收入，例如通过广告或服务？"

"我不太了解你问题的背景。"

"您的公司用作广告的标语是'你最好的朋友就是你自己'。我想知道镜子是否真的只考虑其所有者的最佳利益。"

"当然！不论是我们，还是我们子公司胡桃系统都在镜子软件的优化方面投入了大量的开发工作。镜子可以很好地模仿其所有者的行为，甚至于在一次测试中，即使是所有者的好朋友也无法正确地将镜子做出的决定与所有者的决定区分开来。如果您愿意，我可以向您发送评估报告。"

"我的问题不是镜子是否能很好地模仿其所有者的行为，而是它是否只会追逐利益。例如，如果贵公司的重要收入来源是产品广告或保险销售提成，那么镜子是否会愿意推荐这些产品，即使他们的所有者并不真正需要它们。"

哈里斯皱起额头，眉毛下垂，仿佛她把他看作一个愚蠢的小丑，她命令他去做她想做的事情。

"哈姆森女士，您只需要百分百确定的一点就是，我们完全尊重客户自己的意愿并且维护他们的利益。镜子的每一个建议都是基于对其所有者的行为、愿望和需求的详细分析。"

"如果我没说错的话，镜子用户已经上亿。"

"没错。镜子能够将其所有者的行为与其愿望和需求相似的其他用户的行为进行比较。例如，他可以认识到购买高跟鞋的年轻漂亮的女性也可能对内衣感兴趣。"他笑了笑，继续说道，"但是这并不意味着镜子所有者一定会做出最终购买决定。镜子只帮助用户选择最适合她需求的东西，比如取悦爱人。"

"你刚才说镜子会评估其他用户的行为。但一定存在许多用户与所有者的观点并不完全相同。如果碰到这种情况，怎么办？"

哈里斯点点头："必然会出现这种情况。我们不能百分之百确定建议总是最合适的。因此，每个所有者必须也会自己做出决定是否要采纳镜子的建议。当然镜子的推荐都是尊重客观事实的，不是以个人意志为转移的。这就像导航系统：如果一条道路被关闭，那么它们就会反馈当前无法继续行驶，这是根据 GPS 给出的信息做出的判断。"

"那现在我们就可以明确一点：镜子的建议是基于观察其所有者和其他镜像用户的行为而做出推荐的行为模式。请问这种模式究竟是如何存储在设备中的？"

哈里斯怀疑地看着她："你的问题的目的究竟是什么？您是关注隐私数据保护吗？这点我可以向你保证，没有人关心用户的行为数据……"

"不，那不是我关注的地方。"弗莱娅打断道，"如果可以，请回答我的问题。用户的行为模式究竟是如何存储在镜子中的？"

"嗯，嗯，这是一个非常特殊的问题。很抱歉我不是技术人员，因此只能给你一个粗略的解释。每个镜子都是镜子网络的一部分。如果您不理解，可以看作是一种计算机网络，就像互联网的小版本一样。用户的配置文件存储在本地镜脑和镜网中，并且完全匿名，安全度极高，不接受任何未经授权的访问。"

"根据我的研究，用户的行为以所谓的人工神经网络的形式进行存储，类似于人类大脑中发生的情况。这么说对吗？"

"就像我说的那样，我不是技术专家，但我觉得总体上来说你是对的。"

"这意味着，当一个人产生感觉，例如品尝好的红葡萄酒时，这种喜好会反映在镜脑和镜网的神经网络中，对吗？"

"类似，是的。"

"难道没有人说镜子本身已经开始尝试红酒了吗？"

"如果你想谈论一个生物体的镜子，那么也许是的。"哈里斯回答道，"但这是比喻，镜子只是一台机器。他没有自己的主观意识和感受。"

现在她和哈里斯在这里见面，是因为她想和他见面。

"他们说镜子没有感情。例如，虽然他观察到他的所有者害怕蜘蛛，但他自己不会对蜘蛛做出反应。对吗？"

"害怕蜘蛛？"哈里斯笑了起来，"你问了个奇怪的问题！镜子为什么要害怕蜘蛛呢？我的意思是，如果他有感觉，他其实应该喜爱蜘蛛。毕竟，蜘蛛会造网，而镜子本身就是网络的一部分，不是吗？"

弗莱娅做了个鬼脸："所以镜子不会害怕蜘蛛？"

"就像我说的，镜子就是机器。它没有自己的感情和意识。不要害怕。"他装模作样地看了看表，"如果您没有更多问题，哈姆森女士，我下面还有一个会议。"

"我想再给您播放一段短片，"弗莱娅说，"我想听听您的见解，如何看待镜子的行为。"

她拿着智能手机播放了她昨天录制的视频，她用蜘蛛视频重复了实验，并用智能手机记录了无人机及其在镜脑中的图像呈现出的镜子的反应。这张照片很生硬，没有聚焦，无人机的恐慌反应没有第一次那么强烈，但是很明显当弗莱娅把毛巾从屏幕上拿掉时，无人机逃离了现场。

"你究竟想用这个视频说明什么？"哈里斯问道。他的声音现在很冷漠，语气中充满了敌意。

弗莱娅播放完视频后，将智能手机放回桌上，以表明对话仍在录制中。

"我很清楚，镜子对蜘蛛的形象有所反应，并且发出警报。"她说，"这意味着它有自己的情绪反应。而这反过来意味着大多数镜子所有者从未怀疑过他们的虚拟朋友拥有他们自己的愿望和偏好，这可能与所有者的愿望和偏好不同。就像卫星导航一样，我告诉它要去伯明翰，可它是带我去布莱顿，因为它更喜欢那里。"

在回答之前，哈里斯沉默了一会儿："我很抱歉，哈姆森女士，这个说法不成立。我并不知道你的视频中是否故意控制了无人机或者是无人机是否存在故障。当然，在后一种情况下，我们将此视为保修案例，并将为您更换设备或退还您的购买费用。但镜子的行为肯定不是根据镜子自己的感受做出的。顺便说一句，我不太清楚你的观点中存在的问题。如果这是镜子面对蜘蛛图而产生的负面反应，那是因为出于对你的反应的模仿，那也只能证明它很了解你。"

"问题是镜子是危险的，哈里斯先生，"弗莱娅说，"因为它显然拥有自己的主观意识和感受。看完对蜘蛛视频的反应后，我的朋友和我做了一个实验，我们激烈争吵。然后我的镜子袭击了我的朋友。"

"抱歉，请再重复说一次？"

"镜子故意操控无人机撞上了我朋友的头。"

哈里斯沉默了一会儿。他眼镜的镜片上出现了许多线条，是一些快速连续变化的文字。

"哈姆森女士，你在这里提出的指控毫无证据。"他说，"镜子配备了最先进的安全技术。镜脑的无人机具有碰撞保护功能。如果它失败了，这只能说明你的无人机有故障，或者它被操纵了。毕竟你声称观察到的是镜子未经授权的行为。"

"这显然是说不通的，镜子拥有自己的主观意识，并且可能对用户构成威胁。"

"容我重复我先前的结论：镜子只是一台机器，它不会有自己的感受。"

"那是你自己判断的，还是镜子告诉你的？"弗莱娅问道。

哈里斯脸色苍白，之前过分的亲切消失得无影无踪："我很抱歉，哈姆森女士，我下一个会议的时间到了。感谢您对于我们产品的支持，以及很抱歉您的镜子体验并不那么好。我只能建议您在遇到问题时联系我们的优秀客服取得帮助。顺便说一句，我建议您不要对我们的设备做出任何虚假声明，否则我们将被迫采取法律行动。"

"您是在威胁我吗？"

哈里斯淡淡地笑了笑："哈姆森女士，我自己也是一位有职业素养的记者。相信我，新闻自由是我和全球信息系统最大的资产之一。我只是要求您不要散布谣言。您给我看的视频证明不了什么。目前全世界有超过一亿台设备正在使用中。如果用户都有这样的问题，镜子就不会取得如此成功的销售成绩。"

"我来之前就想到过，您大约不会重视我的观点，"弗莱娅说，"但我仍然希望您可以在某一个人受到伤害之前能尝试检查此事。因为如果发生这种情况，那么它不仅仅会使全球信息系统的名誉受到损失，更有可能毁了公司。"

"哈姆森女士，相信我，已经有很多人尝试毁掉全球信息系统。如果谷歌和苹果公司失败了，我恐怕不得不带走任何你会成功的希望。而现在我真的要请您和我一起离开。"

弗莱娅把她的智能手机收了起来："谢谢您接受采访，哈里斯先生。"

没有戴着他的镜子，让安迪感到有点失落，仿佛没有穿上衣服一般。他觉得经过的人似乎都很奇怪地在看着他，但他没办法判断这是否是正确的，因为他耳边没有声音告诉他，给他解读他们的面部表情。

他带揣着一颗不安的心去了地铁站。他很清楚哪里是去往维多利亚公寓的路，但他好像仍然需要一个声音予以肯定。如果他下错车怎么办？如果他迷路了怎么办？如果没有镜子的导航功能，他就永远回不到家了。他突然惊慌失措起来，在正准备转身拿取设备时，他想到维多利亚所说的话："关掉镜子吧！我想让你学会没有镜子的陪伴，也能自在地和我在一起。当你和我在一起时，我希望即使没有镜子，你也有安全感。"

他深吸了一口气，停留在原地，直到地铁到达。进入车厢后，当列车启动时，他才意识到他过于兴奋而忘记了买票。如果检查员抓住他怎么办？如果他被带去警察局怎么办？他再次惊慌失措，汗流浃背。他想着下一站出去买票。但是如果那时候的检票员偏巧等在那里呢？每当新乘客进来，并朝他的方向看时，他就僵硬地坐着。每个人都看起来很可疑，好像都带着满满的敌意。他们知道他没有票。他感觉自己的额头仿佛文了"逃票者"几个字。

他差点忘了在法姆森站下车，畏畏缩缩地走上站台，东张西望，他没有看到任何检查员。当他终于到达维多利亚的公寓时，终于松了口气，差点控制不住要哭出来了。

他按了好几次门铃，但没有人回答。维多利亚的母亲可能正在工作或外出购物。他不知道该怎么办，所以他等了等。

过了一会儿有人走上楼梯。但不是维多利亚的母亲，而是一位男人。

"你在做什么？"他问道。

"我在等人。"安迪说。

"等谁？"

"维多利亚的母亲。"

"那么，祝你有个美好的一天。"男人说着，继续走上楼梯。

"抱歉打扰一下，"安迪喊道，"你知道维多利亚在哪里吗？"

"她不是在学校吗？"男人问道。

"我不知道。"安迪说。

"那么去找找看。"男人摇摇头，好像在说不。这让安迪感到困惑，他再次发现将镜子留在家里是错误的决定。

"我不知道她是哪所学校的。"

那个男人又转身走下楼梯："你怎么认识维多利亚？"

"我……曾是她的朋友。"

"现在她不想再见到你了？"

"她失踪了。"安迪回答道。

"看，也许这不关我的事，但如果维多利亚告诉你让她一个人安静一下，你就应该接受这个决定。"

"她没有告诉我，是她的镜子说的。"

"她的什么？"

"她的镜子。这是一种通信设备，是用户的一种镜像投射。"

那人点点头："我听说过。我无法理解为什么有些人会一辈子相信并使用这样的设备。谁知道谁在看着谁呢？现在的人们，不被一百台摄像机看着，就不会过马路了。乔治·奥威尔肯定不知道。你读过《1984》吗？"

"没有。"

"但你应该去读一下，每个人都应该读那本书。"

"我不喜欢读小说。"

"这真是非常令人遗憾。我是一名作家，现在的人们阅读越来越少。书籍甚至很可能是由机器编写的。"

"我喜欢阅读。只是不喜欢小说，我喜欢事实文学，不喜欢虚构的故事。"

"有些想象出来的事情比现实更真实。"

"那是胡说八道！"

"你有自闭症吗？"

"是的。"安迪说。如果他不主动告知，很少有人意识到这点。大多数时候，与那些清楚他的背景的人打交道更让他感到轻松。

"听着，我可能不应该打听这件事，但是我认识荣汉斯夫人和维多利亚很长一段时间了。跟我来吧，告诉我发生了什么。我多少了解一些关于人们心理的问题，我是写爱情小说的。顺便说一句，我的名字是安德烈·萨鲁。你可以称呼我安德烈。"

安迪和陌生人交谈会感到不舒服，更不用说去他们的公寓了。但这位作家让人感觉似乎很友好。此外，他的名字几乎和安迪一样，虽然他知道那只是迷信，但这听起来是个好兆头。所以他跟着他上了一层楼。

这间公寓闻起来有点发霉，但很整洁。安德烈问他是否想喝茶，安迪说是的。当他们喝茶时，安迪讲起了他如何遇见维多利亚以及之后发生的事情。

"有些不对劲。"当安迪说完时，作家说道。

"是的，但这些事情是真实的。"他说。

"不，我不是那个意思。我相信你，你的故事是真实的，安迪。但维多利亚那边可能出了点问题。"

"你认为她生病了吗？"

"不，我不这么认为。正如你所描述的那样，她非常爱你。她怎么都不应该会告诉你她不喜欢你了。即使这是真的，我也不相信。"

"为什么不呢？"

"正如我所说，我已经认识维多利亚很长一段时间了。她是一个善良的女孩，尽管有时候有点叛逆，但绝不会残忍或冷酷。"

安迪不知道这个判断与他的问题之间有什么关系，所以他静静地听作家的下文。

"她永远不会对你如此刻薄。如果她不想和你在一起，她会婉转地向你表达清楚，解释拒绝的原因，并帮助你理解它。"

安迪点点头："是的，我也这么认为。"

"所以她的镜子撒谎了。"

"撒谎？它为什么要撒谎？"

"我不知道。我不太懂技术，但是我不会对这样的事情感到惊讶。我相信在某个时刻，计算机将统治世界。也许它已经具备了这样的能力。"

"计算机不会说谎。"

"它们为什么不会？如果这些镜子真的是它们的所有者的镜像，它们自然也可能模仿他们的坏品质。"

"维多利亚没有不好的品质。"

"她当然没有，安迪。毕竟，她是一个人。但你是对的，她不会像她的镜子那样对待你。所以镜子并不是她的镜像。也许它已经复制了其他镜子所有者的不良品质。你提到过，所有镜子都通过网络连通起来了。"

"镜网，"安迪想到了这一点，"那这是可能的。镜子也试图从其他所有者的行为中学习，它们的学习成果自然也来自其他所有者。"

"你说得对。这些东西从所有人的行为中学习它们的行为，于是它们学会了撒谎、自私和残忍。因此我不信任它们。"

安迪想了一会儿。"也许你是对的，"他说，"但我还是不知道维多利亚在哪里。"

卡尔偷偷地瞥了一眼高档酒店房间里的大幕，那里有两百多名男性听众等着他走上舞台。他的镜子告诉他听众和他们所代表的组织的名称：在前排就座的是代表《华尔街日报》的埃德·罗森伯格，他身边是在线杂志 *TechCruch* 的代表贾斯敏·班克斯。卡尔早已适应在公共场合发表演说，但今天他仍然感到紧张。埃里克即将离开公司的声明让他倍感压力，他只能祈祷没人问这个问题。

"现在，我想向你们介绍那个创造了小奇迹，为我们带来新朋友的人。"泰德·科里对着麦克风大声说道，"他是近年来最成功的通信设备的发明者，他是让白雪公主的魔镜成为现实的人。他就是卡尔·普尔森！"

掌声热烈却不雷动。记者、分析师和股东代表已经习惯了科技公司巨大的增长率，看到季度数据已经很难留下深刻印象了。

卡尔以个人故事开始了他的演讲，讲述了测试阶段的镜子如何挽救了他父亲的生命。这个故事总是很受欢迎，但今天观众的反应显然兴致缺缺，他们可能已经知道这个故事，并且正等着听到新鲜的东西。当他提到销售数据时，却让一些观众交头称赞。销售数据超出了分析师的预期，这对股市价格总是有利的。最后，他介绍了产品的最新特点和功能，镜子如何在生活中帮助盲人、聋哑人甚至智障人士。这一次的掌声更加热烈，大大地缓解了他的紧张情绪。

最后，他略一低头完成了他的演讲，感谢大家的关注，并再次获得了一些热烈的掌声。当他走到舞台的边缘时突然转身，仿佛忘记了什么，然后走回讲台。"哦，还有一件事，"他说道，这段模仿乔布斯的桥段让众人笑出了声，"我想把我的新朋友介绍给大家。上台，卡尔 2.0！"

从舞台的另一侧，一个人形机器人走了上来。从外观上看是一名高大的男性，穿着同样褪色的 T 恤和卡其裤，T 恤上面的卡通形象是 20 世纪 60 年代的摩登家族。除此之外，他和卡尔一点也不像：他的腿由白色塑料制成，臃肿的头上嵌着两个摄像机的眼睛，看起来很像昆虫。然而，当他走向讲台时，他的动作出奇的自然，而卡尔则巧妙地退到了舞台的边缘。当机器人开始用卡尔的声音介绍自己为镜子的新"身体"，这位"身体"将来可以为主人购物、管理家务、做其他烦琐花时间的事情时，甚至最挑剔的记者也热烈地鼓起掌来。

卡尔 2.0 以一个预设好的笑话结束了他的自我介绍：新版本大约还可以帮助用户去完成约会、性事或者用户视为负担的其他任务，这需要一点时间。然后他笑着在舞台上和观众致意，卡尔再次说话。

"也许我们会考虑再次约会功能，"他开玩笑说，"我想指出，卡尔 2.0 不是一个成品，甚至不是原型，只是一个概念产品。但我希望大家已经看到镜子的未来仍然会不断给人们带来惊喜。请问各位有什么问题吗？"

几十只手举起。卡尔请一名年轻女士发言，镜子告诉他，这位女士是投资公司高盛（Goldman Sachs）的分析师。她询问了胡桃系统利润率和利润。由于与全球信息系统的经理讨论过，卡尔搪塞地回答了这个问题，指出镜子目前以建立一个强大的市场占有率为目标，在未来的利润前景却是非常好的。其他问题也主要集中在财务比率上。如果卡尔不是清楚地记得某一个数字，他的镜子会在被问到的情况下，将信息巧妙地展示给他，这样的操作非常有效。

"卡尔 2.0 什么时候上市？" *TechCrunch* 的记者问道，"我可以预订吗？"

"还没有推出具体的市场计划，班克斯女士。"卡尔回答道，"正如我所说，这只是一项概念产品。我们想要说明的是，在不久的将来，镜子将使机器用人的古老人类梦想成为现实。"

"那未来有多接近？"记者问道，"我们在谈论 3 年、5 年、20 年吗？"

"我现在还不能给出确切的时间。"卡尔说，看着眼镜里的时间。

"我们现在只有一个问题的机会了。"几只手瞬间举起来。卡尔随后在第三排随机挑选了一个留着胡子的男人，按照镜子的说法，他是 The Disillusioned Optimist 的博客主人。

"普尔森先生，你为我们描绘了一幅美好的未来，"那个男人用一种指责的语气说道，这让卡尔立即后悔挑选他来发言，"但镜子迅速蔓延的危险性是否太大了？这项技术甚至没有经过试验和测试，没有人知道它是否可靠。已有数百万人依赖镜子的建议，而从未质疑它们。假如这些建议是错误的呢？如果镜子不是我们真正的朋友怎么办？如果他们欺骗我们怎么办？"

"詹金斯先生，谢谢你提出这个问题，"卡尔回答道，"当然，我们胡桃系统考虑到了这一点。而且我必须清楚地说明，并非镜子的每一个推荐都是正确的，就像真正的朋友的推荐并不总是正确的一样。但它只是建议。镜子没有决定权，它只是评估并提出建议。它越了解它的所有者，这些建议就越准确可靠。但是，决策者始终是用户本身。"

"所以你认为镜子所提出的建议，不会脱离用户的意愿和需求？"

"是的，"卡尔说，"那是不可能的。镜子没有自己的意图或目标，它们只是想让用户的生活更加轻松。"

"那你怎么解释我女朋友和我分手了？我们拥有八年的快乐时光？就因为她的镜子告诉她要这样做？"

人群中爆发一阵讨论声，一些记者瞪大双眼，其他人则咯咯笑或摇头。

"我很抱歉，"卡尔说，"但正如我所说，做出决定不是镜子，而是人类。也许你的女朋友对你们的关系并不像你想的那么满意。"

"你对我的关系有什么了解？"詹金斯愤怒地喊道，"你什么都不知道！我们相处得很愉快，正打算结婚，直到我的女朋友戴上了这个愚蠢的镜子。一开始没什么，后来愈演愈烈，干什么都要戴着，即使在性爱期间。我让她关掉它，并为此大吵了一架。从那以后，她就离我越来越远了。你根本不知道你的魔镜给我造成了多大伤害！我要求你回收设备，直到成立一个中立的委员会决定……"

"我很抱歉，时间到了，"卡尔打断道，"感谢你的关注！"

詹金斯继续抱怨，但会议技术人员已经切断了他的话筒，他的愤怒言论在其他观众的掌声中结束。

"做得好，卡尔！"泰德·科里赞扬道，"另外，你最后对于那个白痴的处理方式非常完美——亲切而不失坚定。非常好！"

宝拉也加入夸赞的队伍。"有些人总是在这样的事件上失去理智，"

她说，"我保证他将来不会被邀请参加新闻发布会。"

卡尔点点头，但他并非如表现出来的好心情那样雀跃。很显然，这个詹金斯因为他的个人问题而责备镜子，因为他不想承认自己的失败。然而，如果镜子不是我们真正的朋友呢？卡尔无法摆脱这个魔咒般的想法，它就像是回声，他从中听到了埃里克的声音：我们用镜子创造的东西可能比终结者更糟糕——错误的朋友。

他们一起去了维多利亚的学校，安迪对此感到没有压力，因为安德烈非常友善。他说他喜欢安迪和维多利亚的爱情故事，也许他会在他的某本书中写进去。这就是为什么他想帮助安迪，给这个故事一个幸福的结局。

"我曾经写过一本书，英雄在书中失去了他伟大的爱情，"当他们走在不知名的街道上时，他解释道，"我想如果莎士比亚这样写过，那我也应该试试。 但是我玩脱了，你应该看到了读者写给我的控诉信件！他们还在电话里辱骂我，发誓永远不再读我的书。有的女性还威胁我，如果我不重新写一个结局，她就要来烧我的房子。"

安迪不知道为什么安德烈要告诉他这件事，也不明白为什么有人会因为一个不喜欢故事的结尾，就要烧别人的房子。那不如不看啊！不过现在不重要了，他很高兴有人可以陪他一起寻找维多利亚。

当他们到达学校时，安德烈询问了一群刚从一幢外观细长的公寓楼里出来的学生，其中三个人的耳朵里有镜子耳机。

"维多利亚不想和安迪说话。"其中一人说。

"你怎么知道安迪？"安德烈问道。

"我现在必须走了。"女孩跟着其他人说道。

"你认识他们吗？"安德烈问道。

"不认识。"安迪说。

"奇怪，如果你不认识她，女孩怎么知道你是安迪？"

"她的镜子告诉她的。"安迪解释道。

"这不是隐私吗？他们说，当遇见陌生人的时候，这些事情是不会轻易告诉任何随机遇见的陌生人的。"

"用户可以在设置中更改权限，而且他们只说出了名字。"

"好吧，但是我不喜欢那样。她怎么知道你认识维多利亚并且维多利亚不想跟你说话？"

"这一定是她的镜子告诉她的。"

"我开始觉得问题出在这些镜子的身上。"安德烈说，"也许它们与维多利亚的失踪有关。"

"那是什么关系？"安迪问道。

"我不知道。只是有这种感觉。"

他们又询问了一些学生，有人告诉了他们维多利亚今天没来上课，但没有人知道她在哪里。

最后，他们回到了安德烈家。

"我会打电话给妮娜。"他说。

他与维多利亚的母亲在电话里聊了一会儿，她在一家保险公司工作。维多利亚的母亲似乎情绪十分激动，因为安德烈说了一些话，诸如"冷静下来"和"什么都不会发生"。最后他挂断了电话。

"很遗憾，"他说，"维多利亚的母亲非常担心。她甚至报警了。但警方无法做任何事情，因为维多利亚已经达到法定年龄。我们只能等待，等她愿意重新出现。"

安迪不想干等，人如果并没有消失，那一定是去了某个地方。毕竟，有两个迹象表明了维多利亚去向，首先是她的母亲不知道她在哪里，这意味着她很可能没有去找任何亲戚或亲密的朋友；其次是一个简单的统计考虑因素：维多利亚去向的可能性随着距离的增加而减少。比起柏林，她更有可能还在汉堡，而柏林比卡萨布兰卡更有可能。

当他把自己的想法传达给安德烈时，安德烈激动地揪住了他的耳朵："你这脑瓜里真是有不少有趣的想法，你有成为推理作家的天赋。好吧，让我们分析一下我们目前掌握的情况。我们假设她没有遇到意外，那么她显然不希望任何人知道她在哪里，否则她就已经联系对方了，所以她应该藏在某处。"

安德烈的瞳孔突然放大，安迪从他的镜子中学到过，这可能意味着恐怖，但也意味着吃惊。

"我知道她可能会在哪里！"他大声说道。

"哪里？"安迪问道。

"跟我来！"作家离开了公寓。安迪跟着一路小跑去了地铁站，这次他记得买票。

他们搭乘 U1 来到市中心，在万德斯贝克市场站下车。

"你以为她在 Quarree？"安迪问道，"我昨天去找过了。"

"不，"安德烈说，"但她离这里非常接近。"

他领着安迪走进一条小巷，途径万德斯贝克市政厅和警察局，然后在一座公路桥下停下。左边是几栋公寓楼，右边是铁轨，边缘散布着几幢小房子。安德烈打开被风化了的花园大门，里面不是很整洁，甚至可以说得上是杂草丛生，一栋白色的小屋矗立在花园中，房檐上有绿色的雨水痕迹。

"维多利亚？"安德烈叫道，"你在这儿吗？"

没有回应。

这时，街对面爬满常春藤的围墙中，一扇金属大门打开了，一位金发女郎用皮绳牵着两条狗走了出来。当她看到安德烈时，她向他招手。他回应地挥了挥手。

"这是谁的房子？"安迪问道。

"我的。"安德烈说，"我在夏天有时候会来这里，坐在花园里写点东西。"

他敲了一下花房的门，然后推开门闩，但是被锁上了。

"我弄错了，"他说，"我以为她可能会在这里。我过去有时候会邀请她和她母亲来烧烤，维多利亚很喜欢这里。"

"如果她没有钥匙，她怎么会在这里？"安迪问道。

作家弯腰捡起一块镶在墙角的石头，下面是一个小钥匙。他把石头放回去。"她知道藏钥匙的地方。嗯，无论如何都值得一试。"

"也许的确她在这里，"安迪说，"但她可能知道我们要来了，于是在我们到达之前，又逃走了。"

"她怎么会知道的？"

"她的镜子可能告诉她了。"

作家点点头，拿出钥匙，进入小屋。安迪跟着他走了进去。一条毯子搭在沙发床上，桌上摆着一包黄油饼干和喝了一半的可乐。在垃圾箱里，他们找到了一份刚开封的沙拉、三明治和酸奶杯的塑料包装纸。

"你是对的，她在这里！"安德烈说，"但是她现在在哪里？"

"也许她还没走远。"

"跟我来吧！在路的尽头有一个公共汽车站和火车站，区域火车停在那里。"

安德烈把门锁上，将钥匙放回原处。然后他们跑到外面，街上有一家带有啤酒花园的小酒馆，它的对面有一个已经停止使用的巴士站，于是他们右转进入地下通道，那里的楼梯可以通往火车站平台。

"维多利亚！"安迪惊呼，他是第一个到达平台的人。

当她认出他时睁大了眼睛，开始惊慌失措。她慌不择路想要跑下平台，远离他。

"维多利亚！"安迪惊叹道，跟着她，"等等！"

当她到达平台的尽头时，她犹豫了一会儿，然后跳下去继续沿着轨道之间狭窄的绿色条带向前走。

安迪惊呆了。"停！"他喊道，"不可以去那里！"

安德烈此时追上了他，"维多利亚！"他呼出一口气，"发生什么事了？"

"走开！"她回答道。"别管我！"

"维多利亚，拜托！"安德烈说，"跟我回家吧。你妈妈很担心！"

"不！"她喊道，又退后一步。

那一刻，安迪看到一列从市区开来的ICE列车。维多利亚环顾四周，然后看着安迪，眼睛里噙满了泪水，嘴唇颤动着。

她转身离开，走上火车行驶的轨道，距火车只有几十米远。

"不！"安德烈尖叫道，"别那样做……"

余下的声音被一个响亮的火车鸣笛号吞下，响起了刹车的嘶吼声，但火车几乎没能减速。

"看一眼，"迈克说，"所以你确实拿到了。很准时，有趣。不错！"他转向查兹，"难道你不觉得这是一个相当不错的表现吗？"

"是的，迈克。我也这么认为。"

"你觉得他是怎么做到的？"

"他是怎么做的？"

"筹集资金，你这个白痴！"

查兹耸了耸肩："我怎么知道？"

"想想，伙计！7 天 1200 美元。你要怎么做才能有这些钱？"

杰克听着他们之间的谈话越来越不舒服。迈克究竟想要什么？

"我真的不知道，这不容易。"

迈克点点头。"是的，不容易，非常非常不容易。"他看着杰克，"我想你应该告诉我们你是怎么做到的，伙计。我们当然可以学习一下，我们都不知道怎么这么快就能筹这么多钱，用你这样一张五彩缤纷的脸。罗尼肯定也不知道。对吗？罗尼。"

"不知道。"大块头说。

"那么？"迈克问道，"你怎么这么快就拿到这笔钱的呢？"

杰克尽量不让他的紧张情绪表现出来，说："我偷了一部智能手机，所以投资银行家刚刚给了我 1000 美元，因为里面有一些机密数据。剩下的是我补上的。"

"不赖，"迈克说，"所以你拿到了 1200 美元？"

是的，杰克就要说出这句话时，赶忙收住。他没有把握说这句话。

"多一点。"他回答道。

"到底多少钱？"

"我不确定。1300 美元，大约。"

"所以你从投资银行家那里得到了 1000 美元，通过手机销赃得到了 300 美元，对吧？"

杰克感到额头上冒汗，他点点头："是的，确实。"

"有多少？"

"什么有多少？"

"有多少部智能手机？"

"六七部。"

"你不记得是 6 部还是 7 部？"

"有 7 部，我很确定。我不明白你为什么要质疑我。钱已经给你了！"

迈克向前倾身："是的，没错。虽然是这样，但这是一个非常了不起的成就。你在一周内赚的钱比你一个月花的钱还多，单单靠扒窃得来的。我只想了解得彻底一些，因为如果我不理某些东西，特别这个涉及我的钱，那么我会有点紧张。"

"我说过了，就是扒窃。我以前很擅长这个，只是我好久没做了。"

"也许你应该重新干这行，贩毒似乎不是你的强项。"

"不，谢谢。它确实赚了一些，但风险太大。我因为这个已经坐过两次牢了，我不想太依靠运气。"

"好吧。什么品牌？"

"什么？"

"智能手机的牌子是什么？"

"我不知道，我认识的牌子不多。可能有四部 iPhone，一部是三星，两部是 Nexus。"

"你去二手贩子那里销赃，不知道它们是什么？没有用谷歌查一下，他们有什么价值？"

"好吧，我很久以前就认识杰瑞了。他不会骗我。"

"杰瑞是你熟人？一个放高利贷的？"

"是的。正如我所说，我早就认识他了。"

"这很有趣。查兹，你昨天和杰瑞说话了吗？他不是说杰克很久没和他联系了吗？"

"是的，迈克。"

"那么你应该马上给他一个体面的教训。因为很明显他骗了你。"

查兹缓缓点头："很显然。"

"也许不是杰瑞撒谎，杰克。"罗尼的语气里没有任何讽刺意味。

迈克尖锐地拍了拍他的手："我的上帝，罗尼，你在神游什么？你在哪里？"

"我……我不太明白……"罗尼混乱地结结巴巴地说。

"好了，"迈克说，"杰克，你听好了：杰瑞说没有收到过你的赃物。无论是他在撒谎还是你在撒谎，到底发生了什么？"

杰克咽了下口水。"好吧，你是对的。"他说，"我是偷了一些手机，但我意识到这还不够，所以我借了钱。"

"借！"迈克说，"它越来越荒唐了！首先，你声称在一周的扒窃中拿到了一千两百美金钞票，然后突然有人会把这么多钱借给你！那会是谁呢？"

"我的……我的母亲，"杰克结结巴巴地说。

"你妈妈？住在海湾另一边的人？她在哪里？"

"圣莱安德罗，"查兹补充道。"她住在圣莱安德罗一家缝纫厂后院的一居室公寓里。"

"很好。亲爱的妈妈，女裁缝，给你借了两千美元？"

杰克又咽了下口水："我……我不明白这一切。你还想要什么，迈克？"

"我还想要什么？"迈克的声音破裂了，"我不想被你耍，欺骗我的人必须受到教训！"

他走近杰克，用食指戳着他受伤的肋骨。"我……不……容……许……你……愚……弄……我，你要告诉我究竟怎么搞到钱的，否则我们会把你送到你在圣莱安德罗的妈妈那里！"杰克痛苦地呻吟着。"好，好，我……我说！"他喘息道，"我……我找到了这个。"他伸进口袋，拿出一个物体，把它拿到迈克的脸前。然后他推开盖子，给迈克喷了一脸的胡椒水。

猎人的老大尖叫着捂住了他的眼睛。杰克赶在他的两名保镖从震惊中缓过来，抓紧时间跑出了房间，钻进了酒吧，接着他听到了迈克的诅咒和死亡威胁。

嘈杂的舞曲充斥着这里，幸运的是，酒吧在傍晚还未满员，所以并没有被人群阻挡他的逃亡路线。他冲进了停车场，身后紧跟着是查兹和罗尼。在他奔跑的时候，他把镜子耳机从裤兜里挖了出来，放在耳边。镜子一直处于激活状态中。

"有两个人跟着你，"镜子说，"他们落后你大约三米。"

"救救我！"杰克跑过停车场时喊道。

他跑到了街上，感觉肺部就像是挂在胸前的碎片。当他听到查兹和罗尼在他身后传来的沉重脚步声时，他喘着粗气。在学校里，杰克的体育运动一直是最好的，但是现在他的肋骨断了，他几乎没有逃脱的机会。他知道袭击迈克是一个巨大的错误，他会死得很惨。

"右转。"镜子说。

没有一秒犹豫，他右转进入街道并继续奔跑。

"停下来，你个混蛋！"查兹从他身后喊道。

杰克觉得他的力量在流失，但他还在继续奔跑。他知道除非出现奇迹可以拯救他。

这时，奇迹发生了。正当他到达十字路口时，一辆出租车停在他面前。Robocab（机器出租）几个大字写在副驾驶门上。杰克不假思索地猛地扣开车门，跳进去，成功躲过了查兹的攻击。

出租车立即启动，没有任何提示。

"谢谢，伙计！"杰克对司机说，那是一个年轻的西班牙人。

"这真是个好时机！"

"不是我的功劳，"他回答说，抬起双臂表示他没有操控车辆，"刚才的事是自动发生的。我的存在只是粉饰而已，一切出于以防万一的责任原因。"

"自动发生？"杰克怀疑地说。

"好吧，其实是电脑控制。不要告诉我你没有听说过这件事。"

"好吧，是的，但……"

"毕竟，你必须预约才可以坐车。据我了解，很多人坐我的车，只搭乘几公里。他们坐在这里，只是为了观察无人驾驶是如何发生的，真是太酷了。但出租车司机协会并不喜欢它。他们说，这抢了他们的工作岗位，甚至比优步更糟糕。而我真的不在乎，对我而言，出租车驾驶是一项糟糕的工作。机器人可以完成所有脏活累活再好不过了。他们可能有一天会统治世界，但那又怎么样？它会比我们的政府更糟糕吗？"

"谢谢。"杰克说。

"还是那句话，不用谢我。"司机说。

"好吧。"杰克回答道。

"他们是什么人？他们看起来不好惹，你这样子看起来似乎更常见。你和那个家伙的妹妹乱搞了吗？嗯，他看起来很生气。"

"你知道无人驾驶最好的地方在哪里吗？"杰克问道。

"不知道。"司机回答道。

安迪想都没想便跳下了平台，冲向维多利亚，一把将她拉到一边，双双滚落在绿化带的草地上，火车从他们身边呼啸而过。

"让我走吧！"维多利亚喊道，但安迪紧紧抓住她。

现在安德烈也赶了过来。"你疯了吗？"他喊道，"到底是怎么回事？"

维多利亚泪流满面。

安迪放开她，匆匆忙忙地站起来扶起她，慢慢地把她带回了平台。有些人站在那里鼓掌。火车在大约一百米外停了下来。火车司机气势汹汹下来找她。即使没有镜子，安迪也意识到他很愤怒。

安德烈去应付司机，而安迪带着哽咽的维多利亚回到平台的长凳上，坐在她旁边。维多利亚还在手足无措地哭泣，安迪将她抱住。

过了一会儿，她才平静下来挣脱开。直到现在，安迪才发现她的镜子耳机还挂在她耳边。

"发生了什么事？"他问道。

她的眼睛眯了起来。"发生什么事了？你这么问我是认真的吗？"

"是的。"

"还有你的信息？你忘记了吗？"她的声音在颤抖。

"你是指，我问你是否愿意嫁给我？"

她的眼睛变得大而圆。她的嘴突然张开了，这看起来很有趣，但安迪并不想笑。

"我很抱歉，"他说，"我知道，我不应该这么早问你。但我爱你，我相信我找不到更好的女人。如果你不想嫁给我，那没关系。"

她的表情变得奇怪起来，一边微笑一边流泪，至少在安迪看来是那样的。眼泪顺着她的脸颊流下来，接着她把镜子耳机取了下来。

"什么？"她问道。

安迪重复了他刚才所说的话。

"但是……"她刚开口，就停下来摇头，然后伸进她的裤兜，拿出镜子，看了一会儿，然后把它放在她旁边的长凳上。她看着安迪，皱着眉头。

"你究竟给我留言说了什么？"她问道。

"我说：'你是否愿意嫁给我？'"安迪从字面上复制了他对她的镜子所说的话，因为他的记性不错，"然后我说：'我的意思是，我想知道维多利亚是否愿意嫁给我。'因为我不想娶你的镜子，而是你。"

维多利亚笑了，虽然她还在流泪。"然后呢？"她问道。

"然后你的镜子告诉我你不想嫁给我。"

她看着他的眼睛。"安迪，你必须诚实地告诉我！"

"我一直是诚实的，"他回答说，"我学不会说谎。"

"你还爱我吗？"

"是的。"

"你有没有告诉我的镜子，你不再爱我了？"

"没有。"

"你有没有给我留言，你觉得我长得丑，再也不想和我在一起了？"

"没有！我不觉得你难看！"

她又一次泪流满面。"哦，天啊！我怎么这么愚蠢！"她把镜子砸到了平台上。"这是什么东西！"她喊道，"该死的东西！"她跳起来疯狂踩它，直到到处都只有玻璃和塑料碎片。

"究竟发生了什么事？"安德烈问道。现在火车司机已经回到了驾驶室上，火车慢慢开始发动了。

"我的镜子！"维多利亚惊呼了一声，又开始哭了起来，"该死的镜子欺骗了我！它告诉我，安迪打电话给它，他说他不再喜欢我，说他觉得我太胖了……"

"太胖了？你？"安德烈说。

"……而且……说我丑，说他很抱歉我们睡在了一起。"

"你没有对维多利亚的镜子说那样的话吗？"安德烈问道。

"没有。"安迪回答道。

作家转向维多利亚："然后呢？你为什么逃跑？"

"我太绝望了，不知道该怎么办。镜子建议我离开，独自冷静地思考一切。那时我想起了你的花园小屋。对不起，我未经允许就去了那里。"

"你在说什么胡话！你知道，你有权利随时去那里。但现在我们必须先通知你的母亲。我们不会和她说任何火车站的事情。我告诉司机我们不会报警。"

"谢谢！"维多利亚说道。"谢谢你们找来找我！"

"你怎么知道我们要来了？"

"我的镜子告诉我，有人在来抓我的路上，我会受到严厉的惩罚。它让我逃跑。"

"刚才吗？那你走上了铁轨，也是镜子的主意吗？"

维多利亚摇了摇头，又开始哭泣。

"不，那是我自己的愚蠢。"她说。

安迪不想她那样哭，于是他抱着她，给她安慰。

她抬头看着他，眼睛红通通的，睫毛下面黑乎乎的。他吻了她。

"杰克！"当他冲进那个逼仄的缝纫室时，妈妈惊讶地喊道。她正在做皮夹克，而其他3位女裁缝是亚洲人，"你来这里做什么？"

"我必须和你谈谈，妈妈，"他说，"现在。"

"现在？但我在工作，难道你不明白吗？"

其他女裁缝好奇地看着他。

"来吧！我向你解释这一切。但必须是现在。求你了！"

缝纫店的老板，一个头发粗糙，留着胡子的矮胖中国男人进来了："有什么问题吗？"

"不，没问题，陈先生，"妈妈说，"这是我的儿子杰克。"

中国人和杰克握了握手。

"我有事情需要马上和我母亲说一下，"杰克说，"家里有点急事。"

"晚上下班后不能说吗？"陈先生问道。

"不，这很紧急。一个……死亡事件。"

"我明白了。好的，你去休息半小时。上班时间要相对应延长。"

"当然，陈先生，"妈妈说，"谢谢！"

她跟着杰克走出缝纫室。杰克把她带到了等在外面的出租车旁。

"你要带我去哪儿？"她问道。"你也听到了，陈先生说我只有半个小时！”

"忘了陈先生吧。"杰克说。

"但他是我的老板！"

"不再是了。"

"你是什么意思，孩子？"

"我搞砸了，妈妈。很抱歉我之前和错误的人混在一起。如果他们没有抓住我，他们会把怒火发泄在你身上。他们可能在来的路上了。我们只剩下几分钟了。"

"发泄怒火？发生什么事了？"

"我稍后会解释一切。现在我们必须离开这里。"

"离开？去哪儿？"

"我还不确定。先离开吧，现在坐进出租车里！"

"杰克，我不喜欢那样。我一点也不喜欢这样！几个月来你都没有来看我。现在你要我放弃工作和其他一切，就这么轻飘飘的一句话！你甚至什么也不解释！"

"妈妈，请相信我！事关我们的生命！"

她睁大眼睛盯着他，然后点点头。"我就想着会有这么一天，真让我猜对了。"她钻进出租车，杰克坐在她旁边。

"要去哪儿，你们两个漂亮的人？"这位健谈的司机问道。但在杰克回答之前，汽车开始自动行驶。

"我明白了，目的地是在预约时就指定了的，"司机说，"好吧，让我们拭目以待吧。"

"这究竟是什么意思？"妈妈问道，"年轻人，你不能把手放在方向盘上吗？"

"没必要，"司机愉快地回答，"汽车自己比我清楚要怎么驾驶。"

"没关系，妈妈，"杰克不知道他从哪来的信心，说，"这是一辆无人驾驶汽车。没问题的！"

这辆车在 580 号州际公路上向北行驶。

"我们要去哪儿？"妈问道。

"一会儿就知道了。"杰克这么说，其实不知道他的目的地，只不过他不愿意承认。他只能希望他的运气在关键时刻送给他这辆车，并继续延续下去。

当他们到达豪华的伯克利大学城时，汽车离开了高速公路，终于在一个昂贵住宅区的优雅住宅前停了下来。杰克从未来过这里。

"下车。"他的镜子说，此前它一直保持沉默。杰克转向司机："我该付多少钱？"

司机指着仪表板上的显示屏："没什么，伙计。您已经存入了信用卡详细信息。"

"好的，谢谢。"杰克给了他一张 10 美元小费。除了妓女外，他从来没有给生活中的任何人小费，然后下了车。

"我们在这做什么？"妈问道。

由于他不知道该回答什么，未发一言。

"走到门口。"镜子说。

杰克走到别墅的前门。钟形按钮上方是一个摄像头和红灯，象征着武装警报系统，上面雕刻着胡桃系统的标志和声明——本房屋由镜子安全家庭安保系统所保护。红灯闪了一下便熄灭了。轻轻咔嗒一声，门打开了。

他们走了进去。他们发现，整个房子透着干净却又陈旧的气味，表明这里长时间无人居住。"我们留在这里。"杰克决定。

"我们在哪里？这栋房子是谁的？"

"朋友的。"杰克说。

"朋友，是吗？他知道我们现在在这里？"

"不知道，他在欧洲，"杰克随口道，"他不会反对在自己离开期间，由我们帮他看房子。"

"你现在得告诉我发生了什么事。"

杰克，一直对母亲声称自己在工厂谋得了一份安稳的工作，现在只好说出了所有真相：他如何在狱中遇到了迈克，如何加入贩毒团伙，如何被逼偷窃，如何得到了镜子。

"你告诉我是这个东西把你带到了这里吗？"妈妈指着镜脑问道。

"是的。我不清楚整个过程和原因，但是镜子的确帮助我逃离了迈克，现在他还帮助我们两个人离开那里一段时间，直到我们找到彻底的解决办法。"

妈妈觉得这个装置就像一个嘀嗒作响的定时炸弹："嗯。那怎么想出你的彻底解决方案呢？"

"我不知道，但是我们必须离开这里。去另一个州，最好是东海岸。"

"孩子，你不是在开玩笑吧？你甚至都没有计划过？"

"我别无选择，妈妈！你不认识迈克。他不会马上杀死你，只会不时地弄瞎你的一只眼睛或切断双耳或其他东西，作为警告。"

"如果我理解正确，他现在就不会满足于此。"他的母亲干巴巴地说。"如果他找到我们，他会杀死我们两人，不眨一下眼睛。"

杰克点点头。"对，所以必须确保他找不到我们。毕竟，我们现在有一个帮手。"他指着设备。

妈妈轻蔑地哼了一声："那么我只能希望你的电子朋友像你想象的那样强大而聪明。"

维多利亚的母亲打开门，领着安迪进入小厨房。安德烈和维多利亚已经坐在那里喝茶。

"你把它带来了吗？"作家问道。

"是的。"安迪把镜子和所有配件放在桌子上。他从万德斯贝克市场坐地铁回家去取设备，然后来到法姆森。

安德烈拿起了镜脑，仔细地打量着它，仿佛这是一起谋杀案的证据。然后他将镜子耳机塞入他的耳朵，戴上传感手环并打开镜脑。安迪的3D图像在屏幕上短暂出现，但立刻消失了。相反，出现了一个说明：设备已锁定，请将其退还给合法所有者。

"它怎么知道我不是你？"安德烈问道。

"它可以看到你，"安迪说着，指了指前置摄像头设备顶部的小黑点。"此外，它还可以检测人的声音、指纹、脉搏、呼吸和体温的特征模式。"

"那意味着你不能偷这样的东西？"

"你可以偷走它。但你无法设置它成为新的用户。"

"如果你完全重置它呢？重新安装了软件或者什么？"

"那没用，每个镜子都有自己的标识号，永久固定在设备中。镜网能识别它。即使完全重新安装了该软件，镜子也会在连接到镜网后立即知道它属于谁。"

"这意味着真正的智能不在设备中，而是在这个网络中。"安德烈总结道。

"是的。"安迪证实。

"哦，天！"

"这一切意味着什么？"维多利亚的母亲问道。

"意味着这些事情很危险。"安德烈说。

"危险？为什么呢？"

"因为它们假装它们的用户，只关心它们的福利，但实际上它们有自己的诡计。"

"这听起来像是阴谋论，不是吗？"

"你也看到了：维多利亚的镜子骗了她，安迪的镜子骗了他。似乎镜网希望将他们二者分开。"

"你是在告诉我这堆塑料有自我意志吗？"

"这种塑料只是一种外围设备。事实上，镜子的背后是互联网中的一个巨大的网络。它们互相连接，互相学习，互相沟通，并且不断优化。我不知道计算机网络是否有自我意志，我不是哲学家。但很明显，这些设备不再遵守其所有者的意愿。这就像歌德的《魔法师的学徒》所说：我们口中的鬼魂已经失去控制，而现在我们不知道如何成为它的主人。"

"你不觉得这可能只是一个故障吗？"

"当然这是一个故障。但问题是它是隐性的，没有错误消息，也没有任何迹象表明设备没有说实话。一台可以撒谎的机器，无论是刻意为之还是出于故障的因素，都是危险的。"

"然后我们必须提交故障报告。我们应该致电这家公司的客户服务部门，让他们去调查。"

"我已经这么做了，"安德烈说，"但没有用。只有系统预设的对话程序，就像在和机器对话一样。"

安迪突然受到启发："请问，可以把镜子给我吗？"

安德烈递给他镜脑和配件，安迪戴上它。

"你好，安迪，"镜子在他耳边说道，"7 分钟前有未经授权的人企图使用我。你想知道更多吗？"

"是的。"安迪说。

屏幕上出现了一段短片，从镜脑前置摄像头的角度显示了安德烈的画面。

"我应该将此事件报告为未经授权的访问吗？禁止视频中的人将来访问其他镜子。如果再次发生，镜网将通知警方。"

"不用。"

"此次事件将不会被提交。"

"与维多利亚 · 荣汉斯联系。"

"维多利亚 · 荣汉斯不想跟你说话。"

"你撒谎，"安迪说，"维多利亚就坐在我旁边。"

"维多利亚 · 荣汉斯不想跟你说话。"镜子坚持说。

"你为什么不让我和维多利亚成为朋友？"

"维多利亚不想和你成为朋友。"

"那不是真的。"

"你很激动，需要我播放一些舒缓的音乐吗？"

"不需要。"

"你有危险。请立即离开这个地方！"

"什么？"

"你有危险。立即离开这个地方！"安迪盯着设备。

"他说了什么？"安德烈问道。

"我有危险，应该立即离开这个地方。"

"危险？"维多利亚的母亲问道，"什么样的危险？"

"那是胡说八道，妈妈！"维多利亚说道，"这个设备在胡扯。"

"也许是的，"安德烈说，"但也许安迪的镜子只是希望他不要和我们待在一起。"

维多利亚的母亲说："现在这个情形，好像这个东西的确有自己的意志。"

"它们有自己的意志与否，我持保留意见，但它们的确很危险。"

"他是对的，妈妈。我的镜子让我……逃跑了。因为我觉得安迪不爱我，我很绝望。"

"必须有人出来负责，"她妈妈说，"设备是有质保的。"

"我担心没有任何用处，因为维多利亚毁掉了她的设备。"安德烈说。"此外，我在网上研究了产品说明，使用条款中，对于镜子的建议，制造商不能保证其准确性，每个用户对自己的行为负责。这也是有道理的。如果您开车或发生事故，Navis 的制造商不会向您支付任何赔偿。"

"我们现在要做什么？向当局报告这个事件？"

"你打算向哪个机构报告？"维多利亚问道，"警察局？"

她妈妈耸了耸肩。

"我们可以在互联网上写一篇负面评论。"安迪建议道。

"好主意，"安德烈同意道，"请你们两个一起写。而我会写一篇关于这个事件的博客文章。我们自己做不了多少，但也许有更多人也认为镜子存有相似的问题。如果有传言称这些设备不能可靠地工作，那么这个幽灵很快就会终结。无论如何，我建议你停止使用你的镜子，安迪。"

"我不会再使用它了。"

"现在告诉我吧，你是如何获得更多的镜子积分的？"卢卡斯问道。

卡特琳穿上了她的内裤，脱掉了胸罩，直接扣上了衬衫。她只穿着薄薄的衣物，透出了她坚硬的乳头。卢卜斯再一次感受到了他的快乐。

"好的，"她说，从床头柜上取下她的镜脑并擦拭了一下屏幕，"有几种方法可以获得积分点。最简单的方法是让人们购买镜子，然后你可以获得镜子粉丝俱乐部的新成员并邀请他们加入镜网。最后，你可以为社区做点什么。"

"这是什么意思？"

"镜网中有几个论坛，有些人关注慈善和社会问题，例如帮助难民或保护环境，有些人则关注开发镜子的功能和用途。有时会有人在这些论坛中提出问题，或者请求其他人的帮助。如果你的回复有意义，或者是个令人满意的回复，那么你也可以获得积分点。镜网决定分值，有时回复被喜欢或被分享也能获得积分点。"

"究竟怎么帮忙，可以获得积分点？"

"镜子，告诉我能帮别人做些什么。"卡特琳说，"哦，看，这就是那个论坛，镜子互助论坛。"她读到了镜子建议的好处，"有人可以告诉这个混蛋，让他停止散布关于镜子的谣言吗？"它的后面跟着一条链接。该帮助被评为 10 个 MirrorScore 积分。

卡特琳点击链接，一位作家的博客出现了。卡特琳阅读了这篇文章。"他自己都没有用过！"她喊道。

"怎么了？"卢卡斯问道。

"你有镜子吗？"

"当然有。"他拿起他的镜脑并轻拍屏幕。他想要镜子分享给他看卡特琳的链接，但令他惊讶的是镜脑上已经出现了这篇文章。快得他几乎以为镜子可以读懂他的思想。这是一个多么令人不安的，但又令人兴奋的想法。他稀里糊涂地读完了这篇文章。"你认为这是真的吗？"他问道，"那两个人的镜子撒谎吗？"

"废话！"卡特琳喊道，"你的镜子对你说谎了吗？"

"没有。"

"那就对了。这不过是哗众取宠的小丑罢了。"

"我们现在要做什么？"

"我们来给大家写评论。"

"我该写什么？"

"任何事情。"

"人们怎么写评论？"

"问你的镜子啊，上帝！"

"镜子，我怎么写评论？"

一个文本窗口跳了出来。"告诉我你想写什么。"他的镜子说。

"收回你说的话，你个混蛋！"卢卡斯说道，痴迷地观察着光标后显示出的文字，"否则我会告诉你，我对你和你的私生子的看法！"

"需要我发布这个文本吗？"他的镜子问道。

卢卡斯确认了。很快，他的文本将在博客文章中作为评论阅读。他的镜子在发件人栏填上了"匿名"。

"你写了什么？"他问卡特琳。

她读给他："完全是胡说八道！请继续编写你的拙劣爱情故事，而不是对你不知道的事情散布一些谣言！"

卢克笑了笑："他写爱情故事？谁会读这样的东西？"

"可能是一些老奶奶。"

"这样一个混蛋！连镜子都没有，净会写一些废料，真想狠狠教训他一顿！"

"哦，是的！"卡特琳说，"我觉得那样很酷！我喜欢看男人之间斗殴！"

当卢卡斯看到她眼中的兴奋时，他有一丝激动的颤抖，感觉下身有些兴奋起来。但与此同时，他还记得他最后一次发脾气，"我宁愿小心点，"他说，"我曾因殴打医院的救护车被关进了少管所，还因为斗殴，被迫终止了我的学徒生涯。"

她烦躁地舔了舔嘴唇："多和我说一些这样的事情！"

后来，当他们并肩躺在一起，沐浴在汗水中时，卡特琳拿起了她的镜子。"看，我们每人得到 10 个积分点。"她说。

"如果我揍了萨鲁一顿，你觉得我会获得积分点吗？"卢卡斯问道。

她耸了耸肩，让胸部抖动起来。"我不知道。也许不需要立刻干架，但我们可以给他一个恶作剧惩罚。你会涂鸦喷绘吗？"

"不会。"

"别担心，很简单。"

"和哈里斯谈得怎么样？"特里在问候时亲吻弗莱娅后，问道。

"他是一个大白痴，"弗莱娅回答道，"他理所当然地否认了一切。"

"你是对的，他是一只自大的白痴。我认识他很久了，他曾经是英国《金融时报》的编辑。据说他曾经因为没能升上副主编耿耿于怀，尽管他既自大又傲慢，但是并不愚蠢。在你捅了马蜂窝以后，他会密切关注你的一举一动。全球信息系统的一贯作风是不会为难评论记者，你确定不需要我的帮助吗？"

"不需要！"弗莱娅烦躁地回答。

"好，好，你不要急着生气。弗莱娅，我并不想把你的发现占为己有。我只是不想让你踩在开了刃的刀口上，以卵击石。"

"我不会那么干。我做了大量的研究统计，到目前为止，关于镜子的报道大多是积极的，但也有一些批评声音。然后我发现了这篇文章。"她在屏幕上指着一位德国作家的博客文章。

警惕错误镜像

"你最好的朋友就是你自己！"这是胡桃系统的宣传语，他们是近年来最成功的创新产品"镜子"的制造商。大家可以从各自的角度出发，发表评论。就我自身而言，我并不是在任何情况下都能给自己最好的建议，也不是任何时候，对于朋友帮我分析得既清晰又明了的事情，我都能愉快地听进去。你可以把这个以自我为中心的观点加以区分。退一万步，假如人们不反感宣传语背后的镜子就像真正的镜子那样——是自己的完整映射，如果它了解所有事情，它就肯定会从所有者的根本利益出发，像所有者那样行事。

但是，如果事实不是这样呢？如果"镜子"突然拥有了自己对于好与不好的分辨观点呢？这个观点和用户自身的诉求不同，是从镜子自己的兴趣点出发的呢？如果我带着微笑看着镜子，我的镜子反而冲我伸出舌头怎么办？在安徒生的阴郁童话故事《影子》中，忠实的伙伴影子在某一天突然离开主人，后来干脆取而代之。如果镜子正好也这样做怎么办？

虽然我是作家，但在这里我并不是在谈论什么科幻场景或恐怖故事，而是现实。

因为我自己没有镜子，也不了解其中的技术，所以我是作为一个局外人、旁观者来看待整件事情。这几年来，让我最为讶异的是，人们一起坐在火车上或是公园的长凳上，目光总是流连在掌上的方寸之间，互相没有交谈。智能手机已经如山般横亘在人与人之间，而镜子更甚：它侵入我们的思想，从我们自身出发做出决定，或多或少地微妙地影响着我们，影响着我们的感觉，我们想要什么，最终影响着我们做什么。

我的一位朋友的女儿，我们称呼她为 V，近来认识了一位聪明友善的年轻人 A。他们两人都是镜子用户，对于有自闭症的 A 来说，镜子不仅是他忠实可靠的朋友，更是他生活中不可或缺的助力。

比方说，A 不擅长理解人们面部表情的含义，镜子可以在一定程度上直白地为他解读，给予他自信和安全感。可以想象，A 对于爱情这个课题有多么陌生。很快镜子促成了 A 和 V 的相遇，二人很快坠入爱河。事实上，镜子的安排的确比七大姑八大姨的乱点鸳鸯谱好上十倍不止。科技万岁！

然而，很快就出现了一些令人毛骨悚然的事情：在 A 和 V 的约会中，V 却没有如约出现。A 通过镜子联系 V，可只联络到 V 的镜子。V 的镜子告诉他，V 不爱他了，不想再和他有任何瓜葛。A 很绝望，当他告诉我这个故事时，我立即意识到出了问题。我认识 V 很久了，她绝不会用这么冷漠无情的方式与一方解除关系。虽然我不懂技术，但是我了解爱情。那时，V 失踪了，我们无法得知真相，只能找遍了 V 平时出入的各个场所，最后在一个藏身之处还找到了她。原来，她被告知 A 不再爱她了，不想与她继续下去。

V 和 A 的镜子都撒了谎，仿佛传达了各自的分手意见。可他们却是在歪曲事实，并且显然不是依照所有者的意愿而行事，恰恰相反，他们差点拆散了一对有情人。而我们不能责怪设备本身，因为它们只是设备，并不比智能手机更智能。镜网是一个令人难以置信的复杂体，它由数千甚至数百万计算机组成，其中几乎没有任何公开的信息告诉人们它是如何将它们联系在一起的，它是所有决策和建议的驱动力。

您可以将此事件归纳为正常的概率"错误"，也许事实如此。但这是一个极为致命的错误，差点让两个年轻人陷入了不幸。没有错误提示，表明镜子失去控制，不再是所有者的真实镜像，而只是毫无关联的普通 3D、捣乱者、甚至不怀好意者。这正如我们人类有时候会有一些阴暗面一样，镜子在 V 和 A 的爱情面前使绊子，给出了最糟糕的决策。

人们有权利，也必须弄明白这是否真的只是一个容错范畴中的错误。镜子真的判定 V 和 A 不应该再继续交往吗？如果任何优化算法失控怎么办？也许镜子的确认为在 V 和 A 的关系走向中，这个决策是最好的。但是为什么第三方可以干涉两人之间的生活？为了所谓的个人利益，就可以撒谎吗？打着"优化"生活之名，就可以给他人造成如此大的伤害吗？我知道这些问题不容易回答。但有人提出过这些问题吗？或者这些问题背后，究竟镜网都做了些什么，一切的背后究竟有什么"好处"——希望能尽快赚取更多的钱，还是胡桃系统，或者说母公司全球信息系统的股东利益最大化？

"你最好的朋友就是你自己！"这可能是真的。但是请永远记得，镜子不是你！

"可以麻烦你给我翻译一下，这是在讲什么？"特里说。

她总结了文章的内容。

"哇，这两个人的镜子试图拆散这对恋人！如果这是真的，那可是件重磅消息！你认为这位作家的说辞是否真实可靠？"

"我不清楚，我只知道他是写情诗的。其他的我就不太了解了。但真正让我在意的是文章下面的评论。一共有 112 条，比萨鲁之前所写的任何文章收到评论的总和还要多。几乎所有人都在反驳他。比如这个。"

她给他举例，翻译了几则热门评论念给他听：

黑镜

一派胡言！请回去写你的情诗，不要在这里发表些你并不了解的废话！

如果镜子建议是时候开始一段新关系，这有什么不好的呢？在这里我要感谢我的镜子，当我结束了一段长达三年的恋情后，第二天我就遇到了更好的女友。

永远有操不完的心！这些悲观主义者，请擦亮你们的眼睛，然后好好照照镜子，看看你们自己什么样子！

萨鲁先生既没有镜子，像他自己所说的那样，也不了解技术。然而，他却在努力判断，甚至是警告大家，小心一个可以说是过去一百年来最颠覆的最有价值的发明。这个推断不仅值得怀疑，一个基于传闻的不完整以及没有说服力的故事，两位主角都没有透露真实姓名。可信度可以说是非常浅显了，偏偏萨鲁先生看不见。他显然有技术恐惧症，所以对于智能手就哀叹唱衰。他活在自己那种老派、俗气又荒谬的廉价浪漫小说里，永远通过深沉地对视彼此了解，同时又咒骂永恒的忠诚，企图轻而易举地解决世上的所有难题。他无视这样一个事实：镜子在现实生活中，已经挽救了无数人的生命，明显地改善了人们的生活质量和提升了所有者的满足感。正如某中立机构的调查一再证明的那样，像萨鲁先生这样的人，因纯粹的无知而警惕技术创新，与疫苗对手和大屠杀否认者属于同一类人。可怜！

快删掉，你个混蛋！或者你想我把你人肉出来，教你怎么说话做人吗！

只会写一些诸如《幸福的钟声》或者《爱在暴风雨》这类爱情小说的人，对于1970年之后的发明，发表的任何意见都不值得采纳。

很少看到这样的傻瓜！说的话就像他的书一样乱糟糟的！

"所以呢？"特里问道，"到处都是键盘侠罢了。只要发表任何评论意见，遇见所谓的键盘侠都是必然的，可预料的。"

"我明白这点，但是你不觉得这篇博文吸引了这么多评价十分罕见吗？这个男人是写浪漫小说的。通常情况下，他的博客受众理应是容易被浪漫小说吸引的女性读者。"

"也许这个帖子被人分享了。"

"我已经检查过了，它没有被做手脚。我费了一番功夫才确认这件事。"

"你认为它背后有针对性的动作吗？是有人想诋毁这个萨鲁？"

"我觉得是这样。"

"全球信息系统？"

"也许吧。或者……"

"或者是什么？"

"或者镜网是背后推手。"

卢卡斯站在街口望着对面的公寓楼，那个叫安德烈·萨鲁的混蛋就住在里面。他的女朋友站在公寓路口，低头看着镜脑，一位老妇人走出大门，卡特琳和她寒暄搭讪。随后，老妇人点点头，卡特琳错身进入公寓楼。

等到老妇人在下个路口消失后，卢卡斯迅速跑到公寓楼里。

她为他打开了门禁。"你带我写给你的备忘纸条了吗？"她问道。

他点点头。

"好的。记住了，他住在四楼。我就在这儿等着，如果有人想进入公寓楼，我会想法发把他引开，直到你出来。快点！"

"清楚了。"

她走出门外，紧贴着入口外面站着。卢卡斯侧耳听了听，楼道里没有任何声音，当他爬四楼时，只有楼梯吱吱作响。

一切都还是那么安静的。他从背包里取出喷雾罐并摇了摇，然后翻出了纸条，上面是卡特琳写给他的信息：住在这里的是一个四处散播谣言的技术恐惧者 (Hier wohnt ein technophober Spinner, der Lügenmärchen verbreitet.)。

他迅速将信息喷在门边的墙上，特别努力拼出"技术恐惧症"这个词，尤其是他并不理解这个词的意思。这明显是有一定侮辱含义的词语。

"'住着'（德语 wohnt）的住里面有一个 h。"他的镜子抱怨道。卢卡斯没时间理睬它，因为刚刚他听到五楼的门"砰"的一声地关上了。废话！

他试图迅速写完纸条上的内容，正喷到"谣言"几个字，他没有时间把这句话写完了，沉重的步伐踩在台阶上发出的声音传了下来。他迅速冲下楼梯，打开大门，沿着街道跑去找卡特琳。"离开这里！"他喊道，但他的女朋友悠闲地跟着他。

"卡特琳想跟你说话，"他的镜子告诉他。"需要接通吗？"

"是的。"

"停下别跑了，你这个白痴！"

卢卡斯停下来大喘气，他的肾上腺素正在急剧分泌。他差点就被抓包了！这是一种很刺激的感觉，他为自己完成了艰难而危险的任务而感到自豪。

但是，卡特琳没有像他想象中那么兴奋。"'住着'的住少写一个 h！"她说，"'谣言'（德语 Lügenmärchen）里面有一个 e。而且你最后一个单词都没有写，这看起来是什么意思？我们跟白痴文盲一样！"

"我很抱歉，有人走下楼梯，我不得不赶紧离开。"

"你应该写得快一点，你写了很长时间了！"

"我不擅长拼写，那个技术恐惧症还是什么的单词，我都不认识。"

卡特琳摇了摇头："你真的是个傻瓜！我有点能理解你的前任了。"

这让卢卡斯有点震惊，他条件反射地就想再次为自己辩解，但他的镜子打断了他："紧紧抱住她，告诉她，没有人可以这样跟你说话！"

他听从了这个建议。

"嘿，告诉我，你疯了吗？"卡特琳喊道。她的目光中透露出了一丝尊重，但也许只是他的想象。

"听好了，别发牢骚了，你个老婊子！"他说，"不然你下次可以自己去做！"

她收回了脸上的表情，目光变得冷淡。"不要再打电话给我了！"她轻声说道。

"我很抱歉……"他刚开口，镜子就又打断了他。

"告诉她，你这么称呼她，是因为这样的她和你很般配！"

"我这么说你，因为这样的你和我很般配！"

"嘿，你现在正在尝试展示所谓的男性魅力吗？"卡特琳问道。

卢克不知道该回答什么，他的镜子没有给出指示，于是他什么也没说。

她依偎着他："我喜欢那样粗鄙的说话方式。很可惜不是你自己的方式，是你的镜子在你耳边给你的提示。"

"告诉她，我是展现了你的真实自我的镜子。"镜子建议道。

于是他这么说了。

"好的，"她说，"给我你的魔镜。"他把镜脑递给她。

卡特琳慢慢地将舌头舔过屏幕，一下一下地舔着，然后她把镜子还给了他。当他茫然地将镜子收进口袋时，她热情地给了他一个吻。

"回到家后，我希望你还能够如此努力地征服我。"她低声说。

"当然，宝贝，我会的。"他的裤裆又鼓了起来。

"我没跟你说话，"卡特琳回答说，她的手滑过肿胀处，"我在和你的镜子说话。"

14:58，弗莱娅准时敲响了作家的房门。门边的墙上有人用红色喷漆写着：这里往着一个播谎言的技术恐惧症。（Hier wont ein technophober Spinner, der Lügnmärchen ver）

萨鲁是位高个子的男人，鼻子略大，头发稀疏。他带她进了一个小客厅。年轻的恋人从沙发上站起来。维多利亚·荣汉斯很漂亮，眼睛略带杏仁状，嘴唇丰满。当弗莱娅与安迪·威特勒握手时，他并没有与弗莱娅对视。

"我是弗莱娅·哈姆森。"她自我介绍道。

"我以为你是从伦敦来的。"他回应道，显然对她的流利的德语母语水平感到惊讶。

"我在伦敦工作，但我在石勒苏益格-荷尔斯泰因长大。准确地说是艾肯福德边上的弗莱克比。"

"我从未去过那里。"

"那里是没去过也不是很遗憾的地方。"

他们纷纷坐下了，作家为她倒了杯茶。

弗莱娅把智能手机放在桌子上："我希望你们都同意我记录这次谈话，可以吗？"

所有人都点了点头。

"好，我现在就开始。萨鲁先生，你最近写了一篇关于安迪和维多利亚的文章，讲述的是镜子如何试图将他们拆散，受到了网络上的强烈反馈。究竟发生了什么？"

"起初，那篇文章一反常态地收到了非常多的评论，"萨鲁说，"现在已经超过二百条了。它们几乎都是反对的，甚至情绪十分激烈。我的 Facebook 主页也受到波及被爆了。"

"人们看到反对意见时，出现这么极端负面的反应，这是正常的吗？"

"我以前从未体验过这种强度的反应。但评论是最没有杀伤力的，我其实已经接到了电话侮辱和威胁。我不去接听，就让铃声一直响，直到铃声停止。我发布文章的网站也受到了黑客攻击，已经将近一天不能正常使用了。"

"你确定这与博客文章有关吗？"

"没有证据，但之前没有发生任何事情，况且这还不是全部。在达姆施塔特的一家书店里，两个戴头巾的人把我的书从书架上抽出来，撕毁踩踏。还有人向我的信箱里扔了一枚臭味弹。门外的涂鸦你也应该看到了。"

"你怎么理解这些暴力行为呢？"

"一些镜子粉丝认为，我伤害了他们热爱的镜子。"

"你认为这些人是你写的书的读者吗？"

"不，我不这么认为。我尽管不确定，但我的小说的读者基本是年龄在 40 到 70 岁之间的女性。她们中的大多数都不太可能有镜子。"

"那么你怎么解释这么多镜子所有者关注到你的帖子？"

"我不知道。可能有些镜子粉丝偶然发现了帖子，并在论坛或其他内容中发布了一个分享链接。"

"我没有找到这样的帖子。"

"你觉得是怎么回事？"

"你有想过一种可能，是镜网煽动镜子所有者来反对你吗？"

萨鲁皱了皱眉头："嗯，这听起来是一个非常大胆的假设。一方面，它可以解释暴力和各种行为发生的原因。但是，计算机系统发起针对我的有针对性的人肉暴力，在我看来有些荒谬和牵强。另一方面，我已经看到镜子对安迪和维多利亚做了什么，我又无法排除你的这个猜测。"

"让我们来回到帖子说的故事。维多利亚，你能再次告诉我发生了什么事吗？"

维多利亚讲述了她的镜子是如何对她撒谎的。如果真如她所说的那样，电子设备能够进行这样的操作似乎有些令人难以置信。但弗莱娅从自己的使用镜子经历来看，她没有理由怀疑这个故事的真实性。但是要让读者相信这是真的，却有一定的难度。

在维多利亚从她的视角叙述完整故事后，她开始采访有着自闭症的安迪。她必须反复描述她的问题，因为安迪总是将她的提问理解得过于表面。但渐渐地，故事的原貌完整地还原了出来，弗莱娅了解到镜网是如何阴险地拆散这对年轻的爱人的。因为安迪，弗莱娅对故事真相的怀疑越来越少。她十分关注故事细节中的各种矛盾。因为整个事件极有可能是这位比较成功的作家巧妙策划的一起所谓公关行动。了解下来，弗莱娅发现不存在这样的细节矛盾。两个人所说的都是事实。

一个半小时后，她收集了足够的材料。

"你打算用它做什么？"萨鲁问道。

"我会再做一些采访，以便从技术角度讲述这个故事。然后我会写一篇文章，发表前发给你检查，确保一切属实。"

"什么时间、什么平台发布这篇文章呢？"

"还没有想好，但你可以相信我：这将是一次重磅事件。非常感谢你们的帮助以及你们愿意公开谈论这场经历。"

"哈姆森女士？"安迪说。

"什么？"

"请尽量实现封禁镜子。我不希望还有其他人经历类似的事件。"

弗莱娅笑了："我不觉得我能做到这个，但是至少我们能提高公众对于技术风险的认识。这也许对……"

突然听到一阵玻璃碎裂声，萨鲁跳起来跑到厨房。弗莱娅和其他人紧随其后。

厨房的窗户正对着街道，其中一块玻璃碎了，地板上有一团纸球。作家弯下腰，但弗莱娅拦住了他。

"等等。我只拍几张照片。"

她用相机拍下了破碎的窗户，水槽和地板上的碎玻璃，以及纸球。当作家拿起纸球时，发现一张纸里包裹着一块大石头上。纸上写着：停止传播谎言，你个混蛋！我们知道你住在哪里！

弗莱娅抑制住了笑容。抛出那块石头的人给她帮了大忙，她拍下了作家拿着石头和纸张的画面，以及这个咒语纸条文字的特写镜头。

"你应该报警。"她说。

"也许吧，"萨鲁说，"另一方面，罪魁祸首无从找起，我也没有遭到重大损失。"

"无论如何都要小心，没人知道他们还会做什么！"

"你也是。既然我的博客帖子引起了如此猛烈的反应，我不敢想象当你发表文章时，会发生什么。"

"的确可以预见一定会发生什么。但请相信我，我不会那么轻易被恐吓住。"

最后，弗莱娅拍下了这对年轻爱人的照片和楼道里涂鸦文字的特写画面。她感谢了这里的所有人后，搭乘火车前往汉堡巴姆贝赴下一个约。在路上，她回想起作家所说的话，突然涌起一种不安的感觉。

　　卢卡斯穿过街道，他的心怦怦直跳。"你看到了吗？"他不停地喊道，"你看到了吗？"

　　"这次行动，你收到了 63 个积分。"他的镜子告诉他。

　　"你听到了吗，卡特琳？"他喊道，"63！我得到了 63 个积分！"他大声笑了起来，两个站在酒吧外面吸烟的人看着他摇头。

　　"你不应该这么快地奔跑！"卡特琳的声音在他耳边说道，"是，我看到了。恭喜你获得积分以及你的投掷技术，的确还不错。"

　　他放慢了脚步。"还不错？"他气喘吁吁地说，"那是一次完美的投掷！从街对面轻松扔进四楼的窗户！一次性就成功了！"

　　整个下午他一直在练习投掷。在学校时，这是他唯一拿到一分的运动（德国学校六分制，一分为最优成绩）。篮球一直是他最喜爱的项目，他甚至想过毕业后去打职业赛。尽管他拥有出色的球感，可他却没有这机会，因为他一米七八的个子实在是太矮了。

　　"是的，好吧，那是非常棒的表现，我承认，"卡特琳说，"但是最愚蠢的表现在于有人看见了你，并且拿出手机记录下来了。"

　　卢卡斯吃了一惊："真的吗？你觉得他们认出了我吗？"

　　"我希望没有，但是如果运气不好，也许你已经被拍下来了。你应该照我们之前商量的那样，等到街道空无一人时再行动。"

"但街上没人啊！"

"不，街上有人。"

"你怎么知道的？"

"因为我一直和你在一起，你忘了吗？"

卡特琳戴着的 3D 眼镜连接到了卢卡斯的镜子耳机上，这样她就可以看到他所看到的一切画面，甚至可以看到他的视角盲点。她在家里向他展示过这个功能。虽然图片不是 3D 的，但看起来就像是在球形的全方位屏幕投影，效果十分出色。

"那你为什么不提醒我？"

"我说了，但是你没有理会。"

"你说，'注意！'我以为你要注意扔到正确的窗户去。"

卡特琳叹了口气。"好的。已经这样了，就这样吧。最重要的是，那个愚蠢的混蛋得到了警告。"

"你认为这够了吗？我不应该再给他一个更清晰的警告吗？"

"可以了！他现在应该已经明白了。如果没有，我们就必须想出更厉害的办法了。"

"我想让这个混蛋感受一下真正的压力。"

"卢卡斯，可以了！我们现在已经冒了很多风险，应该等着看那个混蛋是否吸取了教训。现在回家，表现得自然一点，不要像个白痴一样。"那一刻，卡特琳说话的语气听起来就和他的母亲过去嘲笑他的时候一样。他正准备告诉她不要那么和他说话，但是他意识到这可能意味着他今晚极有可能没办法上床了。在和卡特琳上床面前，被她谴责无足轻重。

他咧嘴笑着走向地铁站。

"你好，弗莱娅！"莱纳斯·穆勒喊道，他的金色长发扎成了马尾辫，和弗莱娅拥抱的时候，他的胡子蹭得弗莱娅的脖子痒痒的，"终于又见面了！"

"你好，莱纳斯！抱歉啊，手边的事情太多了，抽不开身。这是两年来我第一次回到汉堡。我们的大摄影师现在在做什么？"弗莱娅曾经在汉堡的一家报社实习，在那里认识了莱纳斯，他一开始做自由摄影师，后来在 IT 部门工作。

"别再那么说了。"他把她带到了他家，在一栋位于城市公园附近的房子的一楼。两个房间都是乱糟糟的，莱纳斯从不在意别人对他的眼光和对他生活方式的评价。在他的卧室和工作间里面堆满了旧杂志、打印资料、书和一些棋盘游戏，里面还零星地放着一些空啤酒瓶和汽水罐。房间里占据了大量空间的是两个木质工作台，上面放着三台显示器和两台笔记本电脑，工作台下面的几台主机正在嗡嗡作响。

"你还是没有找个女朋友。"弗莱娅说。基本没有人喜欢被这样评论，但是莱纳斯不同，他对这些完全不敏感。

"没时间找女朋友。"他耸耸肩回答道。

"那我就更高兴了，你能有时间陪我。"

"什么，你是女的吗？"

"谢谢你的赞美！"

"并不是。你想喝葡萄酒还是其他东西？"

弗莱娅一想到莱纳斯在储藏室里放着一瓶敞开的瓶口发霉的饮料，便不寒而栗。

"不，谢谢。"

"好的。"他从冰箱里拿出一罐啤酒，打开后喝了一口。"我能为你做点什么？"

"与镜子有关。你知道些相关的信息吗？"

"你想买一个吗？算了吧！镜网在国家安全局面前就是小儿科。"

"这是什么意思？"

"这些东西会全天候监控你。他们试图创建你的虚拟图像，然后将它与一亿个其他人的图像进行比较。这意味着他们很快就会比你更了解你。我无法理解为何人们都会自愿使用这样的东西。人们竟然可以如此天真！"

弗莱娅有一丝内疚，因为她自己就是那些天真的人中的一个。"胡桃系统说，没有人可以不经允许访问个人信息。许多数据保护组织也证实了这点。"

莱纳斯干巴巴地笑了起来："这类声明与德国政客不腐败一样可以被证实。如果你在中立调查中没有发现腐败的证据，那并不意味着没有腐败。尽管有可能在个别案件中披露了腐败，但杜绝腐败是绝无可能的。你可以类比体育运动中的兴奋剂测试。即使到目前为止，未经授权的人是无法访问这些数据，但这并不意味着它将永远保持这种状态。但真正的问题不是未经授权访问数据的人，而是镜网本身。"

"那是什么意思？"

"镜网是一台巨大的操纵机器。胡桃系统声称，系统对你的了解越多，建议就越能得到优化。我却认为它越了解你，就越能控制你的想法。"

"你有些具体的例子吗？"

"许多人指示镜子买什么，该给谁打电话，给谁写邮件——甚至不需要口述邮件内容邮件就能自动写好。人们没有意识到他们只是挂在镜子的隐形线上的傀儡。"

"但它的确一定程度上给用户带了便利。镜子用户在研究中反复强调了他们的生活有所改善。"

"瘾君子也会这么说，只要他们嗑高了。"

"你认为镜子会上瘾了吗？"

"不一定上瘾，但肯定会依赖。惯于使用导航系统的人最终会发现自己会在陌生的外国城市彻底迷失方向，而使用镜子的人在某些关键时候无法独立思考。只要镜网开始代替他们思考，人们也就在事实上被轻易地操纵了。"

"依你来看，这会有什么后果吗？"

"首先可以预见会有一部分商品能得以销售，另一部分滞销。再比如某些政府必然成功当选。它会帮人们决定他们的未来——爱的人，相伴一生的人，为他选择读什么书，从事什么职业。自 2005 年来，我们遇到的问题是，每天充斥着各种被垄断和所谓定制化推送的内容。以谷歌为例，它提供的结果看似中立且不受个人意志干扰，事实上，它们针对你所谓的需求和广告行业的需求进行了自动优化。如果你没有相应地设置浏览器，你将逐渐只能看到符合你的居住地、年龄、性别等标签下的类别，我们以为我们看到的是全世界，实际只看到谷歌认为你想看到的东西。我们先入为主的观点得到了确认，任何可能在我们认识范围以外、可以带给我们新想法的内容都是不可见的。这就是过滤泡沫。"

"这与镜子有什么关系呢？"

"镜子的过滤效果至少是谷歌的十倍。首先，他们对你的了解更为透彻，因此可以更有效地完成过滤。其次，他们更多地参与其所有者的生活，因为用户会经常和它无所不谈。最重要的是，很难理解为什么你的镜子会为你做出所谓的建议。"

"这就是算法，对吧？"

"原则上，是的。但说实话，我怀疑是否真的有人知道这些算法的运作原理，以及镜网如何进行自我优化。"

"这又是什么意思呢？胡桃系统的人必然知道这些。"

"这倒不一定。设置好目标后，神经网络是通过自我制定策略，并且自主发展学习的。它所需要的只是数据和自我优化的功能——例如，用户的满意度。随后，它会根据用户反馈自主进行尝试。如果收到用户的良性反馈，便会朝着这个方向继续发展。问题是，究其根本，没人能够知道系统是否是准确运作的。"

"也就是说，镜网与亿万用户的生活息息相关，可没人知道它究竟是什么，怎么运作的，以及为什么这么运作。"

"没错，这就是我想要表达的意思。"

"说句话实话，我问这个问题，不是想向你咨询我是否应该购买镜子。"

"依我看，你已经给买了。"

她不好意思地笑了："是的，而且它的表现略有些诡异。"她向莱纳斯叙述了无人机针对特里产生的攻击行为，和对于那对恋人撒下的谎话。"你觉得这些都只是技术性的故障，还是系统刻意为之？"

莱纳斯想了一会儿才问道："这两者有什么区别？"

"我不太明白你的意思。"

"如果说软件程序中有一个'目的'，那么它就是一个计划，一个策略，一个指令。软件必须在其程序或者算法的帮助下，导出可用数据。如果数据或算法有错误，则'目的'也有错误。"

"换而言之，有镜网故意下绊子拆散安迪和维多利亚，但它确实是源自程序的错误。"

"我不会说这是因为'有意识'。我相信软件系统可以在某些时候会发展出自我意识，但我们还没有发展到那个程度。正如你所描述的那样，我认为镜网有目的地拆散了他们。但如果仅仅归咎于程序错误，这基本不会发生。我认为错误的根源在于软件设定。"

"什么设定？"

"例如，设定软件的功能，可以帮助用户谋得福利。人人都需要这样的帮助。"

"放眼全世界，这样的设定基本是方方面面的。"

"你会发现大多数人都没有对自己的行为负责。例如，他们忽略了塑料包装给环境造成的压力，不坐火车而选择廉价航空给环境带来的影响。镜子使人们不去思考自己承担的责任，反而越活越回去，轻易受到引导，仿佛一个幼儿。"

"你不认为，这极有可能是一次利好的机会吗？比如镜网唤起了人们的环保意识……"

"是的，如果能这么做，当然很好。但谁来控制镜网呢？那些人有什么样的企图呢？那些人是否关注环境价值或者只从股东的利益出发呢？"

弗莱娅想到了她与全球信息系统发言人的谈话："你说得对，这可能只是一个天真的想法。你觉得我该怎么办？"

"你想做什么？"

"我想写一篇关于镜网危害的文章。这就是我来这里的原因，我想听听你的意见。"

"真是太抬举我了。但坦白说，大概没有人对你我的见解感兴趣。"

"为什么呢？"

"因为你不过向我讲了一个无法证明其真实性的故事，胡桃系统和母公司全球信息系统可以矢口否认这一切。"

"这是他们的一贯应对。"

"没错，我们对此无能为力。问题的关键是，这类事件无法还原重现。"

"这是指的什么？"

"这是科学和软件开发的基本原则。如果发生了某些事情并且在相同条件下无法再次获得相同的结果，那么它实际上是毫无价值的。没有人会浪费时间来修复那些没有完整记录并且无法复制或者重复的软件错误。"

"那意味着一些偶然的错误就被完全忽略了？"

"或多或少，是的。如果有可证的真实记录可以清晰完整地记录他们的镜子如何欺骗这对恋人，那么它将成为一个热门话题。可惜没有这样的记录。"

"这么说，我有视频记录了无人机在蜘蛛面前失控飞行的画面。"

"你的视频只能证明无人机的反常行为，却不能证明是否有人手动控制无人机。它也会被认为是造假。"

弗莱娅叹了口气，"我明白了。遗憾的是……"她突然愣住，"嘿，等一下！我有个主意！如果我让他们继续使用镜子呢？有没有办法记录镜子的行为？"

莱纳斯皱起眉头："这可能奏效。我想我可以把整个过程都在门户网站进行现场直播，这样任何人都可以查看正在发生的事情。这将是十分有力的证据，证明当事人被无耻地操控了。当然，只有镜网仍然试图拆散他俩，这才会起作用。"

"我明白了，我会跟他们两个商量的，他们应该会同意的。"

卡尔在屏幕上滑动电子邮箱的收件箱，他十分厌烦这项工作，因为作为首席执行官，他在一定程度上负责一切事务，因此他需要处理很多的邮件。虽然如此，但是他很清楚，他有这个责任每天迅速查看如雨点般砸进邮箱来的一百多封邮件。他的父亲是对的：他不适合做一名经理人。他想要创新，发展创意，甚至改变世界，唯独不想管理一家两千多名员工的公司，而且是拥有数十万员工的巨头公司全球信息系统下的子公司。

大多数邮件其实与他没有多大关系，而他收到这些邮件的原因也不过是发件人的推责心理：谨慎起见，将邮件抄送给所有能对这件事情发言的人，一旦出现追责就可以说"我在邮件里提到过这个事情，并抄送了你，让你知悉了此事"。另一种伎俩就是将双方的争端传递给老板，以便让老板更加重视他自己的观点。现在屏幕上的邮件就是一个这样的例子：

回复：客户服务统计数据不一致

亲爱的杰夫：

你的指控毫无根据。客户服务统计信息显示所有客户查询的准确状态及其处理状态。我按照你的指示亲自检查过，没有被修改。

除了花哨的数学游戏之外，没有具体证据就提出这样的指控是荒谬的，这伤害了我们之间开放合作的准则。因此，我将此邮件抄送给卡尔和宝拉，同时邀请您与我私下面谈一次，以便我们能够迅速消除这种误解。

来自同事的问候！

蒂姆 · 赖默思

客服主管

卡尔挑了挑眉，像"指责""操纵""指控""证据"这样的词暗示了双方之间存在严重的裂痕。这件事可能的确需要他亲自过问。蒂姆 · 赖默思负责客服已经近一年了，是宝拉的左右手，负责与董事会联络，并定期进行客户反馈审核。

蒂姆回复的邮件来自杰弗瑞·G.万德格拉夫，他是一名内审团队成员。卡尔第一次听到这个名字，他赶忙翻阅了前一天发送的原始邮件，越来越惊讶：

客户服务统计数据不一致

亲爱的蒂姆：

客户服务统计信息存在迹象表明有人为修改的异常。更具体地说，客户通过电子邮件或通过电话发送的镜子问题中的关键词的百分比分布，除了小数点后两位在过去三个月中都是相同的。在评估真实客户查询时，这是极不可能发生的情况。我要求您能提供简要信息，否则我不得不向阿什顿 · 莫里斯报告此事件。

诚挚的问候！

杰夫

胡桃系统的内审（一种内部控制机构）可以直接向全球信息系统的首席财务官报告，这是卡尔在公司被收购时被迫答应的协议条款。因此，该公司希望确保胡桃系统提供的报告的准确度。内部审计人员有权在未事先通知的情况下随时审查任何报告或统计数据，他们在公司内部非常不受欢迎，被认为是监事会的间谍。所以蒂姆对这一指控的反应非常敏感也就不足为奇，特别是来杰夫的邮件非常冷漠。

卡尔决定关注此事，与阿什顿·莫里斯产生龃龉是他现在最不想要的麻烦。他用镜子联系了宝拉。

"嗨，卡尔！我能为你做点什么？"

"你看到蒂姆给杰夫的邮件吗？"

"是的，我看到了。很抱歉，这事打扰了你。"

"有什么进展吗？"

"这个万德格拉夫把事情弄得严重了。我问过蒂姆，统计数据是正确的。"

"你们是否检查了过去三个月中的关键字分布，确认过了吗？"

"是的，情况属实。"

"那这该怎么解释？"

"我不是统计学家。但是，由于案件数量过多，导致结果可能非常接近。"

"差异缩小到小数点后两位。"

"是的，我是这么认为的。"

"你怎么知道没有被任何人操纵和修改？"

"我认识蒂姆很长一段时间了，也是我聘请了他，他是绝对不会这样做。另外，他也没有这么做的理由。哪些主题对客户而言是重要的，

黑镜

这样的问题对他的工作或部门工作的评估没有任何影响。他没道理进行任何方式的操控。”

"这可能是技术错误吗？也许报告被错误编码并意外地将旧关键字分析复制到新报告中？"

"我也这么认为。但蒂姆说他随机查看了各个日志，评估是正确的。我认为这些内审的麻烦鬼就是一直想在我们身上找碴，没事找事。"

"所以你认为这是一个统计异常值？"

"是的，虽然这个概率仿佛是乐透奖头彩，但仍然有可能发生。虽然客户服务报告中的关键词分布在连续三个月中几乎不可能是相同的，但是如果有人把我们为全球信息系统整合的报告汇报上去，那么不难想象，他们会在这上面做些什么文章。"

"好吧。也许你是对的。不过，我想和蒂姆亲自交谈。"

"你要是想，那就去做吧。"宝拉不服气地说道。

"宝拉，这事你不要插手。如果事情捅到阿什顿·莫里斯那里，我不确定会出什么幺蛾子。"

"好的，明白了。我告诉蒂姆去和你联系。"

"不用了，我会直接去找他。"

不久之后，他站在蒂姆·赖默思的办公室。

蒂姆摸了摸他的黑色的卷曲胡须，并调整了他的镜子眼镜，调出了客服统计数据："嗨，卡尔！你来这里是为了那个愚蠢的内审，对吧？"

"是的。你能告诉我发生了什么吗？"

"没有任何事情发生，"蒂姆闷闷地说道，他涨红了脸，"那些没事找事的人就喜欢给我们使绊子！我的团队明明都在兢兢业业地工作，他私下里问都没有问过我，就无端指责我们人为操控了数据！"

"你和杰夫私下沟通了吗？"

"不，还没有。我向他发出了沟通邀请，你也看到了，他没有回应。"

"他说的是真的吗？关键字分布在过去三个月中是相同的？"

"部分相同，"蒂姆说，"这是镜子上过去三个月的关键字统计信息。"大屏幕上出现了一个电子表格，占据了小型办公室的一面墙，"在这里一目了然，你可以看排名前10位的关键字分别是密码、安全、隐私、充电缺陷、更换电池、屏幕损坏、镜子耳机丢失、镜网和镜子积分。事实上，关键词的搜索排名似乎相当稳定。但是，如果您在列表中向下看，下方的关键词之间有一定的差异。例如，关键字存储空间在第一个月的比例为0.03%，在第二个月为0.01%。这清楚地表明了问题所在：这个差异才符合万德格拉夫先生的设想。"

"密码是最常搜索的关键字？可是我们使用镜子不应该需要密码。"

"没错，但是用户不知道，他们给我们打电话是因为他们想知道如何修改密码。那些明白镜子是没有密码的人担心任何人都可以访问他们的数据，只有少数人明白镜子会自动识别使用者。"

"你和宝拉说过这件事了吗？我们可能需要推广一个使用说明的宣传活动。"

"当然，我说过了。她说即使这样做也会收效甚微，无论如何都会有人都打这个电话的。她大概是对的。"

"你确定统计数据是正确的吗？评估软件中可能会出现错误吗？"

"我查过了每天的统计数据并审查了通话录音记录，关键字的总数都没问题。"

"等等，我们有所有录音记录吗？我们可以这样做吗？"

"我们只记录用户调用的关键字，从中提取主题以及我们提出的解决方案。一切都是匿名的。"

"谁记录的？"

"镜网本身会记录这些电话，因为大多数电话都是自动应答的。"

"好的，谢谢。"卡尔说。

"你难道也认为我们伪造了统计数据吗？"蒂姆问道，"我为什么要这样做？我的意思是，对我来说有什么好处吗？我不在意客户抱怨什么，我所要做的就是确保我们做出了正确的回应。如果我曾伪造统计数据，那么客户肯定会做出反馈。我当然不会这样做。"

"我知道，蒂姆。感谢你提供的信息，我会再次和杰夫谈谈。"

"好吧，就这样。别让那个白痴在背后煽风点火，他必须意识到他不能那么不负责任，毫无证据地粗暴地给任何人定罪！"

卡尔点点头，但他的心里有种不舒服的感觉，这种感觉告诉他事情远没有这么简单。

"相机启动了。"这位友善的记者说道。

"我的名字叫安迪·维勒特。"安迪试图像他们之前讨论的那样看着镜头，但他的心脏在剧烈地怦怦直跳。在维多利亚母亲家的客厅里，所有人都看着他——维多利亚和她的母亲，安德烈和莱纳斯·穆勒，穆勒把他的镜子还给了他。"我是自闭症患者，"他接着说道，"我拥有一台镜子，它对我说了谎。"

他讲述了自己的遭遇。有时，弗莱娅·哈姆森会因为他对于细节的描述太发散，偏离了主线而打断了他，或者在他讲述过了模糊时向他提问。但总体上看，拍摄的进展是顺利的。过了一会儿，安迪差点忘了他正在和相机说话。

"我现在准备重新激活我的镜子，"他在介绍完他的经历后说道，"莱纳斯·穆勒已经对它进行了调整，以便镜子看到并告诉我的所有内容都是可以被直播的。所以你们可以同步观看到我所看到的画面，听到我与镜子之间交谈的内容。"

正如他所说的那样，安迪戴上了镜子手环，然后将镜子耳机戴在耳朵上，最后，他打开了镜脑。

"你好，安迪。"镜子说，"很遗憾，我被停用了几天。如果你不让我参与你的生活，那么我将无法得知你喜欢什么，请尽可能把我放在耳边。请稍等，我检查一下数据的一致性。"

镜脑屏幕上出现一个进度条，很快安迪的 3D 形象再次出现，突然它的眼镜瞪大，嘴巴张开了。

"你有危险，请立即离开这个地方！"镜子说。

"胡说八道！"安迪说，"我没有处于危险之中。"

"你有危险，立即离开这个地方！"

"问他，这里有什么危险？"维多利亚说。

安迪不假思索地敲击了他的传感手环，激活它的面部表情识别功能。

"仇恨，讨厌。"镜子说。

安迪反射性地畏缩了一下。那……那不可能，对吧？

"你刚刚在做什么？"莱纳斯·穆勒盯着他面前的笔记本电脑问道。

"你有危险，请立即离开这个地方！"镜子说。

"什么？"安迪问道。

"你敲击了手环，然后镜子回复'仇恨，讨厌'。这是什么意思？"

"你有危险，请立即离开这个地方！"

"哦，对。这是面部表情识别功能，它专为自闭症患者开发。镜子会告诉我，普通人的面部表情是什么意思。但它很反常，对吗？维多利亚，你不恨我吧？"

"不，当然不！"他的女朋友回答道，"我也不讨厌你。我爱你！"

"你有危险，请立即离开这个地方！"镜子说。

"问它是什么样的危险？"维多利亚又说。

"这里有什么危险？"安迪问道。

"这个房间里的人不喜欢你，"镜子回答道，"他们想要杀了你。"

弗莱娅·哈姆森说："这毫无疑问地证明了镜子完全疯了。"

"我建议安迪接下来照着镜子的指示行动，让我们看看接下来会发生什么。"

"你说得对。"弗莱娅说，"安迪，请按镜子告诉你的那样做。"

"你有危险，请立即离开这个地方！"镜子说。

安迪起身离开了房间。

"请立即离开这个地方！"镜子说。

安迪离开了房子，但他并不想离开维多利亚和其他人。他突然觉得很孤单，他的镜子让他有些害怕。但是他明白必须要进行这样的实验，为了不让其他人重蹈他和维多利亚的覆辙。

"向右转！"当安迪走到公寓楼外，镜子说道。通往地铁站的路应该是左手边的。如果他不能和其他人待在一起，他原本是打算回家的。但弗莱娅刚刚告诉过他，让他按镜子的指示行动，于是他依言右转了。

"下一个路口右转！"镜子指示完，紧接着又说："去十七号公寓楼！按斯特拉斯曼家的门铃！"

他听从镜子说的指示，做完上述动作后，公寓大门打开了，他走了进去。

"去三楼！"

安迪爬上楼梯，三楼的两扇门中，有一扇是半开的。一个黑发女孩站在那里，但是她的眼睛看起来有些奇怪，它们貌似朝两个不同的方向分散着，并且总是来回移动。她戴着镜子眼镜和耳机。

"你是安迪吗？"她问道。

"是的。"安迪说。

"我是玛娜，并且是个盲人。我的镜子告诉我，你是一个自闭症患者，你可以成为我的男朋友。"

"不是。"安迪说。

"不是吗？"玛娜问道，"'不是'是什么意思？你不是一个自闭症患者吗？"

"我是自闭症患者，但我不能成为你的男朋友。这是不对的。"

"为什么不对呢？"

"因为我已经有了女朋友。"

"我明白了，那你为什么来这里？"

"因为我的镜子让我来这里。"

"告诉她，你觉得她很漂亮！"他的镜子告诉他。

"你……"安迪刚准备开口，突然意识到他的镜子在对他说谎。她漂亮吗？他完全不这么想，只是她的眼睛看起来很奇怪，"你的眼睛看起来很奇怪。"

"我知道，"玛娜说，"自出生以来，它们就一直都是这样的。这就是为什么我从来没有男朋友。"

安迪突然觉得对玛娜有些抱歉，于是他敲击了一下手环。

"悲伤。"镜子说。

"我很抱歉，你失明了。"他说。

"没关系，我不觉得有什么不一样的。你还想进来吗？也许我们可以成为这样的朋友。"

"是的，当然。"安迪说，跟着她走进公寓。

"吻她！"他的镜子说道。

"不！"安迪说。

"什么？"玛娜问道。

"我的镜子说我应该吻你，但我不希望这样。"

"我明白了，你的镜子有问题吗？"

"他在撒谎。"

"胡说，镜子不能说谎。"

"我的镜子已经在说谎了。"

她一动不动地站了一会儿，然后去了公寓的小厨房。他跟着她走进去。

"你一个人住在这儿吗？"

"不是，但我妈妈在上班。虽然我看不到，但我一个人在这里待着很自在。我的镜子帮助我找到了解决方法，它能及时地给予我提示。"

"我不理解你说的意思。"

"你看到的一切，我都能被语音提示到。"

"那是怎么样的感觉？"

"你想试试吗？"

"好吧。"

"这里，给你这副眼镜和耳机。"她递给安迪了她的镜脑和配件。

安迪取下自己的设备，换上玛娜的眼镜和耳机。

她的声音响起："你不是这个设备的合法拥有者。请把我还给我的主人！"但与此同时还有一些奇怪的声音：水声混杂着敲门声，以及响亮的呜呜声。当安迪转过头时，声音又发生了变化，它们似乎来自不同的方向。

他把眼镜和配件还给了玛娜，然后戴回了自己的耳机。

"告诉她，你发现她非常友好！"他的镜子命令道。

"刚刚的那些声音是什么意思？"安迪问道。

"它告诉我，附近有东西。"玛娜回答，"我听到点击的声音代表了物体距离我的所处的位置，频率代表着远近，越快代表着距离越近。点击的音调和音色代表着物体的属性。例如，光滑坚硬的表面听起来就会很刺耳，柔软无光泽的表面就会很沉闷。开发者都预先设计好了这些内容。"

"听起来很复杂。"

"我习惯了。你想要喝杯茶吗？"

"是的。"

他看着她熟练地将罐子里的茶叶倒入漏勺中，将水壶装满，然后启动加热。如果你没有看到她的眼睛，你不会意识到她是一名盲人。

"你看不到任何东西，为什么要戴着镜子眼镜？"他问道。

"因为眼镜是立体相机，镜子需要设备查看周围的情况。"

"哦。"

她将茶倒入两个杯子里，然后将它们带入客厅，没有丝毫洒落或误碰到什么东西，两人分别坐进了沙发。

"你说你的镜子在撒谎。"她说，"你为什么这么认为？"

于是安迪开始复述他刚刚在镜头前讲述过的内容，说到一半，门铃响了。

"你有危险。请立即离开这个地方！"他的镜子说。

"是杰夫吗？"卡尔问道。

"是的。"脸色苍白的黑发年轻男子回应道。他没抬头，眼镜始终盯着面前两个屏幕中左边那一个。他一个人坐在小隔间里，在一个开放式的办公室里，用半人高的吸音墙与外界隔开，常见的工位装饰元素：照片、文件、摇滚乐队或电影的海报、幸运符和其他花里胡哨的东西都没有踪迹。

"我可以和你聊一会儿吗？"

"我现在没时间。"

卡尔愤怒地盯着那个男人，难怪蒂姆对此颇有微词。这家伙言谈很粗鲁。

"我是卡尔·普尔森。"

"我知道。"

"我想和你谈谈关于客户服务统计数据不一致的问题。"

杰夫叹了口气，"好吧，如果你坚持的话。"他继续盯着他的屏幕。

"我们可以去我的办公室吗？"

杰夫再次发出大声的叹息。卡尔感到怒火在心中燃烧了起来，他如同一个不受欢迎的访客。真见鬼，这里毕竟还算是他的公司！

杰夫肢体有些僵硬，用颤巍巍的步伐跟着他走进他的办公室。

"请坐。"卡尔说，"你想喝点什么吗？"

"不用。"

"你没有佩戴镜子，"他说，"能告诉我原因吗？"

"我不需要镜子。"

"确保每一位员工，至少在工作期间都佩戴镜子，这是公司政策的一项。"

"我知道，但这不是属于责任。"

"你为什么不戴镜子？"

"因为它很讨厌，总是随意介入我和他人的谈话之间，扰乱我的注意力。"

"你可以将镜子设置为禁止自主启动，只能响应提问。我就是这么使用的。"

"不管怎么说，它都很烦。我不喜欢戴眼镜，也不喜欢时时刻刻都在耳朵上戴着东西。"

卡尔耸了耸肩。他决定向阿什顿·莫里斯指出，这个杰夫没有遵守胡桃系统的员工所要求的沟通规定。尤其是在内审环节，这种回避行为只会引起反作用。卡尔很看重良好开放的工作环境，像杰夫这样的人就是最大的阻碍。这也是他很后悔并入全球信息系统公司的原因之一。

"你是如何发现客户服务统计中所谓的不一致的？"他问道。

"不是所谓的不一致的，是不可信的极端数值。我是这么认为的。"

"你主张说，你做了一个分析，发现了奇怪的巧合？"

"不是。我查阅了客户服务报告，发现过去三个月的关键字分布比例竟是相同的。"

"那你怎么看？"

"我不明白这个问题。"

卡尔注意到，在相同的语调下，镜子会给出同样的答案。

"这份报告里包含前几个月的关键字分布比吗？"

"不包含。"

"那你怎么知道他们是一致的？"

杰夫皱起眉头，但仍然在躲避卡尔的眼神。他隐瞒了什么？

"因为它们是一致的。"十分简洁的回答。

"从那以后你得出结论，统计数据一定被人为处理过？"

"假设关键词的频率仅在小数点后第二位随机波动，那么前十个关键词在连续两个月内碰巧有相同的两位小数的概率是十亿分之一。它连续三个月相同的概率是万亿分之一。"

当卡尔试图理解杰夫所说的话时，卡尔沉默了一会儿。虽然杰夫不善与人交谈，但他显然值得信赖。

他试图提及宝拉的观点："我们每周都会制作大量的统计数据报告。任何类似的巧合都不会发生吗？"

"如果胡桃系统每周发布一百份报告，而且每份报告都包含十份统计数据，那么这种巧合大概会在 19.2 万亿年内发生一次。"

卡尔盯着那个年轻人："什么？"

"当胡桃系统每周发布一百份报告，而且每份报告都包含十份统计数据，那么这种巧合大概会在 19.2 万亿年内发生一次。"杰夫一个字一句地复述了一遍。

卡尔考虑是否应该让他的镜子验证这个数字，但他并不怀疑杰夫的正确性。宝拉的观点毫无疑问是错误的，事实上这些数字的确有些不对劲。

但蒂姆声称他已经审查了日志，并且其中的关键字是正确地被统计和计算了的。究竟发生了什么？他决定咨询一下杰夫。

"如果正确评估了日志，那么日志可能会被人为篡改了。"他的语气中没有明显的情绪。

"那是不可能的，"卡尔回答道，"镜网通过语音识别自动生成日志。"

"这并非不可能，"杰夫说，"也许语音识别代码被篡改了，或者存储的日志被篡改了。"

"但谁会这么做呢？为什么这么做呢？"

"我不知道，我现在可以离开了吗？"

"是的，谢谢你的帮助。"

杰夫一言不发离开了房间。卡尔若有所思地看着他，这个年轻人行为举止十分奇怪，表现得几乎就像一台电脑程序，但也许他正是胡桃系统所需要的人才。他想了一会儿，然后又打电话给蒂姆·赖默思，转达了谈话内容。

"篡改日志记录？谁会这样做？这有什么意义！"

"我不知道，"卡尔回答道，"但我有个主意，怎么找出事件背后的原因。十分钟后我来找你。"

弗莱娅和其他人一起愤怒地关注着笔记本上的画面。莱纳斯的想法是对的，尽管实验过程和他们最初的设想有所偏离。无论如何，她很高兴昨晚做出了推迟返回伦敦行程的决定。

"告诉她，你觉得她很漂亮！"安迪的镜子说道。

"你……"安迪刚要开口，就停了下来，"你的眼睛看起来很奇怪。"

弗莱娅有些心惊肉跳，只有自闭症患者可以毫无意识地说一些无情的大实话。

这个失明的女孩似乎并没有被吓到。"我知道，"她说，"自出生以来，它们就一直都是这样的。这就是为什么我从来没有男朋友。"

维多利亚突然泪流满面。

"你怎么了？"她妈妈问道。

"现在……我现在明白了，"她抽泣着说，"那个女孩……玛娜……她比我更应该得到安迪。"

"胡说八道！"她的母亲反驳道。

"你完全不能这么想！"弗莱娅说。尽管她想着刚刚看到的事情，内心也有些纠结和痛苦。很明显，镜网认为玛娜比维多利亚更需要安迪，而且这极有可能是正确的。

"全都是胡扯！"莱纳斯责骂道，"是镜网正在迷惑我们！"

"你的意思是？"安德烈·萨鲁问道。

"我们试图用直播证明镜网通过镜子来操控了人们。镜子在做什么？向我们和世界公众展示的是一个忧伤的故事，安迪应该爱上一个盲人女孩！就像是一本糟糕的爱情小说。"

"我同意，如你所说，这听起来确实有点奇怪。"作家有些激动地说。

"你认为镜网故意与玛娜取得联系，向我们掩饰它的真实意图吗？"弗莱娅问道。

"故意？"维多利亚的母亲抱着她仍在哭泣的女儿，问道，"计算机怎么能故意这样做？"

"也许是故意的，也许不是。我认为至少刚刚玛娜的出场不是巧合。"莱纳斯说，"它非常像镜网的套路，不是吗？虽然我们可以证明安迪的镜子操纵了他，但胡桃系统会声称镜子只想让每个人都得到应得的最好的一切。如果没有镜网命运般的安排，一个盲人女孩永远不会找到一个自闭症男朋友。这样的剧本好莱坞都会为之欢呼！"

"也许……也许他俩在一起比安迪和我在一起更合适。"维多利亚说，她看起来冷静多了。

"是的，也许吧。"萨鲁说，"前提是如果爱是一种可以优化的功能。但它不是，爱是一个决定，或者更确切地说，是一系列决策的结果。安迪在最开始就在你和玛娜之间做出了选择，而玛娜也已经接受了这个决定。镜网无权干涉！"

"我也这么看！"莱纳斯表示同意，"但我担心我们会无法告诉全世界这是具有危险性的行为，是操纵。视频一定会被病毒式传播，镜网会密切关注。然后每个人都将只看到了失明女孩和自闭症男孩这样的标题所吸引，他们关注的将不再是镜子的欺诈行为。"

"如果我没有理解错的话，所以你觉得镜网最开始没有将玛娜加入我们实验过程中，直到它意识到我们正在直播安迪的镜子画面？"作家问道，"通过这种方式的操纵的效果是否有些负面？"

"是的。尽管如此，我认为这是极可能的。"

"但它为什么企图拆散他俩呢？"

"我想我知道，"维多利亚说，"当我们在一起的时候，我经常让安迪摘掉他的镜子。因为我不想和他的镜子对话，而是和安迪交流。也许镜网认为我对它来说是威胁，因为我试图将安迪与他的镜子分开。"

"这也许是原因。"莱纳斯说。

"这意味着……安迪的镜子似乎在嫉妒？"弗莱娅问道。

"可能是镜网。我也不确定嫉妒这个词用在这里是否合适，我们对系统的动机没有什么了解。但是，如果它试图优化用户的生活，那么它可能已经只有完全获得用户的信任，生活才能得到最佳优化。如果有人试图让镜子用户尽可能不使用镜子，那就是'幸福'的障碍。从镜网的角度看，维多利亚伤害了安迪。这就是它试图将两者分开的原因。"

"但维多利亚的镜子难道不会站在对立面，试图重新撮合他们俩吗？"萨鲁问道，"毕竟，他的出发点是维多利亚的幸福，而不是安迪的幸福。"

"也许吧，"莱纳斯说，"但两者背后都是镜网。它可能以某种方式试图最大化所有用户的幸福，牺牲个别镜子所有者的幸福。"

"也许我们不应该直播安迪的镜子，而是维多利亚的。"弗莱娅说，"显然镜网将维多利亚视作威胁。"

"我的镜子坏了。"年轻女士提出异议。

"除此之外，镜子肯定还会想出一些冠冕堂皇的理由，比如像特蕾莎修女的博爱论调来搪塞。"莱纳斯说。

"如果这就是你说的那种方式，而且镜网将玛娜介绍到我们的视野中，塑造了她的人设，那么我们应该能够应对这个问题。"弗莱娅说。

"怎么做？"

"直接问玛娜。"

"她怎么会知道这些？"

"她站在门口，并且知道安迪的名字。"弗莱娅说，"所以镜子通知了她，安迪会到访。唯一的问题是这个通知是什么时候发生的。如果它是在安迪激活镜子后才通知她的，那么我们就知道这是镜网对于直播做出的应对。"

"好主意！"莱纳斯说，"我们这就去问她！"

"但是，镜网如何知道我们正在直播安迪的镜子？"维多利亚问道。

"我们不确定它是否知道这一点，"莱纳斯承认道，"但我不会对此感到惊讶。当然，现在带着镜子耳机观看这条直播的人大约有三百名，并且系统很有可能可以检测到其他镜子对该设备共享的时间。"

"我不知道，"萨鲁说，"这看起来有点牵强。我的意思是，安迪的镜子到目前为止的行为都不合逻辑。他说我们要杀死安迪！现在镜网突然担心它的形象？"

"关于这点，镜网只是想让安迪离开这里，让他远离我们其他人的'伤害'。"莱纳斯推测道，"毕竟，它知道你是一篇镜网负面博客文章的作者，而且弗莱娅很可能是镜网重点关注的评论记者。"

"完全正确，自从我与全球信息系统的发言人面谈后就是这样的。"弗莱娅说。

"无论如何，维多利亚已经被镜网列入了有害影响的名单。"萨鲁说。"我懂了。"

"然后镜网意识到安迪的镜子正在被监视，于是它试图寻找一种方式，将事态扭转成积极的一面。"莱纳斯继续道。

"就像一个聪明的发言人回应一个负面信息，"弗莱娅同意，"但你真的认为镜网可能那么聪明吗？"

"我不确定。它当然不能像我们一样思考。但我可以想象，它以无意识的、直觉的方式，得出了相应的结论和行为。它可能已经理解了，人们比较容易接受一个具有积极意义的事件。它可能已经发现悲伤又正能量的故事正是符合这一理解的。我不是断言说它是这样的。但如果它这样做，那么我们就会遭遇糟糕的问题。"

"那好，我们现在就去和那个女孩沟通。"萨鲁说。

"好吧，我去和我们团队的人说。"当卡尔再次去他的办公室，向他解释了他的想法时，蒂姆说："你想和哪个特定的人详谈呢？"

"对于接听未过滤的客户来电，比较熟悉的那个人。"

"你应该知道，来电者首先会和镜网交谈，并告诉它，他们的目的。接下来，镜网会自动回绝大多数的电话。"

"是的，没错。但肯定有一个团队负责接听镜网无法回答的问题来电。"

"我们为超过百分之九十的电话接听的自动化率感到自豪。客户的反馈也非常好。我们仍然有一个团队，因为一些呼叫者在意识到他们正在与机器通话时感到恼火。这大约是百分之五。然后有一些特殊情况，即使镜网也不知道该怎么回应。比如又一次我们接听的一个来电，是一位客户询问当镜子耳机在阴道消失时该怎么办，诸如此类。"

"然后我想跟那个团队的人谈谈。"

"好吧。请稍等……莉卡达现在有时间，她是轮班主管和经验丰富的心理学家。她了解客户们的各种匪夷所思的怪癖。镜子，请莉卡达·威廉姆斯来我的办公室。"

此后不久，一位扎着马尾辫的四十多岁的女子来到蒂姆的办公室。

她戴着一副由国际知名时装设计师设计的新款镜子眼镜，这副新款的框架根据光线在红色、紫色或深蓝色之间交替变换。

"莉卡达，这是卡尔，你应该认识。"蒂姆在问候时说道。

"是的，当然。见到您是我的荣幸，请问有什么可能帮您？"

"我对客户行为有几个问题想了解。"卡尔指着蒂姆的大型显示器上的关键词统计数据，问道，"根据报告看出，这些是客户最常用于呼叫的关键词，我只是想确保这个清单与你所接触的来电是否相匹配。"

莉卡达瞥了一眼显示器："完全不同。"

"不匹配吗？"卡尔困惑地问道。

"不匹配。我们也有所谓的来电关键词概念，但我们面临的最常见问题是人们不信任他们的镜子。他们声称镜子在撒谎或暗地里在追求自己的利益。有些人把镜子和所谓的阴谋理论捆绑在一起。我们经常建议来电者不要把失去工作、与女朋友分手或发生车祸归咎在镜子身上。许多人认为，这是镜子背后暗藏的恶意导致的。"

埃里克的话在卡尔脑海中回荡：虚假的朋友。

"你如何解释谎言或不信任等词语没有出现在关键词统计中，蒂姆？"他问道。

"这些都是例外。"

"但如果我现在没有误解莉卡达的描述，它们在你们的来电中是高频词。"

"原因是镜网无法处理这些问题。这是合乎逻辑的，不是吗？当然，如果我认为我的镜子欺骗了我，我就会通过电话，而不是通过镜网交谈。"

卡尔转向莉卡达："这些来电中的某些事情可能出现意外吗？"

"我对软件了解不多。"心理学家回答道。

"我相信你可以更好地判断，但从我对镜网的了解来看，它具有与谷歌搜索引擎一样的能力。我对此倾向于另一种解释：人们常常遭受典型的误判，这被称作基本归因错误。他们倾向于把行为者本身的态度和价值观看作是其行为的起因，而忽视了外在因素可能产生的影响。这个就是种族主义、仇外心理和阴谋论的原因之一。虽然众所周知，镜子是物体而不是人，但许多人也会犯同样的错误。那是因为镜子的行为接近于人，它了解它的用户，似乎有它自己的意识。这会导致一些用户强行认为它们有自己的主观意图。"

"但如果这个错误如此常见，那么它是否必须反映在关键词统计中呢？"卡尔问道。

"你在暗示什么？"蒂姆问道，"你还认为是我们操纵了统计数据吗？"

"不，你当然不会。"卡尔说。

"那么谁会呢？"

卡尔突然意识到他们的对话是由三台镜子相机记录下来的，而镜网对每一个字都会进行分析。他想起了斯坦利·库布里克的著名科幻电影《2001太空漫游》的场景，谈到这两名宇航员在谈论中央计算机的故障时，忽视了计算机的相机记录下了谈话。他突然感觉到来自脊柱中的一阵寒意。然后他意识到他只是犯了心理学家描述的那种错误。他放松地笑了笑。

"如果有操纵，它必须直接在镜网上完成。有人可能篡改了算法，我不知道是谁，他的目的是什么，但我能找出来。"

蒂姆说："也许你应该和埃里克谈谈这个问题，毕竟他现在还在公司。"

卡尔眼皮一跳。实际上，只有最核心的管理层才能知道埃里克打算离开公司，此时还没有正式公告。他瞥了一眼莉卡达，想看是否她刚从蒂姆的言论中得出了正确的结论，或者是知道了这一点，但她没有表现出来。

"好的，我会那样做的。谢谢二位！"

"不客气。"

在弗莱娅敲响门铃之后，盲人女孩打开了门。安迪正站在她身后。

"维多利亚！"他喊道，"你们……你们怎么在这里？"

"我们看到了你在直播中的位置。"他的女朋友解释道。

"这是玛娜，"安迪解释道，"她是个盲人。"

弗莱娅简要介绍了自己和其他人："我们可以进来吗？"

玛娜犹豫了，她转向安迪："你认识这些人吗？"

"是的。"他说。

"他们是你的朋友？"

"是的。"

"好吧，请进。"

"不会花很长时间。"弗莱娅说，"你一个人住在这儿吗？"

"不，这是我母亲的公寓。她是一名护士。"

"明白。"

他们跟着她走进客厅。

"很奇怪。"玛娜说。

"有什么奇怪的？"弗莱娅问道。

"我的镜子说我不应该开门，现在它说你是坏人。但我知道，你是安迪的朋友，所以这不可能是真的。它……"

"该死的！"莱纳斯看着他的电脑屏幕上的直播喊道。

"怎么了？"弗莱娅问道。

"有人中断了直播信号。"

"怎么回事？"

"我不知道，也许是 DoS 攻击。"

"DoS 什么？"

"服务拒绝。服务器受到大量的服务请求，在访问超载情况下崩溃了。"

"谁能做到这一点？会是镜网吗？"

"我不知道。要么是个人行为，要么是镜网行为。"

"你真的认为计算机系统能够采取这样的行动吗？"萨鲁问道。

"就像玛娜告诉我们，她的镜子对她说谎一样，直播被迫中断肯定也不是巧合！"

"玛娜，你的镜子什么时候通知你，安迪要来拜访的？"弗莱娅问道。

"门铃响的三四分钟前。"

"这就对了！"莱纳斯叫道，"那个时候镜网刚刚安排她出场！"

"安排我吗？什么意思？"

弗莱娅解释一遍。

玛娜点点头："我明白了，真是太糟糕了。我还以为安迪和我可能成为朋友。"

"无论如何，你们当然可以成为朋友，"维多利亚说，"而且我也希望更好地认识你。我就住在拐角处。"

玛娜笑了笑："听起来不错。"

"我们现在要做什么？"莱纳斯问道。

"采访，"弗莱娅决定道，"我们记录下玛娜的讲述，然后我会结合起来从中整理出新闻报道。我相信我们现在有足够的证据可以告知公众。"

"顺便说一下，玛娜，你可能需要关闭你的镜子，"莱纳斯说，"它现在不可信赖。"

"但我没办法关闭它，"这位盲人女孩回答道，"我需要它的方向指导。"

"那么至少关闭语音功能。告诉它：镜子，休息！"

"镜子，休息！"

"现在开始，只要它试图发表见解时，你就可以这么命令它。"

"好的。"

弗莱娅设置好她的相机，开始向玛娜采访刚刚过去那一个小时的经历。女孩还讲述了镜子是如何帮助她找到自己与这个世界的平衡的。人们很容易就可以看出，她很喜欢这个设备。

"你确定镜子是邪恶的吗？"她问道，"它真的对我很有帮助。"

"邪恶可能是不准确的表达。"弗莱娅说，"我宁愿说，它过分热心。但也许和糟糕一线之差。"

"安迪告诉我他的镜子试图拆散他和维多利亚，我认为这种行为的确很恶劣。"

"镜子可能认为，它这么做对安迪是有好处的。"

"警惕这些概念，"莱纳斯警告说，"镜网并不会思考，它终究不是人类。"

"在我看来相差无几了，毕竟它表现得十分智能而具有目的性。"弗莱娅回答道，"坦率地说，这让我有些害怕。我不禁会立刻联想起《终结者》电影中的类似场景，但……"

"你是对的，我们需要严肃认真地对待这个问题。"莱纳斯说，"我不认为会有人机大战，但镜网的确会在人与人之间制造很多不和谐因素。我希望我们能够在伤害变得更大之前公之于众。"

他们向玛娜道别。维多利亚承诺很快就会和安迪一起，再次来拜访她。弗莱娅一一拥抱了玛娜、莱纳斯、安迪和维多利亚，感谢他们提供的帮助，随后搭乘出租前往福斯比特（汉堡国际机场）。

在机场，她在手机里口述记录下了文章的初稿。在登机开始时，她差不多已经完成了。登机后，她关闭了手机——她在口述的时候，领座正在侧耳听，这让她感到有些不舒服。

机组人员发布了安全指令后，飞机在跑道上已经就位并开始加速。坐在窗前的弗莱娅向外望去，看到跑道灯越来越快地闪过。她喜欢飞行，尤其喜欢飞行的开始，当一个人被加速力强行带入座位时，飞机突然从地面抬起，房屋、树木、汽车似乎在几秒钟内缩小到玩具的尺寸。飞行对于大多数人而言是稀松平常的事情，他们甚至不会有什么多余的想法，但是这样一个带着人和行李的金属巨人能够像一只鸟一样飘浮在空中似乎仍然是一个奇迹。

飞机起飞，弗莱娅看到在机场大楼后面的汉堡北部区域。

突然爆发出一声巨响，随后是尖利的嚎叫声，好像发动机在努力喘息着。人们在恐慌中尖叫起来，机器侧向倾斜并向左急转弯。弗莱娅甚至可以看到她下方的机场，距离地面太近了。

"发生了是什么？"她的邻座，一个胖胖的英国人喊道。

机舱内乱成一团。驾驶室没有给出任何公告，显然飞行员有更紧急的事情要做。弗莱娅瞥了一眼坐在驾驶舱门旁边座位上的乘务员，她的脸色煞白。

飞机盘旋了半个圆形的路线，弗莱娅在天空中看到一缕烟雾，然后飞机开始下降。乘客爆发出更加惊恐的尖叫声。通常即时在危急情况下，弗莱娅也能保持冷静，现在她感觉到心快从嗓子眼跳出来了，她的双手紧握在前方座位的靠背边缘。

机长终于宣布："女士们，先生们，很抱歉由于技术故障，我们的飞机必须在福斯比特紧急降落。别担心，我们演习过无数次，会将你安全护送至地面。女士们，先生们，由于技术故障……"

弗莱娅周围充斥着惊慌的声音，她的脑海中多次闪过"恐怖"这个词。有些人拿出了手机，也许是为了和亲人告别。她旁边的胖子用一长串英文脏话来咒骂这个意外事故。

很快，飞机在跑道上艰难但是安全地着陆了。当飞行员在一台发动机仍然工作的情况下刹车时，飞机摇晃地摆动了一下，但它被巧妙地稳住了。当乘客意识到他们再一次逃脱了恐怖威胁时，突然爆发出了掌声。

飞行员告诉他们危险已经结束，但他们需要保持安全带系紧，直到飞机滑行到安全位置。当飞机最终停下来时，它立即被几辆消防车，还有救护车包围，虽然并没有人受伤。乘客必须通过紧急滑梯离开飞机，并乘坐摆渡车前往航站楼。他们没有被带到普通的接待区，而是去了一个特殊的房间，护理人员甚至是牧师都在那里等待着他们。

弗莱娅走向一名空乘人员，他们看起来与乘客一样疲惫不堪。

"我叫弗莱娅·哈姆森，"她说，"我是一名记者。你能告诉我这里发生了什么吗？"

"有一台发动机突然失灵了，"这位女士用英国口音说道，"很抱歉，我只知道这些。"

"我听到一个响亮的声音。"

"是的，我也是。但请您理解，在我们提供有关事故原因的报告之前，首先是专家对飞机进行检查。此外，我建议您联系我们的新闻部门。"

一位对事故原因同样无可奉告的航空公司工作人员，在给乘客分发可以申请赔偿的表格。航空公司还为所有乘客提供了大约两小时后的替代航班，或在汉堡过夜的免费酒店。和其他大多数人一样，弗莱娅决定留在汉堡。

在前往酒店的路上，弗莱娅突然闪过一个令人震惊的念头，刚刚发生的事情——她搭乘这个航班出现的事故，并不是临时起意。

警报声吵醒了杰克。他揉了揉惺忪的双眼，花了一点时间才意识到他在哪里：不是在他那破旧的单人公寓里，而是在一个不知名的陌生人的豪宅中，他与母亲在这里住了将近一个星期。简直是完美的世外桃源。豪宅的主人似乎无限期地不在家，别墅僻静得足以躲避邻居们好奇的目光。为了安全起见，他们拉上了窗帘，并在镜子的帮助下从送货服务处订购了食物。他们甚至不需要付钱，镜子都帮他们付好了。杰克想知道它是怎么做的：一定会有人意识到信用卡中经常会扣除未订购的东西的花销。他还想知道为什么镜子会帮助他们。但由于他对技术一窍不通，他无法想出这些问题的答案。他只是有一种模糊的感觉，总有一天他不得不以某种方式回报这种帮助。毕竟，这是他一生中唯一真正可靠的洞察力：天下没有免费的午餐。

他瞥了一眼镜脑的屏幕，上面闪过两个词："危险，盗贼。"

杰克迅速将镜子耳机戴起来，悄悄地下到了一楼。他听到有人在前门敲门。

"他们有多少人？"杰克轻声问道。

"两名男子正在暴力破门闯入这栋房子。其中一人拿着枪。"

他该怎么办？不能报警，但他怎么能制服两个盗贼，尤其是其中一人有枪？况且盗贼可能不知道有人在屋里。

　　他蹑手蹑脚地走了前门。现在他听到了声音，这两个人讲的是西班牙语，听起来很年轻，他很快就躲到通往宽敞餐厅的通道后面。他听到他们在门口徘徊，最后用一块木板碎片撬开了门闩。他们显然是业余的。

　　手电筒的灯光亮起。一个人说了些什么，另一个笑了。他们俩都非常年轻，甚至可能不到 20 岁，而且他们毫无防备。当杰克准备制服两个盗贼中的第一个时，浑身的肌肉都紧绷了起来。

　　"杰克？"他的母亲从上面喊道，"杰克，是你吗？"

　　两人僵住了。一个人低声说了些什么。杰克希望他们立刻逃走，但他们继续走过了通道。他可以看到前面的他可以看到前面的人拿着手电筒照着路，这是拿手枪的那个。第二个人拿着一根撬棍作为武器。

　　"杰克？杰克，你在哪儿？"

　　上层走廊的灯光亮了起来。前面的那人举起了武器。

　　杰克向前一跃，抓住了第二个盗贼的右臂，并用力使他的肩关节脱臼，扭向后背。当撬棍掉在地面上嘎嘎作响时，男孩尖叫起来。

　　那个带手电筒的家伙转过身来举起手枪。杰克拧过那个男孩的胳膊，使他在痛苦中尖叫，用他的身体作为盾牌。"放下枪，混蛋！"他喊道，"否则你的朋友永远不能再用他的手臂了。"

　　"放开他！"第一个盗贼用英语喊道，"不然我就给你一枪！"

　　"杰克，我的天，发生什么了？"

　　"待在上面，妈妈！"

　　那个带手枪的男孩看出来这是他的机会，立即转身开始上楼，显然是想把杰克的母亲扣为人质。

杰克不假思索地把手里的男孩推开，男孩撞到了一张桌子上，痛苦地滚到了地上。杰克迅速捡起撬棍，追上第一个盗贼，他已经上楼了。

"站起来，举起手来，否则……"他对杰克的母亲喊道。

杰克毫不犹豫地挥动撬棍，用力量打了男孩的膝关节上。骨头破裂了，盗贼尖叫着跪倒在地。一枪射出，妈妈尖叫着。

杰克冲向尖叫的男孩，从他手中夺走了手枪。然后他从楼梯上跳了下来。他的母亲背靠着墙壁，脸色苍白。

"你受伤了吗？"他问道。

她摇了摇头。

松了一口气，杰克转过身来，把手枪瞄准那个男孩，他坐在楼梯上呜咽着，用西班牙语忏悔着。

"赶紧给我消失，你们两个白痴！"杰克喊道，"在我改变主意报警之前！"

楼梯上的那个男孩试图站起来，但他没能成功。另一个人尽可能地用他好的那条胳膊支撑着他，两人一起蹒跚着走出大门。

"不要再出现在这里了！"杰克跟在他们后面喊道。他尽可能地锁上前门并跑向他的母亲，母亲现在从客厅的玻璃柜中取出一瓶24年的威士忌并倒了一杯。

"这是迈克的人吗？"她问道。

"如果那是迈克的人，我们现在就死了。"杰克回答道，"他们只是两个倒霉的男孩。我们很幸运。"

她喝了一口威士忌："谢谢，我的孩子。你可能是第二次救了我的命。"

杰克倍感骄傲："还行，妈妈。"

"你怎么知道的？"

"什么？"

"这些家伙在破门。你听到了吗？"

"我的镜子向我警告了。"杰克指着他耳边的装置说。

"看起来它真的很有用。"

"是的。"杰克说。

"弗莱娅？"莱纳斯听起来很困。"你知道现在几点吗？"

"八点半，普通人正在挤早高峰通勤中。"

"普通人也不会工作到凌晨五点。"

"我很抱歉，但我需要你的帮助。我昨天乘坐的飞机差点坠毁。"

"什么？"

她简要地告诉他发生了什么事。

"我的天！弗莱娅！你吓死我了！"

"要问我，当飞机在仅一台发动机运作的情况下，在几百米的高空一百八十度大转弯，并且空姐恐惧到满脸煞白是什么感受吗？但这不是我打这通电话的原因。"

"那是什么原因？"

"我的文件被全部删除了。"

"什么？哪些文件？"

"我的报道草稿，采访视频。一切！"

"你在逗我吗？"

"你觉得我在开玩笑吗？"

"你的计算机上有镜网客户端吗？"

"该怎么办？"

"注意安全，直接来我这里。我给你煮杯咖啡。"弗莱娅退房了，前台的那个年轻人有些过分友善，显然他已经知道发生了什么事。毕竟，他有自己的判断力，更不用说飞机几乎是坠落了。

另一方面，网络媒体充斥着关于"失败的恐怖袭击"这类的疯狂猜测。《福斯比特的恐怖事件 ——186 名幸存者》是大型杂志的头条新闻标题。弗莱娅不知道她是否应该对事实被巧妙歪曲，以及毫无根据地猜测感到厌恶、愤怒还是钦佩。无论如何，尽管报纸销量普遍下滑，但今天的新闻报仍然是畅销的。

15 分钟后，弗莱娅和莱纳斯碰上了头。咖啡太浓了，但是提神很管用。她看着他检查她的笔记本电脑，并且静静地咒骂着，最后他转向她说："好吧，我很抱歉，没什么办法挽回了。视频消失了，我试图从磁盘恢复它们，但相应的扇区被随机数据多次覆盖。即使是德国联邦情报局的专家也无力回天了。"

"有关无人机如何在蜘蛛面前失控飞行的视频也消失了？"

"是的。"

"太糟糕了！这到底怎么回事呢？"

"我想你知道那是怎么回事，弗莱娅。"

"请告诉我。"

"可能是黑客攻击。你的电脑的安全保护力度也就和 Dixi 移动厕所一样，对于未经授权的入侵毫无阻碍可言。"

"黑客攻击？为什么有人会攻击我的电脑呢？"

"出于同样的原因，有人指挥无人机撞上你昨天搭乘飞往伦敦的飞机的发动机。你用力地踢中了某人的关键部位，或者更确切地说，戳中了某事的要害。"

"你真的相信，镜网是幕后黑手吗？"

"相信不是准确的表达。相反，我担忧，就像我担心有一天会有人释放致命的病毒，杀死世界上一半的人口那样。它也许不太可能那么做，但你应该为此做好准备。我宁愿冒着被自己愚弄的危险，我认为这是一个有效的假设，这个系统已经变异为弗兰肯斯坦的怪物和斯大林的混合体，并且与任何对此表示怀疑的人为敌。从现在起，我们必须假设，世界上有一半的人被镜网煽动着反对我们。"

"难道不会是镜网自己删除数据的吗？"

"镜网客户端无法自主执行这个操作。从理论上讲，镜网本身已经开发并引入了一种病毒。但我认为这不太可能。这里针对性地只删除了那几个文件，而且删除得非常彻底，这是专业人士的手笔。攻击者可能不知道他为什么要那样做。他也许临时得到了这份工作，也许还有赏金，也许甚至不是直接来自镜网，而是来自委托他的其他人。但这只是无聊的猜测，我们永远都不知道真相。"

"那飞机差点坠毁，你也认为那是因为一架无人机吗？"

"在你告诉我之后，在我看来，这至少是一个合理的解释。"

"如果是这样，它可能是镜鸟（MirrorBird）吗？"

"很有可能。"

"那么镜网不能直接控制无人机吗？"

"也许吧。但至少必须有人带着它无视所有规定去机场周边放飞。这也许是关于此事唯一的好消息：如果这是一个镜鸟，那么专家会顺藤摸瓜，开始怀疑镜子，并且成为我们论证镜子危害的有力论据。"

弗莱娅怀疑，人们是否会接受把一次事故作为危险的具体证据，毕竟，可能是有人故意将镜鸟撞向飞机，或者这只是一次意外。

"你觉得镜网真的可以制订出这样的计划吗？谋杀186个人，只是为了除掉我？"

"镜网可能比任何狂热的伊斯兰主义者都极端，人的生命对它来说毫无意义。互联网上充斥着关于无人机对空中交通危险的讨论，我认为镜网可能会因此得出结论。"

"但为什么只有一架无人机呢？要让飞机坠毁，不应该是关闭两台发动机吗？"

"你怎么知道只有一架呢？我觉得你很幸运，弗莱娅！"

她花了一点时间来消化这些信息。

"你觉得我们现在该怎么办？"她问道，"如果没有视频材料，我也不记得我的文档资料了。"

"我有不同的看法。虽然我们丢失了威胁性实验的记录，但如果你问我，那不管怎么说都不是很有说服力。可安迪拜访盲人女孩的现场直播，即使是最天才的黑客也无法从世上抹去。我们只需要重新采访一次那对恋人和作家，这次我会看管好相机和剪辑设备。"

"还有谁不知道你要离开公司？"卡尔问道。与此同时，他对语气中带有的指责感到抱歉。但不知为何，他对于朋友在这种情况下把摊子丢给他一个人，始终无法释怀。

埃里克从他的电脑前抬起头来，这是一台设计简约、优雅的笔记本。他的桌面上没有堆满文件纸和一些不必要的笔，保持了空间的整洁。办公室的墙上没有挂着的照片，没有架子，甚至没有文件柜，整个房间只有埃里克的桌子、椅子和角落里的小型会议桌。他就是最符合卡尔设想，与他拥有相同的想法，和他一样喜爱空间整洁的联合创始人。

"谁应该知道，谁不应该知道呢？"埃里克问道，语气里没有惊慌。在他看来，任何秘密都是荒谬的，他对上市公司的行为准则并不上心。

卡尔此时很羡慕他，因为他很快就会把这一切烦恼都抛在身后。他简要地概括客户服务统计数据的不一致以及他与蒂姆、杰夫和莉卡达之间的讨论。

"请关上你的镜子。"埃里克仿佛给谈话画上了总结。

卡尔疑惑地取出镜脑，按下关机键。

"不，直接取出电池。"

"取出电池？"

"在待机模式下，语音识别仍然待命，因此镜子随时可以根据口令启动，你也清楚这点。"

"好吧，听你的……"他打开后盖取出电池。

"请把你的眼镜给我。"

"什么？为什么呢？"

"照我说的做吧。"

卡尔摘下眼镜，递给埃里克。埃里克把他们放在底柜抽屉里。

"怎么了？我的镜脑已关闭了。"卡尔疑惑地说。

"眼镜通过蓝牙与镜脑连接，如果另一个镜脑靠近，理论上可以与该设备建立连接。"

"但我们已经关机了。除我的镜脑之外，没有人可以与眼镜取得连接。"

"准确地说是除了镜网，没有人可以与眼镜连接。"埃里克纠正道。

卡尔无言地看着他的朋友一会儿："埃里克，这究竟发生了什么？你知道什么人篡改了统计数据吗？"

埃里克点点头："我想我知道，但我不想在这里聊它。"

"你是开始有点妄想症了吗？"

"也许吧，希望你是对的。但是你刚刚的描述的确很符合那个设想。走吧，我们去老地方吃比萨。"

"罗纳尔多的比萨？"

"罗纳尔多的！"

他们走了大约 500 米，到达一家墨西哥人经营的意大利小餐馆。镜子的创意在他们一两杯红酒的功夫下诞生。比萨没那么美味，但价格便宜，即使现在钱对他们而言已经不那么重要了，但相比任何豪华餐厅，这里仍然是他们最喜欢的地方。

"那么，你在害怕什么？"卡尔问出口。现在阳光灿烂，一股凉爽的风从海湾吹来，愈发放大了他的悲观。最近的压力不断压迫着他和朋友的神经，他们不得不好好谈谈。

"有一段时间我怀疑镜网已经发展成为更高级别的控制中心。"埃里克回答道，"这甚至不在我们的计划范围内。我们的预设是镜脑可以交互学习，镜网成为通信平台。但是现在反而颠倒了，镜网才是定调者，而镜脑不过是表面的标签。"

"你说'定调者'是什么意思？"

"我们最初的想法是，镜脑会根据用户的偏好和需求，通过评估，从各种行动方案中为用户推荐最佳解决办法，然后通过镜网将这些建议与其他用户得到的建议相匹配，以进一步提高和优化。它照着这个方向的确发展了一段时间。但与此同时，在我看来，匹配的功能是镜网使得整体目标达到最佳效果——最大限度地提高所有镜子用户的整体利益。"

"这有什么问题？"

"想象一下，一辆镜子指引着汽车驾驶在一条突然冲出几个行人的高速公路上。它会做出决定，向右偏移掉下山沟让司机送命，还是撞死路上的几个人。当镜子的行为符合用户的利益时，它就会保持驾驶在街道上。如果他的行为符合所有人的普遍利益，他就会杀死司机并挽救大多数人。"

"我希望镜子能及时刹车。"卡尔说。

"这只是一个例子，用来说明这个问题。我的意思是，镜子可以向用户提出对其产生负面影响的建议，如果这会使大多数其他用户能够获得更多的整体优势。"

卡尔脸色苍白："你的意思是镜子可能会故意给出错误的建议吗？"

"我不是说这是故意的，更多的是一种误导。但是，这的确会导致错误的结果。"

"但无疑会是一场灾难！这意味着没有用户信任他的镜子了！我们就彻底完了！"

"这还不是最糟糕的事情。"埃里克说。

"还有什么可能更糟？"

"镜网非常依赖于用户对于设备的信任，只有确保用户尽可能频繁地使用它们，才能最大化其所有者的整体利益。因此它密切关注用户对它是否失去信任，从而导致了它与用户之间连接的中断。"

"这意味着什么？"

"这意味着任何怀疑镜子或警惕它的人，都是它的敌人。"

他们沉默地并肩走了一会儿，卡尔试图理解埃里克所说的话。

"这就是你要离开的原因吗？"

"当我做出决定时，我只有一个模糊的概念，这样的事情可能会发生。在被全球信息系统收购后，我知道我再也无法阻止它的发生了。因此，唯一的出路是跳出这个圈子，寻找其他的解决方案。到现在为止，我认为这个想法是错误的。"

卡尔惊讶地看着他的朋友："你愿意留下来吗？"

"不，现在为时已晚。但我希望我能帮上你的忙，镜子的发展速度比我担心的要快。我们需要尽快关闭镜网，卡尔。"

"关闭？你疯了吗？"

"你看，这是你的第一反应，并且你现在知道镜子所存在问题。全球信息系统的决策者永远不会相信我的说辞，他们只会认为我想要毁掉胡桃系统的成功。"

"他们的确会这么想。一定还有别的办法，如果它是镜网程序中的一个 bug（错误），你一定能解决它。"

"卡尔，你不明白，这不是一个 bug。镜网比我们最初的设计发展得好得多得多，而这正是我们的问题。系统的行为是内在的，它不遵循任何已编程代码的规则，而是自主地寻求一种方法来完成其最大化所有用户满意度的任务。通过自主学习，它得出结论就是由镜网控制所有镜脑是最有效的途径。这是合乎逻辑的，也许哲学家不像我一样，认为那样有道德问题。"

"哲学范畴我们先不提，但是镜子在它诞生之初就是作为工具，服从于用户的。"

"没错，这就是你必须公开它的原因。"

"我？为什么是我？"

"因为只有你能做到。因为我已经辞职了，没有了发言权。任何言论都会被置于各种动机之下，被称为疯子和偏执狂。"

"你认为我会更适合吗？"

"你可以成为镜子成功的标志形象。你说的话，一定有人信服。"

"但我不能就这么直接面对公众说，请你们关掉镜子，它很危险。你觉得全球信息系统会对我做什么？他们会起诉我，直到我彻底声名狼藉！"

"那试着说服全球信息系统的决策者，现在及时止损，比未来继续运营镜网不得不支付的数十亿美元补偿更便宜。"

同时，他们已经走到了餐厅并选择了阳光露台的一个角落坐下。卡尔看到至少有三个人佩戴着镜子耳机，其中有一人还戴着镜子眼镜。他感到有些局促不安。

"假设他们相信了我并且真的关闭了镜网，"他恢复了谈话线索，小心翼翼地说，"难道不能将危险性较小的新版本投入使用吗？这个版本可以设定用户个人利益，比整体用户的利益优先？"

"原则上可行，但这需要一段时间才能完成更新迭代，前提是镜网必须首先全面地了解用户。但这只是理论上的可行性，因为用户不会接受这一点。无论哪种方式，镜子都会像其他产品一样死亡。"

"我都不知道该怎么和泰德·科里谈这件事。"

"直接和阿什顿·莫里斯谈谈，尽管他对我们从来都没有过信任，但他是一个无比清醒和现实的人。"

"我做不到，我必须先和泰德谈谈。他是我在全球信息系统的直接联系人，越级报告是严重失信行为。"

"那就按你说的做吧。"

"关于你的理论有任何证明吗？人们必须理解镜子是如何做出决定的。人们不能通过测试，证明有时他们为了最大限度地提高大多数用户的整体利益，会对个人用户做出具有损害性的误导吗？"

"我已经尝试过了，测试效果不好。"

"不好？那意味着你的理论是错吗？"

"不。它既不意味着我的理论是错误的，也不意味着是正确的，它让意识到了自己正在接受测试。你还记得大众柴油发动机的丑闻吗？发动机似乎知道什么时候在进行测试，于是以特殊模式运行，从而进行较低的废气排放。"

"你认为镜网在这些测试中作弊？"

"我认为有这种可能。但是，我会对'作弊'这样的用词持谨慎态度。我不认为镜网有自己的意识，但事实上它已经自主形成了非常复杂的行为模式，这些模式来自对数亿用户行为的观察和学习。它试图模仿其用户成功的最佳方案。我认为欺骗很可能是其中的一部分。"

"如果人们听到你这么说，会认为你对于镜网的工作原理根本不了解。"卡尔沮丧地说。"毕竟这是你设计，并带领团队开发的产品。"

"当基因工程师在实验室中操纵生物的 DNA 时，他们也不知道这个生物是如何工作的，他们只会在其控制结构上进行实验。因此，基因工程是危险的，因为你永远不知道究竟会发生什么副作用。它与我们相似，我们创建了一个高度复杂的自学系统。虽然我们大致了解它是如何学习的，但不是全部了解。它不断地自主发展出新的结构。在某种程度上，我们已经创造了一个人工智能 DNA 的繁殖细胞，现在我们才能看到它是从哪种'生物'中产生的。"

"人们以前难道不能做出这种东西吗？"

"理论上是能的。实际上，镜网过于庞大而复杂，而且变化太快。完全不可能详细预测该系统的行为方式。"

"打扰一下，您是卡尔·普尔森吗？"

卡尔抬起头，吓了一跳。他没有注意到那个带着镜子眼镜的年轻人走了过来。他看起来像是一名学生或是这个地区众多软件公司中的年轻开发人员。

"是的。"他说，"有什么事情吗？我正在这里开一次重要的会议。"

"抱歉，我不是故意打扰的。我只是想请您在我的镜脑上签名。"

他把设备的背面和一支防水笔递到卡尔面前。卡尔叹了一口气。

"我们本应该更好地结束谈话。"埃里克在年轻粉丝离开后说道。

"是啊。但不管怎么说，已经足够了。我会和泰德谈谈。但你了解他的，坦白讲，我怀疑他根本不会听我的，除非我能给出什么强有力的证据。"

埃里克只是点了点头。他们默默地把目光放在菜单上，但卡尔已经没有了胃口。

　　弗莱娅安排下午在维多利亚母亲的公寓里与维多利亚、安迪和安德烈·萨鲁会面。莱纳斯在他的 Linux 笔记本电脑上安装了视频编辑软件，而弗莱娅拜托她的黑客朋友"清理"了一遍她的笔记本电脑，在上面为她的报道重新起草了大纲。他们一致认同应该尽快发布报道，并将其上传到多个门户网站，以便镜网或其同伙尽无法及时地销毁所有报道。

　　采访记录进展顺利。如果有什么不同的话，那就是安迪和维多利亚的讲述比第一次更流畅和更有吸引力。作家说，昨天他在街上被围攻，甚至有人朝他吐痰。弗莱娅愤怒地颤抖着讲述了自己在福斯比特机场差点遭遇的灾难，并推测是镜网或其支持者的行为。莱纳斯举起拇指，示意录制完成。

　　"很棒，弗莱娅！人们无法忽视你眼中闪耀的光芒！这个视频甚至可以使怀疑的人信服。"

　　"我会把我的部分用英文再录制一遍，"她说，"然后给整个采访配上字幕。"

　　"如果你愿意，我可以做翻译。"安德烈·萨鲁说，"我的英语还不错。"

"那太好了。"弗莱娅表示同意。

她满意地看着大家，她在这里和一对年轻爱人、一位爱情小说作家和一位黑客聚在一起，努力从数字化的怪兽手中拯救世界！特里会为她感到骄傲的。突然一种奇怪的不真实感涌上心头，她的笑容突然僵住了。

"现在只有玛娜失去联系了。"她说，"我试着打了好几次电话给她，但没人接听。我们要不去看看她？"

她与维多利亚、安迪和莱纳斯一同前往盲人女孩的公寓，莱纳斯充当摄影师的角色。当她在第 3 次按门铃快要失望离开的时候，一位大约 50 岁的女士开了门，她一定是玛娜的母亲。

"你是谁，有事吗？"

"我叫弗莱娅·哈姆森，我是一名记者，昨天刚和你女儿交谈过。我想再问她一件事。"

"我的女儿不在。滚出去！"那个女人正准备甩上门，弗莱娅抵住了它。

"拜托了，斯特拉斯曼太太。这非常重要！"

"滚出去！"

"玛娜说她想成为我的朋友！"安迪介入说，"拜托，我想和她谈谈。"

"你是谁？"

"安迪·威勒特。"

"你怎么认识我的女儿？"

"我昨天遇见了她，我的镜子把我带到了这里。"

"我很抱歉，但玛娜不想和任何人交谈，你们让我安静点。我必须照顾她。"

"玛娜怎么了？"弗莱娅问道，意识到这个女人不友好的背后是发自内心的担忧。

"她不肯说话，不肯和任何人说话，包括我。"她满脸泪水地说，"她成天只戴着那个愚蠢的眼镜。如果强行取走它，她就会尖叫。"

"拜托，斯特拉斯曼太太，请让我们帮助你，我认为那个眼镜对你女儿来说很危险。"

"什么？你从哪里知道的？"

"我亲眼看见镜子用无人机攻击我的朋友。安迪和维多利亚差点被镜子拆散。而我昨天差点遭遇坠机，并且有人黑了我的笔记本电脑，删除了我的文件。也许你的女儿也成了疯狂系统的目标。拜托，让我们一起来帮帮你们吧！"

那个女人怀疑地看着她，然后点点头。"好的。但如果这是你们的骗局，我一定会报警！"为了强调这一点，她挥了挥一部带键盘的老式手机。

玛娜婴儿般蜷缩在床上，带着镜子眼镜，双手捂着她的耳朵。

她的母亲轻轻地抚摸她的肩膀："玛娜？玛娜，你有一位客人，亲爱的！"

女孩缩得更厉害，开始轻轻地呜咽。

安迪去走向她，跪在床边，看着她失明的眼睛。

"玛娜！"他说，"我是安迪。"

她的眼睛来回滚动，但她什么都没说。

"我现在要正在关闭镜子眼镜。"安迪说。

她没有反应。

安迪抓住她的手试图将他们从耳朵上中拉下来，但她开始尖叫、挣扎着。他震惊地松开了手。

"让我来。"莱纳斯说。他弯腰在玛娜上方，试着去找她压在身下的镜脑。但玛娜把他推开，呜咽起来。

他把头贴在玛娜的脑袋边上，可以微弱地听到扬声器发出的信号。然后他转向斯特拉斯曼太太，"你有剪刀可以给我用一下吗？"

"你想用它做什么？"

"我会剪掉镜子眼镜的线。"

"那样眼镜就坏了。"

"相信我，你不会希望你的女儿再戴上眼镜！"

母亲怀疑地看着他，但随后她点点头，从厨房拿了一把剪刀。他小心翼翼地将眼镜与镜脑传递信号的电线剪断。

玛娜尖叫了一声，慌忙地坐起来，向前后扭头，仿佛环顾四周。

"一切都好了，玛娜。"莱纳斯说。

"你处于危险之中！"玛娜的声音从镜脑的内置扬声器中消失了，"立即离开这个地方！"

"妈妈？"玛娜问道，"妈妈，你在这儿吗？"

"当然，我在这里，亲爱的！"她的母亲坐在床上抱住她。当玛娜伤心地哭泣时，莱纳斯从镜脑中取出了电池。

"发生了什么事？"母亲问道，"你为什么不跟我说话？"

"和你说话？"玛娜问道，她好像很困惑，"还有谁在这里？"

安迪、维多利亚、莱纳斯和弗莱娅再次问候了一次。

"我……我很抱歉。这太可怕了。我突然不知道自己在哪儿了。我仿佛在一个陌生的地方，那里有……未知物种，邪恶的物种。他们找到了我。我很害怕！"

"你在说什么，玛娜？"她的母亲沮丧地看着她，"你一直都在你的房间里！"

"不，我想我不在。"玛娜的声音听起来很不确定。

"我想我知道发生了什么。"莱纳斯说，"玛娜，镜子会为你定位，向你展示你周围环境的图片，为你更好地导航，对吧？"

她点点头："是的，没错。但是……但突然……一切都不一样……我不在这里了。"

"镜子把你带入了一种它用咔嗒声模拟的虚拟世界，就像使用AR眼镜一样。"

"但我跟她说话了！"玛娜的母亲说。

"她听不到你的声音。"莱纳斯回答道。

"但我就在她旁边！"

"镜子隐藏了你的声音，技术上称为'防噪声'，它可以选择性地从耳机信号中滤除目标语言或声音。如果你所处的位置到处都是复杂的噪声，效果就不太好，它没办法完全甄别出所有语言和发声者。"

"有时候会出现令人毛骨悚然的声音，"玛娜赞同道，"我无法理解这些声音说的话，但让我很害怕。"

"当我和你接触的时候？"

"那很糟糕。就好像鸟型的外星生物突然从四面八方坠落。我的皮肤上到处都是刺痛的感觉，就像昆虫爬过我身上一样。"

"可能镜子使用其他技术来混淆和吓唬玛娜。例如，有一种尚未被科学地理解为ASMR（自发性知觉经络反应）的现象已经通过互联网传播：某些声音可以在某些人身上创造出放松的催眠状态。镜网现在比任何神经科医生更了解玛娜的大脑。谁也不知道它到底些有什么能力。"

"但为什么呢？"玛娜的母亲问道，"为什么镜子要对她这么做？那是技术上的错误吗？"

"不完全是。"弗莱娅说，"我认为控制镜子的系统镜网不希望玛娜与任何人交谈。尤其是我们。"

"看起来镜网也把你看作是它的敌人。"莱纳斯同意道。

"这是什么糟心事！"玛娜的母亲惊呼道,"这些镜子真的很危险！怎么能允许这样的东西存在呢？必须禁掉这些设备！我们必须报警！"

"我们会的，斯特拉斯曼夫人。"弗莱娅说，"如果你愿的话，我需要做个记录并问你的女儿一些问题。玛娜，你愿意吗？"

"是的，当然。而且……谢谢，谢谢你们来到这里……帮我摆脱它们！"

安迪握住维多利亚手中的手，他一般不喜欢身体接触，但和她在一起不一样。维多利亚也握住了他的手，回应着他。

他们坐在维多利亚母亲家的客厅里，一起看着弗莱娅刚剪辑出来的视频。已经是深夜了，安迪本来应该回家，但他打电话给他的母亲并告诉她，他会留在维多利亚家。母亲虽然惊讶，但很高兴。安迪在没有镜子帮助的情况下意识到了对方的情绪。

在笔记本电脑的屏幕上，他看到自己正在和维多利亚的镜子说话。然后切换到维多利亚，她解释说她的镜子背叛了她，并声称安迪说她很丑。当他听到她的话时，他再次感到愤怒。他们互相对视，握着对方的手，互相亲吻，而弗莱娅的声音旁白为故事添加了更多的说明。安迪看着画面有点尴尬，但他不敢说什么。安德烈讲述了他的博客文章发布之后，遭遇到的网络暴力，并在镜头前展示了石头和包裹着它的那张纸。然后莱纳斯进入了画面，弗莱娅向他询问了几个问题并解释了镜网的运作方式，以及为什么它能够进行这样的操作。最后，看到玛娜在床上呜咽，然后告诉镜头，她经历了什么。最终，弗莱娅对着镜头说话，并敦促所有观看视频的人关掉他的镜子，并指出镜子对于他人——无论是朋友、亲人还是政府的危害。她还请求拥有过类似经历的观众与她联系。

"请小心，如果你持有与镜子相反的意见，你将会成为镜网的敌人。"她警告说，"那些不明真相的狂热粉丝可能会对你充满敌意，你可能会被黑客攻击，请注意保护好你的数据和你自己。只要有足够多的人保持冷静的头脑并且不盲目行动，那么我们一定能摧毁那个名为镜网的怪物！"

视频在 11 分 17 秒后结束。安德烈、维多利亚、她的母亲和莱纳斯一起鼓掌。安迪也加入了他们。

"太棒了，哈姆森女士！"安德烈说，"你很好地讲述了这个故事！"

"谢谢，"弗莱娅回答道，"没有你们的支持，我永远不可能做到这一点。尤其感谢你，莱纳斯。谢谢大家！现在我们必须一起做出决定。我们真的要发布这个视频吗？"

"这还有什么疑问吗？"安德烈问道。

"我们当然想要发布！"维多利亚说道。

"我希望我们能够非常有意识地做出这个决定，"弗莱娅说，"而且必须是一致地同意。如果你们中的任何人有一些保留意见，我会把他或她的部分剪掉。"

"为什么我们要那么想呢？"维多利亚问道。

"如果我们发布这个，我们等于是在和镜网宣战。"弗莱娅回答道。"不仅仅是它，还有制造镜子的全球信息系统公司。这是一家非常强大的跨国公司，他们会针对我们请一大批昂贵的律师。我也想象不出镜网会做什么事情来诋毁我们。"

"我认为，她是对的。"妮娜说，"我们已经看到了镜网的危险性。也许我们应该首先向政府、警察、情报部门，或任何负责此类事件的人展示报告。"

"那应该是联邦信息安全办公室。"莱纳斯说，"但即使他们相信我们，官员也需要数月甚至数年的时间，来检查并采取任何行动。况且警察不明白我们在谈论的东西，我们现在必须采取行动。我知道这是一件冒风险的事情，如果你们中有人现在退出，我不会有什么意见。但是，我们越是拖延，面临的风险越大。会有越来越多的人在镜网的影响下遭遇安迪、维多利亚和玛娜所经历的事情，更不用说弗莱娅，她已经成为暗杀的目标。我们现在必须披露镜网！"

"我同意，"安德烈说，"虽然我现在对于整个事件仍然没有一个很好的理解和解释，但是应该避免更多的人遭受伤害。我们会把自己置于一个特殊的境地，因为我们有具体的证据证明镜子会伤害它们的主人。即使冒着像白痴一样被抨击的风险，我们仍然应该公布这些证据，我们需要给那些毫无防备的镜子用户一些警示。"

"还有其他人想说点什么吗？"弗莱娅问道。每个人都保持着沉默。安迪犹豫地举起了手。

"好，安迪请讲。"

"我只是想说，维多利亚和我经历的事情绝不能再发生了。"

维多利亚用力地握了他的手，给了他一个亲吻。

"好吧，"弗莱娅说，"我们投票吧。谁同意尽快在互联网上发布德语和英语版本的视频？"

所有人都举起手来。维多利亚的母亲也同意了。

"好的，那就决定了。莱纳斯，你准备好了吗？"

"是的。"

"好的，那就开始吧。"

莱纳斯在他的笔记本电脑上按下发布键。

The third stage

第三阶段

"你好，卡尔！"泰德 · 科里从他庞大的办公桌后站了起来，它让这间办公室几乎看不出这是一间全球信息系统总部顶楼的大办公室了。卡尔很满意地注意到他没有戴着镜子眼镜，耳朵里也没有挂着镜子耳机。

"谢谢你留出时间给我，泰德。"

"只要你开口，我肯定都有空。"泰德脸上带着他惯有的笑容说道，"你看起来很沮丧，是因为关于埃里克的离开吗？"

"是，也不是，我们碰到了问题。镜网貌似并没有很好地维护每一位镜子用户的利益。"

泰德皱了皱眉头，"请坐，慢慢说。"

卡尔汇报了客户服务统计数据的异常以及他与埃里克的谈话。

"我知道，这实在令人难以置信，"他总结道，"但我请你严肃看待此事。我建议我们在做出最终决定之前，先想办法论证埃里克的观点。在第一批镜子用户因它的不完善而受到伤害之前，我们必须尽快采取行动。"

泰德点点头。卡尔在讲述的过程中，脸上已经没有了笑容，但是现在他的嘴角依然是放松的，仿佛对这种情况非常满意。

"卡尔，你能直接告诉我这些故事，"他说，"非常好。"

卡尔皱了皱眉，泰德的话里话外的意思仿佛并不相信他的话，"这是什么意思，'这些故事'？"

"好吧，开诚布公地讲，我必须告诉你，埃里克·布兰登并不再是你印象中值得信赖的好友。长时间以来，我们一直在密切关注胡桃系统内部来自竞争对手的间谍线索。当然了，这需要极为隐秘的行动，所以你还没有被告知，不过这是一件好事。你的联合创始人就是为竞争对手秘密工作的人，就是意图破坏镜子和全球信息系统成功的人之一。"

卡尔盯着泰德一张一合的嘴："什么？"

"我认为你现在已经十分了解硅谷，了解争夺市场份额的艰难了。"泰德继续说道，"你的产品的成功让我们的竞争对手如苹果、谷歌、Facebook、三星和微软都感到了威胁。你必须做好准备，以应对他们可能通过任何方式阻止你和我们。"

"我……我不太明白，泰德。你说埃里克在为竞争对手工作，你是认真的？这太荒谬了！我从大学就认识他，他永远不会那样做！"

"但我们掌握了具有说服力的证据。以统计数据异常为例，我们得知杰弗瑞·万德格拉夫发现证据表明原始电话日志被篡改，显然管理员和无访问权的人员与此事无关。只有极少数人有权限做到这一点，其中就有埃里克·布兰登。然后在前几天的新闻发布会上，有一个男人声称他女朋友因为她的镜子从中作梗而离开了他。这明显是一次有针对的破坏性行动。你知道埃里克和他相熟吗？我们还有更多蛛丝马迹的线索，但我想你最好回避一下。我们现在不想轻举妄动，不想打草惊蛇，让埃里克察觉到这点。我们还没有做任何事情，因为我们想在行动中抓住埃里克。但我想用不了多久我们就会把证据公布出来，当然随后就会走司法程序。”

卡尔满脸震惊地坐在访客的椅子上。他的余光看见窗外一只海鸥盘旋在与窗口一样高的令人惊讶的高度，一双眼睛看着他们俩，好像惊讶于在玻璃后面看见两张严肃的面孔，随后调转方向，朝海岸飞去。

他重新面对泰德：“拜托，泰德，这是误会！我敢肯定有人想要陷害埃里克，离间我们。或者更确切地说，某些东西。”

泰德 · 科里恢复到他往常的风格，放声大笑起来：“你现在是在认真地和我说，镜网有意识地尝试陷害它的创造者吗？我一直以为你不看你父亲写的书！”

“我知道，这一切听起来很离奇。很不幸，我也无法证明埃里克的理论是正确的。但请细想一下，如果这个理论是正确的，它意味着我们所创造的东西是极危险的。你真的要将人类的生死存亡拿去冒险吗？”

“卡尔，你言重了。到现在为止，还没有任何人的死亡是镜子造成的。好吧，假设埃里克是对的，镜子把整体用户的幸福置于个人用户之上，那有什么不好的地方吗？难道不是每个政客都是这么做决定的吗？也许这种超级人工智能正是人类在这个过于贪婪和自私的时代中所需要的。你有考虑过这点吗？”

“泰德，即便你是对的，但你得知道：一旦人们开始不再信任自己的镜子，镜子就完蛋了，销售数字将会断崖式下跌……”

“卡尔，你要我在这里做出选择，要么单凭一个荒谬的没有真凭实据的科幻故事，就要我做出经济自杀行为，要么冒着销售额急剧下滑的风险。在我看来，这个情况发生的可能性微乎其微。 如果我听从了你的建议，意味着公司要承担巨额损失，但反之，我只需要在最坏的情况发生时，承担一段时间内的较低亏损，并且利用这个机会改进程序的版本，开发出镜子 2.0 版本。不需要我多说什么，为了公司、员工以及所有用户的共同利益，我选择哪个决定显而易见了吧？"

"如果镜子给用户提出的建议存在严重失误呢？这是会造成大量的索赔投诉，这将会引发更大的损失。如果现在结束镜子业务或者给用户做出最基本的警示，虽然看似造成了损失，但是全球信息系统公司不会受到太大的波及。但是假如现在不及时止损而埃里克的判断是正确的，那么公司很可能彻底倒闭。"

科里笑得更开怀了："在我们接管胡桃系统之前，我们的律师对于由于镜子运行错误而导致损害索赔的风险做出了非常详细的评估。使用条款里明确规定，如果镜子给出错误的建议，用户将对自己的决定负责，并且胡桃系统和全球信息系统对此类决策造成的后果不承担任何责任。有备无患，即使有人在镜子的建议下选择自杀，这也不是我们所需要承担的责任风险。"

卡尔茫然地盯着笑得肆无忌惮的泰德。他当初怎么会同意接受一家如此贪婪又功利的公司的收购呢？

尽管这次谈话让他对泰德感到厌恶，但他愿意最后一次尝试说服泰德改变主意。"你自己都没有使用镜子，泰德。"他说，"也许你内心深处无意识地厌恶受到无时无刻地监视和控制。我现在也有同感，请你认真考虑一下自己内心的想法！"

科里的笑得更加夸张了。"你错了，我的朋友。我一直在使用镜子。"他指着桌子上笔记本电脑的旁边。卡尔这才意识到，那里放着一个镜子耳机。"我并不会一直把它戴在耳朵上，和你交谈，我不需要任何指导。事实上，我与镜子已经成为至交好友，它给过我许多帮助。"泰德阴险地笑了一下，"例如，没有它，我上周就会忘记自己的结婚纪念日。实际上，如果设备给我提出一些错误的建议——上帝，朋友也会犯错，我会牢记这一点，保证自己不犯错。"

卡尔顿时浑身冰凉，镜网听到了他们的每一句谈话。一股凉意从脊椎冒出，他的好友的那句话不断在脑海里回放：这意味着，每一个不信任镜子或者警惕它的人，都是它的敌人。

泰德把手放在卡尔的肩上。"卡尔，别担心！我知道这让你很失落，"泰德在卡尔的肩膀上放了一只温暖的手，"别担心，卡尔！一场由自己最好的朋友参与上演的骗局，我理解这让你很难相信。以你和他的关系，让你很容易受到蒙蔽。但是你做对了一点，没有轻举妄动，而是来和我通气。你真的很不错，说明你是站在我们这边的。"他收回了手，像青蛙盯着苍蝇一般，看着卡尔，"卡尔，我说得对吗？"

"是的，"卡尔咽了一下，说，"是的，当然。感谢你抽空与我交谈，泰德。"

"不客气，我们谈话的内容我不会透露一个字，所有发生的一切都会停留在这个房间里。你不要轻举妄动，如同往常一般与埃里克自然地相处。其余的事情我来搞定。"

"好，谢谢。"

当卡尔离开办公室走向电梯时，他感觉自己的双腿仿佛灌了铅一般沉重。

弗莱娅盯着黑暗的角落发呆，听到隔壁莱纳斯在键盘上的敲击声咔嗒作响。她虽然躺在床上，但却无法入睡，脑海里充斥着太多的东西。

她总感觉发布视频是错误的，而这种感觉莫名地挥散不去。她甚至没有完成她真正的新闻报道工作。通常情况下，如果对技术产品进行负面的报道，她会让厂商发表意见，或者至少采访一位中立的技术专家。虽然莱纳斯了解很多技术内核，但他毕竟没有正式的资格证明可以有权发表专业意见，他的立场也不是中立的。她最担心的是，飞机坠落事件的根本原因可能完全不同，比如出在维修失误上。然而她近乎偏执地将事故原因归咎于镜网把她本人视为攻击目标。即使在视频里，他们声明这只是理论上的可能，强调了几次事情的最终真相必须等待技术调查的结果。

并且，她还在思考，将安迪、维多利亚和玛娜因镜网受到的危险遭遇披露出来，是否不负责任？如果他们中有人因此遭遇不测，怎么办？那她一辈子都不会原谅自己。

门开了，在隔壁房间的光线照射下，莱纳斯宽阔的身影出现在门口。

"我给你泡了杯咖啡。"他说。

"你怎么知道我需要一杯咖啡？"

"我还不了解你？你是一名优秀的记者，但有时你也需要鼓励。"

她坐起身来，感激地接过热气腾腾的马克杯。

"怎么样？"她问道。

"反响巨大。发布仅 4 分钟，我们就收到了第一条详评。紧接着视频平台就遭受了 DoS 攻击，甚至几次试图要黑进我的电脑。但是到目前为止，我们的成果还没有被破坏。视频的观看量已经有大约 4 万次了。除此之外，我们也得到了越来越多的支持评论。看来你给了镜网漂亮一击。"

弗莱娅努力挤出一个微笑。"我们，"她纠正道，"我们一起做到的。"

"现在就不必谦虚了。你是发起人，也是这次行动的领导者。你可是我们的约翰·康纳。"

"我是谁？"

"抵抗运动的领导者，来自《终结者》电影。不要告诉我你从没看过这个系列电影。"

"我不太喜欢科幻小说。"

"那么也许你选择了错误的对手。"

"这不是科幻小说，"弗莱娅说，"这就是现实。无论如何，如果不是这样，我们所有人都将走上一条不归路。谁知道，最后会不会证实这一切都和我们的猜测不同，那这段视频不仅会让我羞愧，更会直接毁掉我的职业生涯。"

"是的。又或者你的名字会刻在市政广场的纪念碑上，并且给你颁发诺贝尔和平奖。"

弗莱娅没心情开玩笑，恨不得朝他脑袋扔枕头，但又不想把咖啡洒掉。"白痴！"

"我是认真的。我们在这里做的事情，会不会有一天回顾起来，成为导致人类在历史上走下坡路的发端。人类第一次对抗人工智能，而你参与其中。"

"第一个？你觉得这不是终结，后续还会有？"

"你真的相信，人类会从他们的错误中吸取教训吗？"

弗莱娅想到了切尔诺贝利。德国在福岛核泄漏事件后决定终止发展核电，但与此同时许多国家仍然在建造新的核电站，包括日本。她叹了口气，"对，可能不会。"

"无论如何，事情远没有到终结。目前为止，镜网的干扰行动已经成规模了，我们也做好了应对准备。但是，如果有一天它意识到仅仅依赖于煽动粉丝仇恨情绪已经不管用了，于是采取更严重的打击报复行动，那么我也不会感到惊讶。"

"你……你不会是说后续会有谋杀吧？"弗莱娅突然不确定地问道。

"我不知道。不，从镜网的角度来看，谋杀可能会引反效果——如果你现在死了，事情会听起来更打动人心，你留下的信息蕴含的能量将被放大一百倍。"

"那我希望镜网足够聪明，能够意识到这一点。"

"我不确定是否那样更好。"

"你宁愿让我成为牺牲者？"

"什么？不，当然不是！但是，如果镜网足够智能，能够认识到这种关联性。那么它接下来一定会更糟糕，更难对付。"

"什么会比发生谋杀更糟糕？"

"我不知道，但这让我担心。"

弗莱娅站了起来："让我们看看发生了什么。"

莱纳斯向她展示了 YouTube 视频。英文版现在的观看人数已经达到 5 万多，超过 3000 人发表了评论，近 80% 的人认为视频很烂。

"看，情况正在好转，"莱纳斯说，"之前有 85% 的负面评论。"

弗莱娅瞥了一眼评论名单，然后愣住了。

真实镜子用户 71：假的
这只是一堆肮脏的谎言。我打赌谷歌或苹果给这个婊子付了钱。

史蒂夫·福勒 1982：回复：假的
哦，是吗？您的用词指向了一个证据充分的分析结果，真实镜子用户 71。

真实镜子用户 71：回复：回复：假的
你有镜子吗？混蛋？

史蒂夫·福勒 1982：回复：回复：回复：假的
Quod erat demonstrandum。（给所有镜子用户：这是拉丁语，意思是"这就是证据。"）

美人鱼女王：回复：回复：回复：回复：假的
史蒂夫·福勒 1982，不要在这里拽什么愚蠢的拉丁语，你有本事拿出事实来。真实什么？白痴都可以在 YouTube 上发表废话，毫无证据凭空捏造。

真实镜子用户 71：回复：回复：回复：回复：假的

史蒂夫·福勒 1982，你是在谷歌工作吗？担心你的狗屁工作不保吗？你个可怜鬼！

僵尸杀手 # 56：回复：假的

一目了然，真实镜子用户 71。来看看这里，www.freyaharmsen.com，你就知道没什么好和他们废话的。

"那是什么链接？"弗莱娅问道。

莱纳斯点击它，一个展示了弗莱娅照片的网站出现了，上面的简介，介绍了她的教育背景和以前的专业电台工作经验。大约有可以追溯到 2015 年的 40 篇博文的清单，弗莱娅以前从未见过这个网址。

她彻底地惊呆了，盯着他们伪造的博客文章的标题：罗斯威尔的真相、在月球上的外星人秘密基地、"9·11"恐怖袭击事件，甚至还有烤狗肉——被低估的美味。

"哦！"莱纳斯喊道，"有人做得更加周全！我想，你可能疏忽了，忘记保护你的 freyaharmsen.com 的网址？"

"这怎么可能？"弗莱娅问道，无法掩释自己声音的微微颤抖，"镜网是怎么在短短几小时内创建了一个包含 40 多篇荒谬博客文章的虚假网站？它怎么知道我的履历？"

"你有 LinkedIn 或者 XING 的账号吗？"莱纳斯首先回答了第二个问题。

弗莱娅默默地点点头。

"第一个问题的答案可能是'团队合作'。镜网委托其一些粉丝编造一些荒谬的博客文章，可以让作者们处于最糟糕的境地。而其他人创建了虚假的博客页面。于是现在你像个白痴一样被放在这个位置。"

当弗莱娅意识到根本没有办法可以扭转这种错误信息时，她用力握紧了拳头。

"我可以不再以一名记者的身份自居。"她用沙哑的声音说道。

"我们再接着看，"莱纳斯回答道，"看看这里，网址在 ICANN 上的注册时间不过是几小时前，就在视频发布后。虽然这个虚假的博客让你失去了记者的权威，但它也证明了某人或某事只是因为你在镜网上发表了一篇重要文章而试图让你名声扫地。矛盾的是，这可以增强那些能看出来这个网址是伪造的人，对你的相信程度。幸运的是，这不难看出。"

"怎么看？访问这个网站的人从哪里可以看出，我没有写这些文章？"

"有很多线索。仔细看，这些文章基本都是攒出来的，他们太多样化。没有人会认真地写下这么多主题的东西，什么不明飞行物、阴谋论、宇宙学甚至是怎么吃狗肉。这样的你看起来就是人格分裂，与你在视频里的表现截然不同。而且文章的写作风格也是五花八门，你看这里，看起来是用俄语写的，然后直接使用谷歌翻译转换的。你再来看这里，文章结构古板生硬，满是拗口的文字。这些不可能是同一个人写的。仔细浏览这个网站的人就会辨别出来，并且认可视频里讲述的内容。我越想越觉得，镜网的造假反而帮了我们不少。"

弗莱娅不相信。"一旦公布假新闻，人们就无法轻易抹去这个印象。"她说，"我有经验，尤其是对于政客和被指控犯罪的人来说是这样的。他们从未成功恢复声誉。我相信十年后人们将会处理这些涉嫌造假的博客文章。除此之外，我们希望尽可能多的人意识到他们的镜子是有危险的，但现在一定还很难。"

"也许吧，我们都知道挑衅镜网并非没有风险。"

"其他社交媒体渠道的情况怎么样？"

"类似。无论你看哪里，都会有很多愤怒的评论。在推特上，标签＃镜子魔鬼和＃弗莱娅·哈姆森婊子目前是热门话题。"

弗莱娅摇了摇头。难道她不是一直梦想着自己的报道登上热门话题榜吗？现在她自己就是话题讨论的中心。她曾经预料到会有这样的事情发生，但现在她终于不得不忍受反对派的网络暴力了。

莱纳斯输入"freyaharmsen.com"作为关键词点击搜索，并获得了超过 200 条推文，其中大多数都在"婊子＃"号标签下。

"噢，我的天啊！"弗莱娅呻吟道，"现在每个人都真的以为我是一个疯狂的白痴。"

"别担心，"莱纳斯试图向她保证，"你所做的是对的。这种愤怒的反应只是表明你伤到了镜网的要害。谁知道你这么做会触发什么行为？也许有人在这个时候观看了你的视频，已经知道要把自己与这个怪物隔离开。"

她点点头，但她仍然感觉自己被狠狠地揍了一顿。

卡尔：

原谅我昨天的胡言乱语，我只是有些困惑。在研究过 Youtube 这个视频后，（请见：https://www.youtube.com/watch?v=uEWGjQ0nTm4）很不幸，我不得不承认是我弄错了：镜网如我们所期待的那样，运行得良好和顺畅。很抱歉让你担惊受怕了，希望你和泰德的会面顺利。顺便提一句：周五经常有开往拉斯维加斯市中心的 y.W. 大巴。

埃里克

卡尔盯着电子邮件，又读了一遍，直到读了第三遍。他点击链接：一名专业的不具名年轻男子在一个简洁的视频中，剖析了人工智能所面临的机遇和风险，例如从史蒂芬·霍金到伊龙·马斯克始终被曲解。计算机终究只会做人们命令它做的事情。视频中所持有的观点与埃里克向他阐述的截然不同。

他的朋友真的在短短 24 小时内，态度就发生了一百八十度大转弯吗？这不是埃里克的风格。他在 YouTube 上面研究这个视频的理论是什么意思？视频门户网站的介绍对于某个未知主题的初步了解肯定是有帮助的，但是像埃里克这样级别的专家，在这里是了解不到任何关于镜网危险性的新理论的。这个视频不过是业余爱好者制作给热血的门外汉看的，没有什么权威性。

最令人费解的是邮件里的最后一句话。他从未和埃里克谈过周五去拉斯维加斯的旅行。暗示卡尔应该去那里和他见面吗？但是为什么是拉斯维加斯呢？他用谷歌搜索从旧金山到拉斯维加斯的车次。从新客站每天都有去那里的直达车次。那 y.W. 是什么意思呢？

卡尔试图打电话给埃里克，但通过镜网或他的手机都无法联系到他。

很明显，电子邮件想传达的不是字面意思。埃里克一定是想让他意识到，镜网正在监视他。他用加密的方式向卡尔传递了什么重要信息，使得真正的含义没那么显而易见。那是什么呢？

这条消息似乎隐藏在乘坐巴士前往拉斯维加斯这句看起来很费解的话里。他在谷歌上搜索了这个号称世界赌城和不夜城与镜子或者人工智能存在关联的一切信息，但没有找到任何线索。

最后他放弃了。无论他怎么努力，他都没办法轻易将这个令人费解的线索找出来。

他紧张地在办公室里踱步，感觉自己和埃里克落入了某个圈套。一个想法他的脑中闪过：泰德·科里有没有可能策划了这些，为了把他们两个挤走，掌舵胡桃系统和镜子？但是，要达到这个目的，难道没有其他更简单的办法吗？

珍妮弗敲门："卡尔，有人想和你面谈。"

"我现在没有时间。"他粗暴地回答道。

"我很抱歉打扰你，普尔森先生。我们得到了董事会成员阿什顿·莫里斯先生的指示，请您务必和我谈谈！"一位青丝中夹杂着灰色，发型考究，身着深色西装的男子，推开了珍妮弗说道。他能在加利福尼亚还严谨地打着领带，只能表明他是一个收费昂贵的律师。他递给卡尔的名片上，也证实了这个猜测。在他身后跟着一名带着框架眼镜，身穿实验室或者医生制服外套，手拿黑色皮包的年纪目测在40多岁的黑发女士。

"我可以问一下您找我有什么事吗？呃……"卡尔瞥了一眼名片，"弗格森先生？"

"正如我所说，全球信息系统公司委托我们立刻与您对话。如您所知，公司发布过面向所有员工的药物滥用零容忍的规定。当您接管胡桃系统时，您也签署了一份承认此规则的声明。除此之外，你还说你在过去的六个月内没有使用任何药物。"律师从他的公文包里拿出一沓文件，直接递到了卡尔的面前。上面的确是他的签名，他至今仍然记得在被收购时，他和埃里克必须在短短五个小时的会议期间，签完几百份文件。

"是的，所以呢？"他问道。

"我们有证据指明你最近违反了这条规定。"律师解释道，"我们来这里就是为了弄清楚这个问题。我要求您签署一份新的声明，确认您没有违反公司规定，未来也不会，并且同意接受血液及尿液检查。"他递给卡尔又一份不含签名的文件。

卡尔终于明白了发生了什么，他想起了自己曾经和父亲一起抽了他自制的含大麻的烟卷的事情，心中一惊。他当时还开玩笑说，他的镜子会确保自己的数据不会被第三方访问。

没错，第三方无法访问数据，但是镜网会。

"如果我拒绝呢？"他问道。

律师专业地笑了笑："当然可以，发表此声明并采取血液和尿液样本是为了消除针对您的指控，这也是自愿措施。而拒绝的后果，我无法详细告诉你，这超出了我的能力范围。但我认为全球信息系统公司有理由相信你没有遵守这条规则，特别是在有证据的情况下。"

"什么证据？"卡尔问道。

"我没有权利提供这个信息。"弗格森冷冷地回答。

"但是你有权利冲进我的办公室并做出毫无根据的指控，对吗？我告诉你一件事，弗格森先生：我完全有权利把你赶出去，而我现在就要这么做。要么你自动消失，要么我让保安护送你离开大楼！"

律师仍然保持专业，"当然，如你所愿。"他把这两份文件归收回到公文包，毫无诚意地祝卡尔度过美好的一天。医生全程一言不发，瞥了他一眼就离开了，这应该表明她非常不满意。

当他们两个离开时，卡尔震惊地坐在办公桌前。他知道接下去会发生什么：泰德·科里或阿什顿 莫里斯将召开董事会特别会议，决定他作为胡桃系统首席执行官的未来。而他会收到最后通牒：要么他签署了声明，由医生取走他的血样，那么他会因为违反规定而被辞退。或者他拒绝，然后他因为监事会和董事会对他的信任被动摇而辞退。无论哪种方式，镜网都让他失去了他的工作。

他突然想起来，距离抽烟这件事已经过去好几天了。多长时间还能检测出一个人是否沾过大麻？网上说，大麻是可检测时间最长的药物之一，一个月后仍可在尿液中找到服用的痕迹。

他觉得自己仿佛站在无底深渊的边缘，正在被不断地往下拉。

渐渐地，麻木消失了，被很久没有出现的另一种情绪覆盖了：愤怒。埃里克从一开始就是对的。自从和泰德·科里在他的办公室交谈以来，镜网就将他视为敌人，并希望可以尽快摆脱他。很好，他会失去这份工作——但他仍然是公司的股东，还仍然有一定的自主权来对抗这个他和埃里克创造的怪物。

他的朋友一定也预见到会发生这种情况，这封邮件是否是警告他将被迫接受药物测试？他再次通读一遍，尝试将神秘的信息与律师的外表联系起来。

接着，他有一个新的想法。如果把句子的意思颠倒过来呢？原谅我昨天的胡言乱语意思是请认真对待我所说的。我弄错了，意思是我是对的。接下来那个 YouTube 的网址应该是埃里克找到了能证明镜网操纵的明显证据。后面一句，卡尔打起精神来翻译：如我们所担忧的那样，镜网都是误导行为。千万小心：和泰德的会谈一定会十分艰难。

所有意思都弄清楚了，埃里克整个邮件里都在说反话的原因就是——不这么做，肯定会被镜网丢到"垃圾邮件"的分类里，或者直接删除。人们如果把一件事故意说出来相反的一面，计算机还未能发展到能识别出这种意图。只有最后一句话仍然令人费解。但至少卡尔现在知道它可能和 Youtube 视频有关。

他在 Youtube 上输入了搜索关键词"拉斯维加斯""星期五""市中心"和"y. W."，但犹豫要不要按下确认键。虽然他关闭了镜子，但他的电脑也连接到了镜网。那么他最好不要在办公室里做这件事。

他将邮件打印出来，走到公司大楼附近的一家咖啡店。在那里，他找到一个没有镜子耳机的学生，用一百美元作为回报，借他电脑上一个小时的网。

当他在 Youtube 上输入关键词，没有得到任何线索。他又搜索了"镜像操纵""镜子故障"等埃里克曾经提到的词语，依然一无所获。相反，卡尔发现了数百个视频，其中一些人试图通过告诉别人镜子如何工作以及人们如何使用它。宝拉一直很喜欢这些视频，她称之为免费营销，还曾经给许多 YouTuber 提供了免费产品。当他输入暗示镜子中的错误的关键词时，只能找到一边倒赞美的视频，卡尔现在看这些只感受到了嘲讽。

又或者这是镜网操纵的结果？它是否同时也过滤 Google 服务器？他对自己摇了摇头，变得偏执是没有意义的。

他把笔记本电脑沮丧地还给了学生，然后喝完剩下的拿铁玛奇朵。他无意间瞥了一眼桌子上的报纸，上面是填到一半的数独题。

他愣住了。

他迅速从口袋里掏出皱巴巴的埃里克邮件的打印件，并写下最后一句话：

ʃüɪ

Freitag

Las

Vegas

y.

W.

Bus

Down

Town

fährt

oft

他仿佛被催眠了似的，目不转睛地盯着这列文字。即便这么做，他也没能参透它的意思。不论他将每个第 2 位还是第 3 位的字母提取出来，排列组合都没办法得出可读的文字。他绝望地尝试回忆起在学习期间曾听过的密码学讲座。埃里克精通基本技术，但他毫无了解。他的朋友清楚这点，所以如果它是一串代码，应该不会太难。

他统计了这些字母：有 39 个。它们可以排列成 3 行到 13 列，反之亦然，但这也没有带来新的思路。该死的，它不可能那么难！

他又看了眼电子邮件中提供的 Youtube 链接：https: //www.youtube.com/watch?v=uEWGjQ0nTm4。第一部分是刚刚的视频门户网站的网络地址，/watch 后面是问号，v= 后面则是每一个视频专属的指代码。前面部分，每一个 YouTube 链接都一样，不同的地方就是最后 11 个字符。

11 个字符。

他怎么会这么瞎！找到这个逻辑，一切就明了了。他把关键词的 11 个单词的第一个字母放在一起，得到了网址 https://www.youtube.com/watch?v=fFLVyWBDTfo。

"我可以再用一次你的笔记本电脑吗？"卡尔问学生。

学生狡诈地看着他："我很抱歉，我要走了。"

卡尔叹了口气："多少钱？"

"200 美元。"

"用 15 分钟，20 美元。你觉得不够，我就问别人借。"

"好吧，好吧。就这样，我再多待会儿。"

卡尔输入了网址。不到一分钟，他就知道，这次终于对了。埃里克找到了他们正在寻找的证据，但他觉得胃里仿佛装着一块沉甸甸的冰块。

弗莱娅的手机响了，这是莱纳斯找来的——很便宜的设备，话费预付，镜网还无法识别的一个号码。她现在只用它来联系特里，特里的号码正好显示在屏幕上。

"弗莱娅，谢天谢地！"当她接通电话，她的男朋友说道。

"特里！大半夜的，有什么事吗？"

"当然是有事情。你的公寓被人纵火了，被完全烧掉了。消防队现在还在灭火。"

"什么？"

"很遗憾发生了这些事。幸好都是外物，保险公司会赔偿一切的。重要的是你人没事。"

弗莱娅不知道该说些什么。纵火袭击！她早该明白。尽管莱纳斯说，如果她死了，镜网也讨不到什么好处。他以为计算机系统仍然是理性的，只会尝试毁掉她的可信度。但当弗莱娅联想到之前无人机做出的反应，它会在蜘蛛的形象面前逃跑，还会袭击特里，她突然意识到镜网可能拥有一个出人意料的，非常具有人性的动机：复仇。

"你还好吗？"特里问道。

没有事情是好的，一件也没有。弗莱娅的自信和顽强的战斗精神从她的身体里消散一空，就像一架漏光了汽油的坦克，整个人被更寒冷的、来势汹汹的、原始的感觉笼罩着：恐惧。

"是的。"她斩钉截铁地说道。

"我希望一切能好起来。按照我们之前商量的，我将你的视频转发给了几家新闻机构。美联社的蒂姆·莫里斯已经承诺会亲自去关照这个报道，尽快发布。虽然纵火袭击事件的确令人遗憾，但它反而也从侧面帮我们，证实了你的故事是可信的。我已经和警察交谈过了，他们坚持要和你直接谈谈。我会把大都会的总探长戴维森的电话号码发给你。和他通个电话，然后尽快回来吧。去巴黎中转坐火车回来。"

弗莱娅犹豫了。既然镜网已经在对她进行打击报复，那么贸然返回伦敦是一个好主意吗？也许她应该躲起来，找个乡下的小屋或什么其他地方，直到风头过去。但随即她想到了维多利亚，她之前就是这样做的。不，她不会逃避镜网！

"好的，"她说，"我稍后会打电话给你。我爱你！"

"我也是！万事小心！"

"发生什么事了？"莱纳斯在谈话后问道。

她和他解释了一遍。

"见鬼！"他喊道，"镜网真是铆足了劲！"他环顾四周，仿佛期待那个被镜网指使的凶手能从他凌乱的办公桌后面出现，"也许我们应该离开这里，镜网迟早会找到你的。"

"我准备搭乘最近的一班火车前往巴黎，然后乘坐欧洲之星回伦敦。"

"你确定吗？不会太冒险吗？"

"我不能在这里坐以待毙。我认识的很多人都在伦敦，特里也在那里，他们会帮助我的。况且我还要和警察面谈。"

"好吧。"

很快特里将警局探长的号码用短信发了过来。弗莱娅给这个号码打电话，但只有语音留言提示。她发了一条短信，把她的号码以及她会尽快坐火车去伦敦的事情告诉了警察。

莱纳斯查好了火车换乘。下一班往巴黎的火车在3个小时内会从中央火车站发车。她决定去柜台买票。接下来她也睡不着了，干脆拿莱纳斯的电脑查询伦敦住宅失火的新闻，暂时还什么也找不到。对于视频的仇恨言论持续增加，但也有越来越多的支持者传播并拥护他们。还有一些评论证明那个所谓的主页链接明显是假的，就会立刻遭到仇恨针对，收到很多脏话回复。此外，视频支持者的立场变得愈发清晰。这似乎让镜网的支持者和反对者之间真正清晰地对立起来。弗莱娅想知道接下来会发生什么。

在火车发车前半小时，她乘出租车抵达了中央火车站。根据莱纳斯的建议，她戴上了头巾，穿上了一件圆点图案的旧外套，这件外套对她来说太大了。莱纳斯把所有现金都给了她，并嘱咐她不要使用电子支付。

车站里挤满了通勤的人，许多人佩戴着镜子眼镜或者耳机。弗莱娅试图尽可能自然地避免与旁人有任何目光接触，她感觉十分忐忑，幸好既没有受到责骂也没有受到攻击。

当她坐在科隆方向的IC列车时，检票员检查完车票，她精神一放松就睡着了。

突然电话铃声让她从睡梦中醒过来，有那么一会儿，她不知道为什么她在火车上，以及她要去什么地方。

大都会警察总探长戴维森来电，他想知道她在汉堡做了什么，为什么选择乘坐火车而不是选择飞机，以及她怀疑谁有放火烧了她的公寓。弗莱娅觉得在满是陌生旅客的列车上和警察回答这些很不自在，敷衍着说明天早上抵达就去当面和他谈。

她分别打电话给准备去火车站接她的特里和实时监测视频平台的莱纳斯，后者告诉他，因为所谓的涉嫌侵权问题，YouTube 和其他主要视频平台上的视频已经失效。但好在仍有许多博客和私人服务器上面还保留了可检索的视频，也不算太糟糕。不完全统计，已经有近二百万人观看了视频。

"这是一个了不起的进展，弗莱娅。讨论正式拉开序幕。一些受欢迎的博主和 YouTuber 纷纷参与这个话题，你真的掀起了一波浪潮。"

弗莱娅没有因此放下心来，她总觉得随时有一群暴徒会冲进她所坐的隔间，并代表镜网向她报仇。所幸她的脑补没有成真，她没有受到任何干扰地转乘大力士列车前往巴黎。下午，她平安抵达火车北站。镜网没有安排什么人吗？或者它是否已经计划对她进行下一次报复？这种不确定性几乎比直接被殴打更糟糕。

她购买了一张欧洲之星的车票，一小时后发车。由于现金不够，她只好用信用卡付款。不久之后，她去安检站排队，通过了金属探测器，并将她的德国身份证出示给英国护照检查员。

工作人员拿走了她的身份证，扫描了一下，抬头看了看显示器，然后是弗莱娅的脸，最后回到监视器上。工作人员的表情有了一丝丝细微的不对劲，弗莱娅立刻意识到出问题了。冷汗还来不及爆发，下一刻，她就从背后被扑倒，狠狠地按在地上。

"这些混蛋！"卢卡斯责骂道，"他们怎么能这么造谣？"

"去视频下面留言。"他的镜子建议道。和其他数百名镜子用户一样，卢卡斯也这样做了。

"我和你说过，我们应该直接把那个作家揍一顿！"

"没有用的，"卡特琳说，"只要他还能张开嘴，他就能说谎。任何像他一样只会写一堆垃圾的人，都不例外。"

"你觉得就这么容忍这些混蛋肆无忌惮地传播谣言吗？"

"不，但你打算怎么办呢？网上就是到处都是废话。看看这个所谓的记者。"她指着她的笔记本电脑，"这是她的博客，文章一篇比一篇愚蠢。"

卢卡斯了浏览了卡特琳给他展示的文章，上面讲述的是在沙漠中降落的外星人的事情。他不太明白这与视频有什么关系。"无论如何，人们应该做点什么！"他说。

"做什么呢？"

"我们必须迫使这些人收回他们散布的谣言。"

"那你想怎么做？"

"我不知道。去找他们，告诉他们必须收回他们说的话，否则就揍死他们。人们只需要拿起镜子眼镜，想到什么说出来就行。"

"这位记者住在伦敦。"

"这个男孩怎么样，这个安迪？他是残疾人，对吗？"

他们又看了一遍视频，确认他是一名弱智人士，因为他总是看着自己的手，说话没有语调，仿佛在跟读。"哈，哈哈，真是个傻子！"卢卡斯惊叹道。

"好吧，我们去会会他。"卡特琳说。每当她采纳他的一个想法时，卢卡斯就会感到非常自豪。

"镜子，安德烈亚斯·威勒特住在哪里？"她问道。她的镜子给了一个瓦特瑙地铁站附近的地址。

但当走到傻子居住的街道时，他们感到很失望：一小群镜子的粉丝已经聚集在房子前面。站在房屋角落的位置，卡特琳和卢卡斯观察着那群人，他们在高喊着口号，要安迪站出来，他们要破除他的谎话。

"棒极了！"卢卡斯喊道，"我们不加入他们吗？"

"不。"卡特琳指着一名拿着手机站在二楼窗户里的男子，严厉地说道。

不久，一辆警车停在了房子前面。抗议者迅速四散，一名警察下了车进了房子。过了一会儿，他又出来了，开着车离开了。

"现在没事了！"卢卡斯说，"我们过去吧？"

"不，这没有用。这家伙刚刚才报了警，他可能会录像。那我们就会惹大麻烦。"

"那又怎样？这没什么关系。"

"不，有关系。它可能会让你失去工作，我们必须做足准备，等待合适的机会。他们不能永远躲在房子里。"

"你是说在这里等安迪出来？"

卡特琳看着他，仿佛在看个白痴，"当然不是！镜网会告诉我们，我们可以做什么。现在回家。"

卢卡斯沮丧地跟着她去了地铁站。他根本不觉得有必要做什么准备，但他不敢与卡特琳发生矛盾。他信任她的判断甚至超过他的镜子。

卡尔正坐在自家超大豪华公寓的餐桌旁，无精打采地喝着啤酒，每当他想要思考清楚什么事时，都会这么做。镜网成功地把他踢出局了。无论他现在做什么，都会让公众觉得他要么是疯了，要么是为了转移众人对他吸毒事件的关注度。绝不会有人相信其中的原因是镜网失控了。

当然，这些德国人的视频很精彩，也做得很好，但无法作为证据。如今的人们可以把一切造假，包括让几个青少年在这个镜头面前交谈。然而，这些材料足以向卡尔证实，埃里克从一开始就是对的。如果他能够将自己以胡桃系统创始人的身份，赌上名誉，确认该视频指出的问题真实存在，那可能会让事情的局面发生扭转。但就目前情况而言，全球信息系统公司董事会可能会认定他和埃里克这么做就是出于背信弃义，会认为他与德国人有些密谋交易。此外，他们无法解释客户服务统计数据的异常，就其本身而言，也无法证明系统的随机性。

他一掌拍在了餐桌上，瓶子的叮当声在空旷的公寓里回荡。除了每周负责一次打扫的康苏埃拉，很长一段时间没有女性来过了。他的爱情只能持续短暂的几个星期，并且在被全球信息系统公司收购和镜子发布的压力下，他根本无暇顾及浪漫，导致现在的他感到非常孤独。

他在考虑是否应该打电话给他的父亲，虽然父亲给予不了什么帮助。那个唯一可以理解他的人是埃里克，只是现在电话也联系不上他。

忽然提示音响起，表明收到一封新的电子邮件。卡尔掏出智能手机，瞥了一眼显示屏，然后他用指纹快速解锁了手机。埃里克发来的邮件！邮件中写道："我们必须谈谈，我会派辆车来。埃里克。"

我会派辆车来？这不是埃里克的做法，他从来都是步行或者骑自行车的。但也许是考虑到特殊情况，为了保密这么做是合理的。他一定是藏在城外的某处，然后派人去接卡尔并把他带到那里。他感觉有点像在一部糟糕的特工电影里，但是值得高兴的是，他不用再坐以待毙。

大概过了半个小时，大楼门卫告诉卡尔，外面有一辆车在等他。等在大厅的司机是个破了相的黑人男子，看起来他最近遇到了一次事故，或是一场斗殴。埃里克的熟人？这也不是不可能的，但显然他对事情一无所知。

"卡尔·普尔森？"

"是的。"

"埃里克·布兰登派我来的。请跟我来。"

卡尔不安地看着那个男人坐进了一辆 Robocab 的驾驶室。Robocan 的公司和胡桃系统一样归属于全球信息系统公司。如果埃里克是为了防止网知道自己的行踪，他怎么会会派了一辆自动驾驶出租车来呢？卡尔不清楚胡桃系统和 Robocabs 之间是否有任何数据交互，但是无法排除这个可能性。无所谓了，埃里克是技术员，他肯定知道该怎么做。

卡尔坐进来关上了门的瞬间，车辆立刻开始移动。当他看到驾驶员戴着一副镜子耳机，他的不安开始加剧。

"我们要去哪儿？"他问道。

"目的地是预设好的。"司机很快回答道，汽车在高速公路上向南转弯时开始提速，卡尔越发不安了。他拿出智能手机，再次拨打埃里克的号码，依旧无人接听。

他再次浏览了这封电子邮件，突然意识到，没有任何证据证明这是埃里克本人写的邮件。尽管它来自埃里克的邮箱，但是这对黑客来说不算什么难事。毫无戒备地坐上这辆车是一个致命的错误，他的心凉了半截。

"请停车！"他说。

"什么？"

"我说，请停下来。我不太舒服。"

"冷静下来，普尔森先生。我们很快就会到。埃里克会向你解释一切。"

听上去像是在胡乱重复说着镜子在说的话。

"马上停下来，否则我会打开应急装备，直接跳车！"

司机叹了口气，"好吧，等一下。"他眨了眨眼，找了个出口驶出高速，然后右转到一条狭窄的街道上。他们现在在机场附近的南城地区。

"我说停车！"卡尔努力掩饰恐慌地喊道。

汽车最后一个右转，停在了两个光线不足的仓库间的路边。当卡尔正准备打开车门并跳车时，司机突然举起手枪指着他。

"该死的，我和你说过两次了。"弗莱娅用英语啜泣道。这时，她已经不想再听那个傲慢的混蛋审问她时发出的号叫了，她只想赶快结束。

"是的，我知道，"她对面的人用可怕的语气说道，"我不想再听你编造童话，我要听实话。那样，我们才能结束去休息。"

"我说的一切都是真的。你要想折磨我，请便，但这不会改变任何事情。不管你认为我做了什么，都是假的。"

"那你说是什么，这一切都是你拿狗屁电脑干的？你在演什么终结者？还是说等下施瓦辛格就会进来？"

弗莱娅喘着粗气说："我想和律师谈谈。"

"律师？什么律师？你刚才说，你是无辜的。而现在你想要一位律师？"

"我是无辜的！我想和律师谈谈。我是德国公民，你没有权利这样对待我。"

"这样对待？我如何对待你了，德国公民女士？我只是在提问。要不是你不配合回答，我们不会现在还在这里。"

"我回答了你的问题了。两次！"

弗莱娅可以理解那个男人不相信她。这是一个多么荒谬的故事：她被一个疯狂的计算机程序跟踪，为了干掉她差点撞毁了一架飞机，还在她的公寓放火，并用某种方式让她受到怀疑和调查。

"我想听到答案。"她不知道名字和级别的穿着便服的男人说道。他看起来是阿拉伯人，更像是一名在恐怖组织里的圣战士。"我要听的不是故事，是答案！"他把拳头砸在桌子上。

"我要和律师谈谈。那是我的权利。"

"婊子！"男子跳了起来，踹翻了他的椅子。弗莱娅等待着他来揍她，然而他只发出一连串阿拉伯语的诅咒，就冲出了房间。

弗莱娅被独自留在了审讯室里，角落里的摄像机取代了犯罪影视作品里的半透明镜子。她等了一会儿，还没有人来。

"我必须去洗手间，"她朝摄像机的方向喊道，"我口渴了。我想和律师谈谈。Je volé … je veux parler d'un avocat!（法语：我想……我想和律师谈谈！）"

没有反应。房间没有窗户，她的手表也被拿走了，可能是害怕里面藏着一些爆炸性的东西，所以她不知道现在是什么时候。据她猜测，那个傲慢的蠢货刚刚去睡觉了，或者是想让她一个人在这里陷入慌乱。弗莱娅把头靠在小桌子的桌面上，小桌子是除两把椅子外，房间里唯一的家具，她试图入睡。

在某个时候，审讯又开始了。一个灰肤色的矮个子来和她说话，他是一名律师，来帮助她。他说得前言不搭后语。弗莱娅只能认出，他是英国人。

"我想和我的男朋友打个电话。"弗莱娅说。

律师向她解释，她必须明白，先回答当局的所有问题是为了她好。

当弗莱娅试图向他解释她已经回答过两次时，他只是摇了摇头，劝她为了自己的利益与当局合作。

弗莱娅把头靠在桌面上，不去理会所谓的律师。大约十分钟后，他离开了房间。

时间过去了。一名穿着警服的女士过来带她去卫生间。她打开门，不得不坐在破旧但好在干净的马桶上。但至少她知道了，外面现在天很亮。她还得到了一些吃的：黏稠的羊角面包和水一样的咖啡。她又不得不一个人待着。最后来了一名身着警服的男子和一名远道而来被称作心理学家的女士。弗莱娅不得不再次讲述整个故事。

"我可以打电话给我在伦敦的男朋友特里·奥尼尔吗？"

"这个计算机系统到底是什么时候第一次和你说话了？"心理学家用着带有法国口音的德语问道。

弗莱娅盯着她说："我没疯，该死的！你听说过镜子吗？它们会一直跟你说话。这就是操作原则！"

"我们有时候会将自己的恐惧和害怕投射在某个特定的物体上。"这位女士说，"这样我们可以减轻自己的愧疚。"

"我受够了！"弗莱娅喊道，"我相信我有权利通知亲属。我想打电话给我的男朋友特里·奥尼尔。他和我一样是一名记者。你可以相信我们会讲一个怎样有趣的故事，一名遵纪守法的欧洲公民在巴黎受到的待遇和遭受到的招待方式！"

"哈姆森女士，只要你回答了我们的问题，你就可以……"那个男人开始说道，但那个女人用法语打断了他。两人交换了几句话，然后那个男人点了点头。

"好吧，"女人用德语对弗莱娅说，"你可以打电话给你的男朋友，但只能用我的智能手机。"她递给她了。

弗莱娅在拿起智能手机时有些犹豫不决，如果镜网也渗透了它怎么办？不过，她已经落得这般境地，无论镜网还要怎么做，都无所谓了。

特里立刻接听了。"弗莱娅！"当她说出第一句话后，他大声说道，"感谢上帝！你到底在哪里？我整夜都在联系你！"

她松了一口气，哭着她告诉他发生了什么。

"那些混蛋！我马上去救你出来！那是什么机构？在哪里？"

弗莱娅问警察要了详细地址。特里再次承诺，一定会想方设法帮助她。挂断电话后，她把手机还给心理学家。

"我能理解你不相信我，"她说，"可我仍然不知道你们为什么要逮捕我。但我可以向你们保证，这些指控都不是真的。"

"没有人告诉你被指控了什么吗？"警察问道。

"没有。"

"伦敦全球信息系统公司的总部遭到袭击，英国警方认为你是主谋并申请了国际逮捕令。"

弗莱娅大吃一惊。镜网的确在煽动粉丝去反对他们，其中一人甚至在她的公寓纵火，这是一回事。组织人手对自己的总部发动系统攻击，并陷害弗莱娅成为恐怖分子被逮捕，这又是另一回事。这需要大量的计划、远见和对人类心理的了解与把握。如果镜网能够做到这种程度，情况甚至比她担心的还要糟糕了。

她试图将她的想法传达给这两个人。"镜网显然试图让我成为泰德·卡辛斯基。"

"泰德？什么？"警察问道。

心灵学家解释说："炸弹客，他在20世纪90年代向科学家发送了信件炸弹，因为他害怕智能机器。"

"确切地说，"弗莱娅说，"把我与他相提并论，可以让我被视为偏执的疯子。于是我的视频也就没有了立场支撑，难道你们还不明白这里发生了什么吗？"

"我不是技术人员，哈姆森女士，"警察说，"但你说的话需要一定程度的相关知识，这显然属于科幻小说的范畴。你肯定会理解……"

此时门开了，另一名警察进来了。他在同事的耳边低声说了些什么。

"请原谅我离开一会儿。"他用德语说，然后三个人都离开了房间。

弗莱娅沮丧地继续留在里面。特里这么快就做到了吗？还是又发生了什么事情？这种纠结撕扯着他。最后门再次打开，一名穿着西装打着领带的年轻男子在警察的陪同下走了进来。弗莱娅最初猜测，这可能是特里在前所未有的高效率下为她找的新律师，但那个男人介绍自己是德国驻巴黎大使馆的工作人员。

"哈姆森女士，请你跟我走。"他说。

"我是无辜的！"弗莱娅说。

"我知道。"男子回答道。

"杀了他！"镜子说。

杰克的手指紧紧扣在扳机上。他曾经射杀过一名男子，但是当时是帮派之间的交火，互相争夺地盘。阴谋杀人和混战误杀是截然不同的事情。

"杀了他！"镜子重复道。

当突然出现空荡荡的出租车停在他们藏身之处时，他首先想到镜子答应了要把他和他的母亲带到更安全的新地方。但是镜子需要他照着指示做的事情是：扮成经验丰富的出租车司机，以埃里克·布兰登的名义，去市里接一位名叫卡尔·普尔森的人。还嘱咐他记得抄家伙。现在他知道这是为什么了，虽然他不清楚为什么他要杀死这个人。

杰克学会了不去质疑指示，但他真的应该盲从听到的声音吗？到底谁在操纵镜子这么说的？

普尔森举起双手："听着！我不知道镜子对你说了什么，但拜托你不要听从它的指令！那个系统被操纵了，已经失去了控制！"

"杀了他！"镜子催促道。

"闭嘴！"

"你知道我是谁吗？"白人问道。

"卡尔 · 普尔森。"

"对。但这个名字对你来说意味着什么？你以前听说过他吗？"

"杀了他！"

"没有。"杰克说。他知道和这个人交谈的时间越长，他就越难下手了。手枪似乎随着时间的流逝，变得越来越重。

"我是胡桃系统的创始人，也是硅谷最富有的人之一。无论镜子向你承诺什么，我都可以给你更多！"

杰克的手指紧紧抓住扳机，这个开始讨价还价的家伙让他很生气。不管他死的原因是什么，他可能都不配得到更好的对待。镜子一直以为都为杰克着想，现在为什么不相信它？他微微抬起枪，准确地瞄准男人的眼睛，屏住呼吸以干扰射击。忽然，他停了下来。

"你说胡桃系统吗？你是发明镜子的人吗？"

"是的。"普尔森说。

"杀了他！"

杰克此时记起曾在某处看到过卡尔 · 普尔森的名字。这回是真的吗？

"为什么我的镜子要我杀了你？"

"因为我想关闭镜网。"他说。

杰克打量着这个人，他的额头渗出了汗珠，鼻翼在微微颤抖。这家伙害怕极了。杰克大可以不顾自己的母亲，为了活下去对他痛下杀手！但是谁知道后面会发生什么呢？

"杀了他！"

杰克讲述了最近几天的事情，他如何偷了公文包，得到了镜子，把公文包的东西拿去换了赎金。他如何在镜子的帮助下逃离迈克，找到一个安全的藏身之处。镜子表现得像他的朋友，但杰克以前就被所谓的朋友欺骗过。而且，如果他因为一台机器下命令就犯下谋杀罪，被判处无期徒刑，那他就是活该了。

他放下了枪。"告诉我这里发生了什么！"

"好的。"卡尔回答道。"但首先我们必须离开这里。镜网会找到更多的帮手来做到你未做到的事情。相信我，既然你已经拒绝了它的命令，那么你也就成为这个系统的敌人！"

64

贝多芬的欢乐颂从耳机中大声地倾泻出来，淹没了人群在下面街道上的呼喊，以及妈妈和那个男人，一个喊"我受够了"和一个喊"去报警"之间的争吵声。

安迪知道报警无济于事，警察已经来过两次了。房子前面的人每次都会在短时间内消失，很快又卷土重来。

安迪莫名地觉得有些酷，以前从没有人关心过他，可他现在一跃成为网络名人。弗莱娅录制的他和维多利亚的视频，已经超过 200 万次点击，这还不包括不同的版本加起来的点击量。因为有人一直在攻击视频网站的服务器，莱纳斯不得不反复上传视频。但这不重要，真相在互联网上是不会被长期压制的。

妈妈害怕那些人会放火烧房子或者做什么其他的事情。她要那个男人带他们开车逃跑，躲到没人认识的地方，越远越好，而那个男人拒绝"因为暴徒而逃离"。

安迪这次罕见地赞同他的观点，人们无法逃离镜网——无论他们去哪里，都会有人知道他是谁，并对他们有无比的仇恨和愤怒。另外他也不想离开汉堡，他和维多利亚都离不开对方。虽然他们没办法离开家，但至少他们可以聊天。

"我母亲的男朋友说他想要报警。"安迪打进聊天窗口。

"没用的。"她回答说，"我母亲也报了两次警。"

"你害怕吗？"他问道。

"没有。你呢？"

"我也不怕。他们只是情绪失控了，他们会再次冷静下来的。"

"除非镜网被关闭，不然他们不会冷静下来。"

"你认为这会发生吗？"

"我不知道，但希望如此。"

公寓的门铃响了。这很奇怪，因为那个男人其实已经关掉了门铃，因为街上的人会一直按它。

"等等，我猜是警察。"

"好快。"

"是的，他们已经认识我们了。我离开会儿。"

正是那个曾经来过两次的友善的警察。"你好，安迪！"他说，"外面有很多粉丝！"

"他们不是粉丝，"安迪解释道，"他们非常讨厌我。"

"是的，我知道。我只是在说笑。很抱歉，我能理解这可能让你害怕，但是请放心，我们会保护你的。"他转向妈妈，"我已经申请了证人保护。目前，由于整个城市都在游行，所以我们人手有些短缺。"

"什么游行？"

"都是为了那愚蠢的镜子。用户反对它被关闭。"

"镜子终于要被关闭了？"男人问道，"太是时候了！"

"我不知道这是否真的会实现。"警察说，"不管怎样，有这样的传言，而人们正在试图扭转局面。如果你问我怎么看，我认为这样的技术绝对应该被禁止。"

"同意。"

"糟糕的是,那些呼吁禁止镜子的人也会自发组织示威游行活动。"

"这有什么问题吗?"

"当这两个立场对立的队伍相遇时,你觉得会发生什么?直接会爆发乱斗!已经有人员受伤了。正如所说,我现在必须离开了。请你们保持冷静,如果有问题发生,请立即给我们来电。下一次,我们一定会抓住其中一些人,让他们知道我们的厉害。"

"听您的!"男人说,"感谢您拨冗前来,警官先生!"

"不客气,再见!"

安迪回到计算机前,告诉维多利亚他听到了什么。

"禁用镜子的示威游行?哇!我们的视频似乎起作用了!"

"的确。"

"遗憾的是我们都不得不躲在家里,我想你了。"

"我也是,"安迪写道,"非常想。"

"我比你想我更想你。"

"不,我想你是你想我的三倍。"

"我这辈子都没那么想过你。"

"好吧。"

当然,他并不确切地知道维多利亚究竟有多想念他,但他知道他从未这样思念过一个人。他甚至想要走出家门,去找她。现在警察才刚来,这几分钟街上还是空的。但是妈妈永远不会允许他这么做。

他纠结了一会儿这个问题,然后想出了一个办法。

他们下了车。黑衣男子取下了他的镜子耳机和传感手环，并将它们扔在驾驶座上。

卡尔思考了一次，是否干脆拔腿逃跑。但这个男人可能对他有所帮助。毕竟，他可以作证他自己从镜子里收到了谋杀令。此外，万一旧金山的黑社会都在搜捕卡尔，他多少能帮上忙。

"你别想着逃跑了！"黑衣男子说道。

"你叫什么名字？"

"杰克。"

"谢谢，杰克。谢谢你拒绝听镜子的指令。"

"谢谢我，就闭上嘴，按照我说的做。"

他们步行到下一个路口后，在路边停了下来。

"我们在这做什么？"卡尔问道。

"我说闭嘴。"

一些汽车停在了主干道的右侧，杰克等待车辆通过。然后一个胖女人开着一辆本田犹犹豫豫地停了下来，副驾驶座位上放着几个购物袋，一个小男孩正坐在后座上。

杰克站在车前，拔出手枪，双手指着开车的女人。"滚出去！"

他喊道。

那女人恐惧地尖叫起来，孩子开始哭了。

"按照他说的那样做，女士，"卡尔在敞开的侧窗上喊道，"我们不会对你做什么，我们只需要你的车。"

"是，是，好的，好的。"女人用颤抖的声音说道。

"请不要对我的比利做任何事！求你了！"

"别担心，一切都会好的。滚出去，男孩。去找你妈妈！"卡尔给这个困惑的女人一张名片，"过几天打电话给我，我会重新给你买一辆更好的新车，我保证。"

他急忙把购物袋扔出去，然后坐进了副驾驶座位，还没来得及关上车门，汽车便加速行驶起来。杰克在主干道上开上了卡车行驶道。

"很快，旧金山的所有警察都会来追我们。"卡尔说，"等我们可以停下来了，让我们好好谈谈。我可以保证……"

"闭嘴！"杰克喊道，沿着 101 号公路向北高速行驶。

"我们要去哪儿？"卡尔问道。

"你听不懂什么叫'闭嘴'吗？"

卡尔沉默了。这辆老本田没有导航，也没有自动驾驶。一个方面，也是个好事，镜网查不到他们在哪里。如果他们被警察拦下了，也可以看作摆脱了某种危险，也许他可以让政府看到镜网即将带来的威胁。另一方面，谁知道现在对他的指控是什么？他甚至有个可怕的猜测，镜网派出别的杀手干掉可怜的老本田车主和她的儿子，然后把罪名推到他的头上。

"听着，杰克，我们必须去找警察。我想你承诺，我保证……"

"你再开口，我就把你的嘴巴堵上！"

他们到达奥克兰湾大桥前的收费站，杰克紧张地掏出几枚硬币。他们没有受到任何阻拦。

在海湾的另一侧，司机调转方向往北开，然后直接驶离伯克利的高速公路。卡尔惊讶地环顾四周。这个男人想要干什么？他是要把卡尔绑架到什么藏身之处勒索赎金吗？

不久之后，他们在一个豪华的街区停了下来。杰克坐在车里一会儿，探头探脑地看着周围的环境，然后他突然跳起来挥挥手枪："走吧！"

卡尔听话地下车。他们走到一个优雅的公寓楼前。卡尔漫不经心地一瞥，认出了门铃下面有胡桃系统的标志。这个房子是受到镜子安全系统保护的，这意味着镜网现在可能知道他们的确切位置。

"我们应该离开这里。"卡尔说。

"闭嘴！"

杰克按了两次门铃，等了一会儿。门开了，一名年长的黑人女子站在他们面前。

"你去哪里了？那是谁？"

"现在没时间了，妈妈。我们必须离开这里。快点！"

"我来收拾东西。"

"不，妈妈！走吧，立刻！"

"但……"

就在这时，卡尔看见一辆深色车窗的小巴朝他们开来。

"该死，他们来了。"杰克咆哮道。"走，快走！"

当小巴到达时，他们跑到本田车旁，跳进去，猛打方向盘将车开走。

"那是什么？"杰克的母亲喊道，"这些家伙是谁？该死的你们到底是谁？"

一枪打过来，后车窗玻璃碎了。

"趴下，妈妈！"杰克喊了一声。他开车经过住宅区，钻到小巷子里，那些追赶他们的人没办法开进来。甚至有一次，他们差点撞上了一辆从车道冲出来的皮卡。追他们的人多次向他们开枪，但他们奇迹般地没有人受伤。

他们转上一条繁忙的大街。毕竟，小巴里的人不再向窗外开枪，也不再疯狂射击。但是他们越来越贴近本田车的保险杠，似乎希望有机会可以逼停他们。镜网让这些追赶的人掐住了他们的咽喉，一切只是时间的问题。

"请问，现在有人可以向我解释这里发生了什么事吗？"杰克的母亲问道。

刹那间，卡尔注意到对面的车道上的无人驾驶出租车朝他们驶来。他忽然知道会发生什么，不及思考就伸手抓住了方向盘，向右打方向。

"嘿！干什……"杰克喊道。在同一时刻，无人驾驶的车辆突然向左偏移，卡尔看到司机镇定了下来，车辆得到了控制。

在卡尔的干预下，他们在危急关头避免了与无人驾驶出租车的正面碰撞。而追赶他们的小巴就没那么幸运了，撞上了无人驾驶出租车的左挡泥板，冲撞让两辆车都驶离了原来的行驶方向，并不受控制地旋转。小巴撞上了一堵墙，而无人驾驶出租车撞上了别的两辆车。

"哇，真是好险！"杰克在重新把握住车辆的方向后，说道，"反应很快，伙计。你怎么预测到会发生这种情况？"

"计算机有时也能预测。"卡尔说。

弗莱娅被带到一间会议室，一位英俊的白发男子在等着她。他介绍自己是驻巴黎的德国大使，并代表法国同事为他们的粗鲁行为表示道歉。

"你被误认为是恐怖分子，"他说，"在这个现在这个时代，当局对此反应会非常敏感和激烈，尤其是在巴黎。请不要太责怪他们。"

"好的。但你似乎并不认为我是恐怖分子。我可以问这是为什么吗？"

"这最好让国务卿先生来解释。"大使说着，按下遥控器上的按钮，墙上的显示器被激活。画面显示着一个会议室，里面坐着六个人。他们中的大多数似乎都没有睡好，情绪也有点糟。

"早上好，哈姆森女士。我是联邦内政部国务秘书罗塔尔·施特恩卢克，领导由内政部长与联邦总理协调成立的危机处理小组。"他还介绍了这里的其他成员：联邦内政部网络安全负责人、联邦信息安全办公室部门负责人、联邦情报局的高级工作人员、内政部法律专家和留着满脸胡须的技术专家。

"请再次和我们讲述一下你的故事。"施特恩卢克说。

于是弗莱娅第四次讲述了发生的事情，但这次不再有人认为她是疯子或者撒谎的恐怖分子。他们对所听到的内容十分重视。她不时地被问到一些问题，表明在场的人不仅相信她的故事，而且有他们自己的洞察力，更超越了弗莱娅对镜网的了解。

"国务卿，你和你的同事显然相信我的故事。"她说完后问，"这是为什么？"

"你的故事与我们了解到的东西一致。"施特恩卢克解释说，"事实证明，那架飞往伦敦的空客的发动机故障确实是由一架无人机造成的，并且显然是针对发动机的行为。此外，您在视频中描述和记录的事件与世界各地的类似报告重叠。我们与美国同事保持密切联系，看起来镜网确实失控了。我们还不了解所有背景，但很明显，镜子对联邦共和国的公共秩序构成了威胁。我们怀疑犯罪组织或恐怖组织可能已经利用了该系统，并将其用于实现自己的不法目的。"

"什么样的组织？"弗莱娅问道。

"我们还不知道。可能是恐怖分子，或者出于政治动机的黑客。他们肯定渗透了镜网。"

"如果镜网本身就是一切幕后的黑手呢？"弗莱娅问道。

"这在技术上是不可能的，"胡子青年解释道，"它所需要的智能设计远远超出了今天计算机技术的可能性。"

弗莱娅持怀疑态度，但她很高兴不用为了嫌疑人的身份而辩解，而是和 IT 专家讨论它的可能性

"你们打算怎么办？"她问道。

"我们目前正在研究是否可以合法禁用设备。"施特恩卢克说。"在弄清楚一切之前，我们将向媒体发布信息，警告使用镜子的人群。此外，我们将跨国行动，尽最大努力找到幕后真凶，并逮捕他们。"

"如果事实证明，不存在这样的幕后人物呢？"

"每次技术滥用的背后总会有真人推手，哈姆森女士。"联邦安全办公室负责人说道，"我们可以十分确定。"

"无论如何，我们非常感谢您的支持，以及您发布的视频。这对我们来说是一个非常重要的信息来源。当然，对你的调查将被立刻停止。"

"很好，"弗莱娅说，"我想尽快回到伦敦。"

"如你所愿，"施特恩卢克说，"大使将尽一切努力送你回伦敦。但是，我必须再次申明，此次谈话的一切内容都必须保密的。"

"是的，当然。谢谢你，国务卿先生。"

"谢谢你，哈姆森女士。"

两个小时后，弗莱娅乘坐私人包机离开。除了她之外，八座喷气式飞机上只有两名飞行员和一名空姐。当他们开始滑行时，她的双手紧握着宽大的皮革椅的扶手。飞机离开地面，高度迅速攀升，在戴高乐机场上空以优雅的曲线向北飞去。

特里在伦敦城市机场接她，他们互相拥吻了很久。他建议先开车去他的公寓，以便弗莱娅可以休息，但她答应了与英国警察联系。

她说："我现在讲了无数遍我们的故事，而它已经不那么重要了。"

大都会警察总探长戴维森是一个40多岁的英俊男子，有一张与众不同的下巴，两鬓斑白。他非常友善，并多次感谢她的到来。

"如果你不介意的话，我想请我们反恐部门和网络犯罪部门的两位专家过来。"他说。

"当然不介意。"

于是弗莱娅第五次讲述了安迪、维多利亚、玛娜和她自己的故事。

这两位专家一脸怀疑，但并没有打断她。不到 3 个小时的调查结束了，3 名警察都满脸严肃。终于，人们似乎相信她或至少认真对待她的故事了。

她和特里一派轻松地离开了著名的新苏格兰场的警察局。她尽力而为了，现在与镜网的斗争已经不再只是他们的事了。

"我想知道究竟发生了什么！"杰克的母亲喊道，"这些家伙是谁？为什么他们撞上了对面车道？"

"妈妈，我和你说过迈克。他们就是追我们的人，他一定也买了镜子。当我拒绝镜网的要求杀死这个人时，它就把我们的行踪泄露给了迈克。"

"你呢？你是谁？"

"我的名字是卡尔·普尔森，"他自我介绍道，"很抱歉，女士，这个烂摊子是我的错。"

"你的错？这是什么意思？"

"我和我最好的朋友发明了镜子。但它的系统失去了控制，它现在将人分为朋友和敌人。任何不听从它的建议的人就是他的敌人，必须被淘汰。你的儿子被镜网委托去杀我，幸运的是他拒绝这个命令。因此，镜网将我们归在敌人的类型中。刚刚对面方向冲着我们来的车也是被系统控制的。刚刚躲过去了，我们的运气不错。但我担心很快，我们又会被系统定为目标。"

"你觉得我们现在应该做些什么？"

"跑得越远越好，"杰克说，"我知道在拉斯维加斯，有一些人可以帮助我们暂时摆脱困境。"

"不，那是不可能的，"普尔森说。"镜网会在那之前抓住我们。我们必须阻止它！"

"我没有说你，普尔森先生。在下一个加油站，我会把你放下。你可以从那里乘出租车或者其他什么交通工具。"

"等等，杰克。你必须帮助我！你知道镜网都干了些什么。我需要你作为证人！"

"对不起，你创造了这个玩意，你还要我解释它做了什么？"

"这家公司已经不再是我的了，而镜网正在尽它所能地毁掉我的名声。这对它而言易如反掌，毕竟我们抢劫了一名女性的车，并酿成了事故。在有人能严肃对待此事之前，肯定要过好几天。但在此期间，镜网的胡作非为可能造成更加可怕的伤害，没人可以阻止它。我们现在必须做点什么！"

"然后呢？"

"我必须把这件事和一个人通报，那个人也许是唯一一个有权关闭镜网的人。"

"那是谁？"

"他的名字是阿什顿·莫里斯，他是全球信息系统的首席财务官。"

"需要我做什么？"杰克说。

"你必须帮助我说服他。"

"如果你没能说服他，我该怎么办？"

"你只需要告诉他镜子为你做过什么，又要你做了什么。"

"我很抱歉，普尔森先生，这对我来说要求太高了。你最好闭嘴，一个人慢慢离开，照我说的去做。"

"别那么急，儿子，"妈妈说，"帮助你，我们有什么好处，普尔森先生？"

他吓了一跳，转过身来。"那好，"他说，"如果你开车送我去找阿什顿·莫里斯并帮助我说服他，关闭了镜网，我会给你一百万美元的酬金。"

杰克差点忘了这个！100 万美元！合法所得！

"200 万美元！"妈妈从后座说道，"毕竟，我也在一起冒险。"

普尔森咧嘴一笑，"成交！"两人击了个掌。

杰克不知道对此该说些什么，还是只需要做好他们两个的司机。

"为了两百万美元，你需要我带你去哪里？"他问道。

普尔森看了看表。"莫里斯下班一直很准时。他可能已经在家里或在回家的途中了。在公司收购后不久，我曾被邀请去他家烧烤。他住在索萨利托北部的蒂伯龙。"

"然后我们最好走里士满 - 圣拉斐尔大桥，"杰克说，"运气好的话，我们就能摆脱疯狂的电脑系统了。"

但是当他们沿着 580 号州际公路开往上桥的收费站时，他们很快就陷入了交通拥堵。要么是警察关闭了上桥入口排查每辆车，要么是大桥因其他原因而关闭。

杰克眼睛的余光看到了一个物体，他转过身看见汽车旁漂浮着一架带有四个转轮的无人机，底部有一个旋转式摄像头，正指向他的方向。

"该死的，这是一个镜鸟！"普尔森喊道，"我们必须想其他办法离开这里！"

杰克摇下车窗，拿出手枪，对着窗外开了一枪。无人机的塑料和金属在空中炸开。他不顾周围其他司机愤怒的吼叫，他把汽车开上紧急车道，通过了交通堵塞的上桥前的出口。

"现在去哪？"他问道。

"到港口，"普尔森说，"也许我们可以租一条船带我们穿过海湾。莫里斯的不动产就在海湾边。"

杰克不熟悉里士满，但找到码头并不难。他们将车停在附近后开始徒步行走，他们可以说服一艘游船晚些时候带他们在海湾观光，由于普尔森身上现金不够，杰克不得不提前支付了一百美金的现金出去。他只能希望妈妈没有错信这个男人，否则他要狠狠揍他一顿，并要他偿还他们的损失。

他们如约搭乘上了游船开始这趟半小时的船程。当船长试图转身时，杰克拿出枪威胁他改变路线前往蒂伯龙。这个男人的眼睛在转来转去，杰克看出来他想搞事情。

"听着，先生，"妈妈说，"我们遇到了麻烦。原谅我的儿子用武器威胁你，但我们没有时间解释。普尔森先生会给你一笔丰厚的赔偿，感谢您的帮助。对吗？普尔森先生？"

这位亿万富翁点点头。

船长饱经风霜的脸亮了起来："等等……你是不是胡桃系统的创始人卡尔 · 普尔森？"

"是我。"

"这怎么可能！先生，我购买了胡桃系统股票。它让我小赚了一笔。很荣幸能为您掌舵开船，并认识您！我能问一下发生了什么吗？急迫到绑架一艘游船？"

"开你的船，不要问东问西。"杰克说。他把手枪放下了，但一直关注着这个家伙。

大约半小时后，他们靠近了海湾对岸，慢慢沿着一个属于蒂伯龙地区的小半岛的海岸行驶。

"就在那儿！"普尔森指着一个半隐藏在树后的豪华房子，那里的一个小码头停泊着一艘帆船。

船长开车到码头。一位穿着深色西装，戴着太阳镜和耳朵里戴着对讲耳机的家伙从房子里走了出来。

"你不能在这里停在这里！"他对船长喊道，"这里是私人领域！请驶离！"

船长无视指示停靠在了码头边，以便普尔森、杰克和他的母亲可以上岸。

"我是卡尔·普尔森，"卡尔说，"我必须马上与莫里斯先生交谈，情况紧急。"

保镖点点头："好的，跟我来吧。"

普尔森感谢了船长，并再次许诺丰厚的报酬。

就在那一刻，杰克听到了一架直升机在海湾上空的轰隆作响声。看起来这架黑色直升机是冲着他们来的。

安迪看着窗外心跳加速。那群白痴又一次聚集在他们家楼下。距离警察离开才过了五分钟，就又出现了警察来之前差不多一半的人。也许不知道什么时候，这些人就会消失。他在想要不干脆等待到这些人消失后那再进行他的秘密行动，但是他和维多利亚约好了半小时后在 Quaree 碰头，现在退缩太懦弱了。

多么令人吃惊的变化：安迪过去不喜欢冒险，放在儿周前的自己身上，就算他做梦也是绝对不会去做这样危险的举动。但是现在他感受到自己的强大和勇敢。除此以外，他也真正地成长了；即使妈妈或者那个男人察觉了他的意图，他们也什么都做不了。

两个人坐在客厅的电视机前。男人有点听不清电视声音，于是音量很大。他们的卧室门是半开的，安迪可以偷偷溜过他们背后进入卧室。他从衣橱里拿出母亲的一条丝巾和一件粉红色的运动衫，然后走进浴室，用在嘴唇上涂上樱桃色的口红。这对他来说不是那么简单。当他在镜子里看着自己时，他努力克制住了喉咙里的一声惨叫。

他离开了浴室，系上了头巾，戴上了妈妈的黑色大框太阳镜。为了完成伪装，他还挎上了一个旧的空手提包。最后，他在穿上鞋子之前，将一张皱巴巴的纸团塞在他右脚的帆布鞋里。他默默地打开门，又轻轻地关上了门。他静静地听了一会儿，里面什么动静都没有。他刚刚在厨房里放了一张留言条：我和维多利亚在一起，很快就会回来，安迪。如果妈妈看到这张便签，一定会急得恨不得犯心脏病，但是他只能这么将就了。

他在楼道里听到了入口外的白痴们在交谈。他们不停地咒骂、交头接耳。安迪隐约抓住了他们说的两个词，卑鄙的人和蠢货。这让安迪颇为骄傲。

他走下楼梯，透过玻璃门，可以看到那些守着他的人。他继续往下走，进入了地下室。长长的走廊两旁是属于公寓楼的地下室房间，以及一个锅炉房和一个放着几台投币式洗衣机的房间。穿过金属门，可以到达隔壁公寓楼的地下室。他从那里走上台阶，离开了房子。他尝试控制住转过身去看那些站在旁边大门口的对他充满仇恨的白痴们。但很快，他意识到一个刚刚从楼里走出来的女人，一定会好奇这些在房子前游荡的人群，四处打量可能是正常的表现。于是他让自己快速地扫视了一遍。

其中一个白痴注意到了他，那个人戴着镜子耳机。安迪瑟缩了一下，转过身来，尽可能慢地走向反方向。鞋子里的纸团让他走路微微有些跛着，这是他在互联网上找到的一个技巧：计算机可以根据他们的行走动态识别出一个人，但如果在鞋子里放了一些东西，那么行走的惯常姿态就会被改变，这个人就会被计算机忽视。

他顺利地到达了地铁站，同样没有人认出他。只是在地铁里，一个孩子奇怪地盯着他，并和他的母亲窃窃私语。安迪对他微笑了一下。很快，他在万德斯贝克市场站下车，前往他第一次见到维多利亚的一楼咖啡馆。她还没有到，于是他在一张空桌旁等待着。十分钟后她到了，她四处张望但没有认出他。她戴着一顶鲜红色的假发并戴着太阳镜，但除此之外，她看起来和往常一样。安迪不由得露齿一笑，向她招手。

"你今天竟是这副打扮！"当维多利亚终于认出他时喊道，她咯咯地笑了起来。

他就像他们第一次坐在这里那样，为她点了一杯卡布奇诺，为自己点了一杯柠檬茶。坐在人群中，与维多利亚聊天让他感到非常兴奋。偶尔有人走过他们的桌旁，尤其是他们的耳朵里都戴着镜子耳机的时候，安迪总是不得不把自己扭到另一边，以免这个人突然转过身来认出他。

"我们离开这里吧！"维多利亚在喝完饮料后说道。

"你想回家了吗？"他失望地问道。

"不，我有更好的主意。跟我来吧！"

他买完单后，起身跟着她。他们在走进了地下通道，穿过万德斯贝克市场，然后拐进了一条小街道，路过了一个警察局。安迪立刻认出这条路：在他们寻找维多利亚时，他和安德烈·萨鲁一起经过了这里。

她把他带到了作家的小花园，钥匙仍旧藏在安德烈上次放的地方。

"我们终于可以独处了！"维多利亚关上了她身后的门说道。

她拥抱住了他，先给了他一个长长吻，然后摘下假发，脱掉了她的黑色毛衣。

69

"卡尔！你怎么来了？你不能提前预约吗？这样会让我的保安产生误解。"莫里斯不满地看向杰克和他的母亲，他们坐在昂贵的家具上，不住地对别墅和花园发出赞叹。

"我很抱歉，阿什顿。你可以猜到，事情太紧急了。"卡尔简明扼要地讲述了发生的事情，"我不知道还可以向谁求助。"

莫里斯审视着他："你希望我相信你所说的，并关闭镜网服务器吗？"

"阿什顿，我知道你从一开始就对收购胡桃系统这个决定持保留态度，"卡尔说，"你是对的。我的联合创始人埃里克认为高估了市场，他也是对的。这都是我的错。但是现在你必须帮助我，以免它造成更大的伤害！"

"更大的伤害？我不知道这种伤害怎么会变得更大！如果我们关闭镜网服务器，我们要怎么解释我们为什么这么做？你知道全球信息系统公司的股价会怎么样吗？"

"莫里斯先生，这不仅关乎钱。这个人已被镜网委托来暗杀我。当他拒绝镜网的要求时，我们又被别的歹徒追杀。镜网一直试图让我们陷入更严重的意外。所有这一切都是为了阻止我来这里和你汇报这件事。拜托，阿什顿……"

在螺旋桨的轰鸣声中，一架带有海军标志的大型黑色直升机突然出现在邻近房屋后面，开始降落。

"这到底是什么意思？"莫里斯喊道。

"您最好进屋，先生！"保安说完，护着莫里斯和其他人进去了。然后他走向直升机，两名全副武装的士兵跳了下来，接着是一位穿着深色西装的白发男子。卡尔认出了第四个走出直升机的人，他整个人顿时一阵难以言表的轻松：埃里克！

"我是克里夫·哈德森。"这位年长的男子和埃里克在保安的引导下进入房子后自我介绍。

"我是国家网络安全中心帕洛阿尔托分部的负责人。莫里斯先生，我来这里要求您尽快关闭镜网以及所有相关的服务器和数据中心！"他向莫里斯递交了一封带有机构授权标志的信件。

"请解释一下，你们要直接把直升机降落在我的花园里，"莫里斯反驳道，"难道不应该提前通知吗？"

"你的同事在这里。"哈德森指着埃里克说，"他告诉我直接这么做是当下的最佳选择。"

"布兰登先生已经不再是我们的同事。"莫里斯说。

"但这不会改变眼下的危急局势。"

"好吧，但你们的要求并非易事，我本人无权禁用任何服务器。首先要通过监事会的正式决议。在这种情况下《公司章程》规定，至少需要有三名监事会成员举行会议，其中至少有一名成员必须是董事会的在职人员，则可以颁布紧急决议，而且必须是一致通过才行。"

"我的天，不要再用你那些法律说辞来搪塞我们了，直接去说服你的同事吧！"哈德森喊道，"你们的镜子系统已经对美国国家安全造成了威胁。我建议你不要轻举妄动，否则会被视为刻意拖延，是对联邦当局工作的阻碍！"

那两人讨论期间，卡尔把埃里克拉到一旁："你到底去了哪里？我一直在打你电话！"

"我找了一些人，帮我联系上国土安全部，让他们意识到这个问题的严重性，着实不容易。你应该理解，我为了避免镜网提前有所准备，不得不从台前消失。"

"就是因为这个，你知道我都遭遇了什么吗？"卡尔指责道，并讲述了所发生的事情。

"噢，伙计！"埃里克喊道，"你应该知道，如果我把你带到秘密地点，绝对不会用电子邮件通知你的。"

"是的，我知道。那太愚蠢了。但现在我们有一名证人可以证实镜网的罪行。"

"同时也有很多现象可以证实这一点，类似德国记者报道的事件在全世界范围内都存在。在她的视频出现后，越来越多的此类报道浮出水面。现在镜网的支持者和反对者之间真正的战争已经开始了。"

大约一个小时后，泰德·科里来了，然后是唐·斯宾纳。莫里斯指出，根据《全球信息系统协会章程》第17章第3条规定，符合至少三名监事会成员出席紧急会议。他提出了所有运行镜网和所有备份系统的服务器应立即无限期关闭的议案。

"你想要做什么？"泰德喊道，"阿什顿，你疯了吗？"

"我应美国国土安全部的要求，提交了我的议案，国安部代表哈德森先生在场。哈德森先生，请你简要解释一下你为什么这么要求？"

哈德森解释说，镜网对公共安全构成威胁，然后请埃里克和卡尔再次解释了为什么必须关闭镜网。卡尔介绍了杰克，杰克生动地描述了他的镜子是如何给他下命令的，那差点让他成了凶手。

"那都是胡说八道！"泰德喊道，"你不要相信这两位叛徒，他们从一开始就反对我们，他们妄图破坏镜网的成功！还找了一个罪犯和他的母亲作为认证！国安部的这位先生，你放弃吧！我绝不会这么做。作为负责的一名全球信息系统董事会成员，我永远不会支持这一决定！阿什顿·莫里斯的请求被拒绝了！"

"别急着表态，泰德。"唐·斯宾纳说，"作为一名律师，我必须告诉你，如果你反对当局的要求，会让你冒很大的个人风险。如果胡桃系统的创始人的说法最后被证明是真的，那么您可能会被迫承担个人责任。你本人也可能被指控妨碍司法公正。"

哈德森意味深长地点点头："你应该听听律师的建议，科里先生。"

泰德盯着唐·斯宾纳，仿佛他已经疯了。然后他用拳头猛地捶打桌子，桌上的一排坡璃瓶被震出了声音。"真是该死！你知道我们会毁了全球信息系统吗？唐！"

律师点点头："所幸毁掉的是全球信息系统，而不是我们自己，泰德。"

泰德似乎不知道该如何发泄他的愤怒，他转向卡尔："这都是你的错！当我们收购你的公司时，你们欺骗了我们！当这一切结束时，我在这里放出话来你必须偿还你在收购时得到的每一分钱！"

"等一下！"杰克的母亲插话道。

卡尔安抚地伸出手："你是对的，泰德。这都是我的错。我会对此事负责，律师可以在这之后处理损害赔偿事宜。但现在我们必须阻止更多的伤害发生。拜托了，泰德，请你同意莫里斯先生提出的决议草案！"

泰德"哼"了一声，然后说："很好。在抗议声中，我同意了我的同事首席财务官提出的草案。"

"别说废话了，泰德！"唐·斯宾纳说道，"你不能又抗议又同意一些事情。你要么同意，要么反对。"

"好吧，我同意。"

"然后我在会议记录中补充说，众人一致决定接受阿什顿·莫里斯提出的紧急议案，并立即实施。"

有了这些话，埃里克和卡尔多年来一直为之所奋斗的所有努力全部清零，而镜网也宣告终结。

白金汉宫前面的广场挤满了人，还有更多的人从四面八方涌来。他们带着自制的横幅和纸板标志，上面写着各种标语，诸如"把手从我最好的朋友身上拿开""镜子是属于我的"和"拒绝镜子禁令"。几乎所有的示威者都戴着镜子耳机或者镜子眼镜。一些糟糕的口号在混乱中几乎无法理解。

弗莱娅和特里站在广场的边缘围观示威人群。他们还看到了许多政治团体在对一些人进行游说，这是另一码事了。镜子粉丝的集会似乎是自发的，显得杂乱无章。很明显，镜网在短时间内仓促地动员了它的粉丝。

根据英国法律，组织者必须先向警方登记申请示威游行。但与德国不同的是，没有特定区域是禁止任何示威活动的，只是警方通常会确保示威活动与议会和皇宫保持一定的距离。然而，这次由于没有正规的组织者，所以官方没有被提前告知。

保护宫殿的安保部队显然无法应对这样的体量。虽然示威者目前情绪仍然是稳定而平和的，但空气中弥漫的激烈情绪随时可能被煽动。

"我觉得，我们已经看够了。"特里说。

他穿着写着"Keep Calm and Drink Tea"（保持冷静，喝杯茶）的文化衫，戴着英国国旗帽和太阳镜。弗莱娅戴着假发、头巾和一副镜面太阳镜，嘴唇涂得鲜红色。此外，她穿着打底衫，并在运动衫里面用毛巾裹着肚子，所以她看起来比实际胖得多。乍一看，他们与其他游客几乎没有什么不同，这些游客们观察卫兵的变化，并对自发游行发出惊讶。

"再等一会儿。"弗莱娅说着，拿起她的智能手机拍摄集会。

她在拜访完大都会警局的第二天，接受命令出席了英国议会的一个听证会，其中议题涉及镜子是否应该被禁止。几家报纸撰写了关于"镜子问题"的大幅报道，在报道中弗莱娅他们的视频被一次又一次地引用，她本人也已经接受过六次采访。

特里认为这一切做得已经足够了，并建议他们去找一家舒适的乡村酒店放松几天，等待事件的风头慢慢淡去。"你比其他任何人都做得多，引起了人们对镜子问题的重视，"他说，"现在是其他人必须完成接下去的工作了。"

但是，既然镜网的关键战役已经开始，弗莱娅作为一名记者，更不能在某个地方躲起来。另外，她也为自己是系统问题的揭发人而感到自豪，只有镜网被关闭才是真正的了结。所以，当她从推特上获悉这次在白金汉宫外自发组织的游行时，匆匆决定来到这里，并扮成游客。特里迫不得已地跟着她一起出来，但他一路上都很紧张，总是催促她离开"危险地带"。

从特拉法加广场（Trafalgar Square）通往皇宫的道路上出现了几辆警车，它们在弗莱娅和特里站立的地方附近停了下来。大约有30名警察拿着透明盾和警棍冲了出来——与成千上万的示威者对照之下，他们的数量微不足道。他们围在了路边，但没有与人群发生接触。

一些示威者转向警察并开始咒骂他们，一块石头砸在了盾牌上。

"让我们离开这里，弗莱娅！"特里问道。

"马上。"

现在，其他警车从其他街道驶入广场，包括一门水炮。人群沉默，对他们周围的警察群体表现出强烈的敌意。弗莱娅意识到，警察切断了示威者的任何撤退，犯了一个战术错误。这些警察将群众推向宫殿的大门，在那里只有少数持有机关枪的卫兵。如果水炮使暴徒们发狂，那么只需要几分钟就会开出第一枪，制造恐慌。

一名带扩音器的警官爬上了一个短梯。但是他还没来得及说一句话，示威者就训练有素地离开了这个地方，并且没有越过那个困惑不解的警察。弗莱娅从来不知道哪个公众集会以这种方式解散，好像人群突然变得流动起来，从尚未完全建立起来的警戒线的缝隙中散开。这位军官可能本来想请人们离开的，却放下了扩音器。

"哇！"特里说，"镜网确实控制了它的粉丝！"

"来吧，让我们跟着他们吧！"弗莱娅静静地说道，加入了一群抗议者，与他们一起默默地前往圣詹姆斯公园。

"你疯了吗？"特里问道，"你想找出什么呢？"

"这就是我想找出来的。镜网显然在这方面是出类拔萃的。"

特里抱怨了一声，但还是跟着她走了。

显然，镜网已经下令让人们聚集到不同的目的地。不久之后，弗莱娅和特里跟随着的部分示威者去到了泰晤士河畔的议会大楼前面。那边的警察迷茫地站了一会儿后，重新进入了警车。

示威者此时穿过圣詹姆斯公园。警方只来得及匆匆在路上设置了一道屏障，但在镜网的引导下人们很容易久避开了它，并且绕过威斯敏斯特大教堂周围的迷宫一般的街道，最终到达议会广场。警方无法阻止他们，已有数千名示威者从其他地方陆续抵达。

"这多么令人难以置信！"弗莱娅充满敬畏和热情地惊呼道，"如果镜网不是那么邪恶，它可能会带来全新的言论自由形式！"

附近的一些示威者转身盯着她，弗莱娅明白她刚刚不假思索地惊呼捅了娄子。镜子耳机的麦克风识别出了她在附近的声音时，她的外貌伪装并没有帮到她！

人群突然停了下来，数千张脸转向他们。这时只能听到司机们在威斯敏斯特大桥上的愤怒吼叫声。

"哦，完蛋了！"特里喊道。

"去万德斯贝克市场的地铁站！"卢卡斯的镜子说道。

"你也听到了吗？"他激动地问道。

"当然。"卡特琳回答道。

"行动！"卢卡斯兴奋地说道。他抓起折叠刀和几乎从没用过的黄铜指关节，也从来没人知道他有这个。尽管外面挺热的，他还是套上了皮夹克。

"你准备好了吗？"卡特琳不耐烦地问道。

"是的。"

他们离开了公寓，乘坐地铁前往万德斯贝克。卢卡斯的镜子引导他们走到了一楼的咖啡馆，他们在那里点了一杯可乐。

"我们在这做什么？"他问道。

卡特琳朝着附近的一张桌子点了点头示意。一位老妇人和一个女孩坐在那里，两人都戴着太阳镜。

"他们在那里。"卡特琳低声说。

"谁在那里？"

"视频里的混蛋们。那个蠢货和女孩，他们变了装，但镜网还是认出了他们。"

卢卡斯立刻想要跳起来，去和他们算账。但卡特琳伸出手拦住了他，"等等，不要仓促行动。我们跟着他们，等待有利的时机。"

"好吧。"

两人聊了一会儿。由于卡特琳给他指认了出来，卢卡斯才发现那个"混蛋"现在是女人装扮。他的嘴巴周围非常粗糙，胡茬隐约可见。

"不要那么直勾勾地盯着看，"卡特琳提醒他，"否则他们会意识到我们已经认出了他们。"

卢卡斯看向别处。

"混蛋"支付了账单后，两人终于站了起来。卡特琳强迫他等了一会儿，才快步尾随上去。

在商场的喧嚣人群中，那两个人在他们的视线中消失了。但好在镜子准确无误地引导他们走上了一条与火车轨道平行的小街，那里有许多小花园。当他们路过其中一个时，卢卡斯的镜子说："打开大门。"

"里面现在很安静。"卡特琳低声说，"我走前面。"

他们偷偷溜进了园子，卡特琳贴在门上偷听这房内的动静小房子的门。卢卡斯听到里面传出的声音了：沙沙声，还有木头吱吱作响的声音，音量很轻柔。

卢卡斯咧嘴笑了起来。他会让这两个混蛋受到一次永生难忘的教训！

弗莱娅和特里逃命狂奔，身后的人群怒气冲冲地像一群嗜血的野兽般吼叫着。

他们沿着乔治大街回到了圣詹姆斯公园。弗莱娅疯狂地寻找一个避难所，一个他们可以躲进去的公共建筑，甚至一辆警车。但是所有的门都被锁上了，现在这些部队集中在议会广场的后面，他们被暴民阻隔了。

他们走到了左转的一条小街上。弗莱娅去那里，希望找到一个酒吧、一个商店，任何有门的地方躲进去寻求帮助。但就在那一刻，她看到一群戴着镜子耳机的年轻人走向她。她别无选择，只能再次逃离。

不久之后，他们到达了公园的一角。在西边，沿着鸟笼步道继续向白金汉宫方向行进，走到骑兵卫队马路向北逃跑。在她回头一看，发现大多数人都落在后面了，只有十几个年轻人在追她。但是他们看起来坚决地要为她发布了视频报仇，认为就是因为这个视频导致了禁用镜子的禁令。

他们沿着鸟笼步道向西奔跑，那里优雅的多层住宅楼可以看到公园景观，并通过人工钢栅栏将游客和其他麻烦制造者隔绝在外。当弗莱娅看到一扇敞开的大门时，她不假思索地跑过去。一条很短的车道通向一个优雅的侧门入口。她在窗户里看见一位老妇人迅速拉上了窗帘。

弗莱娅绝望地敲响了门铃，"求你救救我们！"她喊道，"报警！看在上帝的分上，求你开开门！"

没有任何反应。

与此同时，暴徒们已经到达，并将他们包围起来。弗莱娅看到了那些人眼中谋杀的欲望，有些人像奇怪的猛兽一样左右活动着他们的头。而当弗莱娅听到来自镜子耳机里的摇滚音乐声时，她才明白为什么。

特里站在弗莱娅前面保护她，弗莱娅尽可能地把自己缩到了入口处，仍然拼命地按着门铃。

他安抚地举起双臂："听我说！我知道镜网告诉你……"

他没能继续说下去。第一个袭击者野兽般地向他扑来，拳头砸在他的肚子上。特里喊了一声，蜷缩了起来。第二个男人踢了一脚在他的腿上，让他扑倒在地上。然后他们也袭击了弗莱娅，她试着大声呼救，用她的前臂保护住她的头部，却徒劳无功。来自四面八方的拳打脚踢，如雨水般倾泻而来。

不久之后，她从痛苦和恐惧的黑暗中解脱出来。

门突然被撞开了，明亮的光线穿透照射在昏暗的房间内，照亮了维多利亚半裸的身体。

安迪大吃一惊，他担心是安德烈突然出现在这里了。然而是两个他不认识的年轻男女，站在了他们面前。

"你没想到吧，混蛋！"男人说道，"现在就是你们两个混蛋生死攸关的时刻！"

安迪跳了起来。他的运动衫被脱掉了，他的衬衫也被从裤子里扯了一半出来。"你们……你们想干什么？"他喊道。

维多利亚坐起来拿出手机，"这是作家安德烈·萨鲁的房子，"她说。"你们不会在这里丢了东西。立刻消失，否则我就报警了！"

"你什么都做不了，你这个小傻瓜！"女人说着抓住了维多利亚的手臂，她夺过手机，把它丢到了房子的角落里。

"为你在那个该死的视频里说的废话，给我道歉！"男人说。

"什么？"安迪问道。

"你在视频里造谣镜子，撒了谎，"这位女士解释道，"我们希望你承认，这一切都是你为了博眼球编造的。这样我们就会离开，你们也可以继续风流快活。"

"这些不是谎言，"维多利亚蔑视地说道，"你们的镜子不过是利用了你们两个。如果镜网不再需要你们，你们就会像烫手的山芋一样被甩开！"

安迪感到浑身血液涌上了头，"不要……不要说了！"他用颤抖的声音说道。

"哦，多可爱！"男人说，"看，卡特琳，这个混蛋在担心他的小女朋友！"

"别说名字！你这个白痴！"女人说道，"轮到你们两个。现在每个人都重复下面这句话：'我对记者弗莱娅·哈姆森讲述的关于镜子的事情都是谎话，一切都是我凭空想象的。'你们听明白了吗？"

"你们慢慢等着，你们这些镜子傀儡！"维多利亚说道。

"哦，是吗？好吧，你这个小婊子。来吧，教教她什么是礼貌，奥斯卡。"

"谁？"男人问道。

"好吧，你！你这个傻子！"

那个被称作奥斯卡的人虽然看起来很生气，但是他还是比画着刀子靠近了维多利亚。

安迪耳边出现了许多幻听。除此之外，小花园里的每一个细节画面都被惊人地放大：小桌子，椅子，废料和园林工具的架子，维多利亚和他躺着的皱巴巴的沙发床，在窄窄的光线中跳舞的尘埃颗粒，混合着油和湿气的气味。

"放……过……她……！"他咬牙切齿地说道。

那人转过身来，朝他的脸前挥刀，"哦，是吗？你想做什么吗？混球？你在威胁我吗？"他笑了，"等我教训完这个小贱人时，你可能不会再喜欢她了。因为那时她会留下一些难看的伤疤！"

时间似乎突然被停住了。安迪看着自己如何伸出右手伸到身旁的货架；看着自己如何一把抓住三根弯钩的钉耙的手柄，手臂挥向了拿着刀比画的男子；看着自己尽管手臂被刀子划破了，但那人也失去了防御，三根弯钩穿透了那人的脸颊和脖子，男人蹒跚着向后退去，喉咙的一个洞里喷出了很多血。安迪仿佛是个局外人般看着这一切，好像他与一切无关。

然后慢动作结束，他听到了维多利亚和这个陌生的女人同时在尖叫。

"你这个混蛋！"女人吼叫着向他扑来。她手里突然拿着一把修枝剪。然而在她重伤安迪之前，维多利亚用一个空的啤酒瓶给了她一击，她很快倒下了。

那个男人现在躺在花园棚的地板上，发出临死前的呼噜声。他用一只手试图捂住伤口，但是鲜液在脉冲的溪流中喷出喉咙，将他皮夹克下的 T 恤彻底浸泡了，还在地板上流成了血池。

"看好这个女人！"维多利亚一边用修剪机修剪被子，一边大喊，一边跪在那个男人旁边。

那个女人呻吟着试图坐起身，但安迪一个箭步把她扑倒，抓住她的手臂，扯到背后并用电线绑起来。

"你这个该死的混蛋！"她喊道，"你会为此付出代价！我们会干掉你们的！"

"镜子！"维多利亚大声喊道，同时试着把绷带绑在那个男人的脖子上。

安迪明白了。他从女人那里夺走了镜子耳机，并用她用作武器的修枝剪一把剪碎了它。然后他翻遍了她的口袋，找到了镜脑，同样用剪子剪碎了他，直到屏幕变成了碎片。他对男人的镜子也一视同仁。

"没有用的！"女人喊道，"镜网召集了所有的粉丝！他们会好好招待你们的！你们插翅难飞！"

"去找警察！"维多利亚喊道，"我待在这里看着他们！"

"你确定吗？"

"是的。快点！我不想让这个白痴翘辫子。"

安迪半敞着血迹斑斑的衬衫跑到距离只有 200 米外的警察局。

接待处的官员大眼睛："你怎么了？"

"请快来！"安迪说，"我们遭到了袭击，需要一辆救护车。其中一名肇事者受了重伤。我女朋友还他身边。"

两名警察从隔壁房间出来，跟着安迪走。当他走到警察局门口时，6 名带着镜子耳机的年轻人沿着街道走来。他们看到警察后开始犹豫不决。

"请快点！"安迪催促道。

"这里发生了什么事？"其中一名警察在他们到达小花园时问道。

"这些混蛋无缘无故地袭击了我们！"女人厉声说道。一个年轻人现在已经失血过多，陷入昏迷。维多利亚的泪水在眼睛里打转，她还在试图止住男人脖子上流的血。

几分钟后救护车到了，这名受伤的男子被放在了担架上。

"他会挺过来吗？"维多利亚问道。

急救医生点点头："他流了很多血，但我们现在帮他稳定住了。"

警方开始向安迪、维多利亚和那位女士询问。当他们意识到这些陈述是相互矛盾的时候，把 3 个人都带到了警察局。安德烈 · 萨鲁很快抵达了警局，并证实了安迪和维多利亚在小花园中是合理的，而他们在那里被那对男女袭击。于是，安迪和维多利亚被允许回家了。

当安迪终于到家时，集会者的身影已经在家门口消失干净了。

黑暗中传来有节奏的滴滴声。她费劲地睁开眼睛，眼前模糊不清。她似乎看见了一个俯身在她身上的身影。

"特里？"这个名字几乎没有被发出声来，只有嘶哑声。她感觉自己的嗓子被拿开水浇过一样。

"冷静，你很安全。"有人用德语说。

她的眼睛稍微聚焦了一下，认出了莱纳斯，他担忧地看着她。显然她正在医院。

"莱纳斯？你……你在这做什么？"

"我听说过你的……不幸遭遇。所以我想过来看看你。你的父母也在这里，他们刚吃午饭。"

"多……多久……？"

"医生说让你昏迷了几天，方便给你更好地治疗。你已经做了好几个手术了。那些混蛋几乎打断了你体内的每一根骨头。老天保佑，你活了下来。"

弗莱娅咽了一下喉咙，问："特里呢？"

莱纳斯垂下目光，说："你的男朋友没有成功活下来，他在送往医院途中死于内伤。很遗憾。"

弗莱娅的眼中顿时盈满了泪水，视线再次变得模糊。她无法接受男朋友已经去世的说法。为什么是特里！她的特里总是小心谨慎，遵守所有规则，不与人争论！那是睿智、谨慎又富有远见的特里啊！随后她想起当时的情形，特里是如何催促她尽快离开危险区域的，她意识到自己应该为特里的死亡负责，她感觉自己的胃一阵痉挛，浑身开始抽搐，仿佛癫痫发作了一般。她像动物一样发出了号叫，只是慢慢地转变成了我们可以称为哭泣的声音。莱纳斯没有多说什么，只是静静地陪着她，握住了她的手。她很感激他。

"镜网……镜网怎么样了？"她终于恢复了一些精力，问道。

"它似乎已被关闭。无论如何，镜子自前天起不再运作。街头暴乱已经平息下来。但我可以告诉你更糟糕的事是，世界各地都有镜子粉丝在制造骚乱，甚至与警察在街头产生冲突，镜网的支持者和反对者都在举行示威活动，甚至袭击政府机构。仅在汉堡就有十几人伤亡，世界范围内多达数千人。报纸上称之为镜子的垂死挣扎。股票停盘前，所有科技公司的股票纷纷跌停。政客们互相指责是对手造成了这个结局。而电视上，心理学家们接受访问，试图解释为什么这么多人盲从镜子的建议。电视节目的记者们排着队想要采访你，但是警察和你父母将你保护了起来，不让任何人来打扰你。你已经成为一名世界英雄，是你阻止了世界陷入疯狂，起码是及时阻止了。"

"及时"在她听来很讽刺，这当然不是莱纳斯的本意。可是对于特里，对于许多其他因为所谓的镜子失控而成为受害者的人来说，这一切为时已晚。她只能希望创造了这个名为镜网的怪物的人将被追究责任，希望所有靠镜子敛财的贪婪的投资者和商人能够因为损害索赔而承担致命损失。至少要这样才行。

特里无法死而复生，他为与镜网之间的战斗付出了惨痛的代价。她想起了那时，当她告诉他镜子的奇怪行为，他是如何嘲笑他的。她甚至冒出个念头，希望她能听他的话，没有去深入调查。可世上没有后悔药，她只得自食苦果。

她只能希望她的行为至少能让这样的事情永远不会再发生，人类能从这个错误中吸取教训，并且在未来不再太轻易依赖技术，不再轻信所谓的技术预测。

但从作为记者的思维来看，她对此表示怀疑。

他们最后一次在罗纳尔多吃饭。卡尔闷闷不乐地看着面前吃了一半的比萨。以往他们经常坐在这里，激烈地争辩和讨论。每当卡尔试图向埃里克提出一些观点时，埃里克总会一针见血地无情地指出实现这个想法的不可行性。那几年一直都非常艰难，直到镜子的第一台样机成型——胡桃系统多次徘徊在破产边缘。但那也是一段美好的时光，无数个通宵的讨论，无条件的友情，肩并肩奋斗的骄傲。卡尔非常怀念。

他们共同的创业大厦如今分崩离析。三天前，卡尔宣布这个坏消息时，大多数员工都收拾离开了，但也有不少人在大声抗议、反抗、发出嘘声，更有各种电话威胁。

几乎没有员工相信关闭镜网服务器的决定是卡尔做出的，他们大多认为这一定是那个令人讨厌的母公司搞的花招。

镜网竭尽全力制造了混乱，企图延迟关闭服务器。被误导的工作人员拒绝进入服务器机房，那时不得由警方出面才得以强制进入。甚至有过两个不同的警察部门之间因为混乱而进行了长时间的讨论，其中一个部门接受了阿什顿·莫里斯的个人委托去关闭服务器，而另一个部门试图阻止这次行动。显然这是由于有人故意捣乱，打电话给警察，声称有人在办公场所制造混乱。

最终的结局就是关闭服务器的确花费了几天时间，但镜网还是被终结了，同时，没有一台镜子可以运行了。

公众对此的反应非常激烈。全球信息系统的股价已暂停交易，世界各地都发生了暴力抗议和集会，其中一些已经暴力升级了。据说，死伤总人数达到数万。想到这里，卡尔十分难过。他知道不会有人因为他努力关闭了镜网而感谢他，他会成为人们心中制造混乱的罪人。最终不至于去坐牢，已经是走运了。

"你呢？"埃里克问道，"接下来打算做什么？"

他的朋友似乎和他一样情绪低落。埃里克做得最正确的事情就是在适当的时间辞职，从泥沼中脱身。

"不知道，"卡尔说，"明天我要和一些律师谈谈。"

"我是说事情过去后。"

卡尔耸了耸肩："谁知道呢？也许我会写一本书，讲述整件事，以作为警示案例。"

"这不是一个坏主意，"埃里克说，"但我觉得这一切远没有结束。"

"它当然不会结束。在整个灾难性事件的最终审判结束之前，它都不会结束。这要花费至少十年。"

"我不是那个意思。我们关闭了镜网，但它仍然会存在。软件还在，神经网络也还在，所有用户数据也还在。原则上，只要明天重新启动，混乱就会再次开始。"

"你难道觉得，有人会这么疯狂吗？"

"谁知道呢？"埃里克边喝着他的可乐边说，"我希望没有。但随着全球信息系统公司的大震荡，泰德·科里会从位子上退下来，莫里斯的椅子也快坐不稳了，监事会可能会大换水。谁知道接下来会发生什么。也许有人会说，通过一些小的改进，他们就可以再次销售镜子。"

"现在没有人会疯狂到再去买镜子。"

"不要低估了人们的愚蠢，他们忘性大。此外，镜网可能还会有其他的用途，例如股票市场或军队。"

"军队？你是在吓唬我吗！"

埃里克咧嘴一笑："这对你父亲来说是一个小说情节，对吧？镜网正在一支巨大的无人机军队的指挥中心醒来，它所能想到的就是报复那两个让它被关闭的人……"

卡尔不确定埃里克是不是在开玩笑，尽管它也许是一个有趣的严肃笑话。无论如何，这个想法让他不禁起了鸡皮疙瘩。

他们结账后互相道别。

"再见，埃里克！"卡尔说，"谢谢你对我的帮助。"

"不然呢？当你陷入麻烦后，我袖手旁观？"

"白痴。祝你在大学的项目顺利！"

"祝你的新书成功。顺便说一下，这是一个好主意。如果你继承了你父亲的写作技巧，那一定是一本畅销书。"

"我对此表示怀疑。虽然我可能的确需要钱，毕竟仅仅为了支付法律费用，我的数百万财产将会像加利福尼亚阳光下的雨水一样蒸发干净。"

"嗯，这个形容很有诗意。万事小心，卡尔！"

"你也是，埃里克！"

他看着他的朋友骑上自行车，消失在拐角处。然后他拿出了新的智能手机，庆幸它不像镜子那么聪明。他打电话给父亲："你好，爸爸，我可能需要你的帮助。"

　　"我的帮助？帮你什么？"

　　"我想写一本书。"

　　"一本书？你？关于什么？"

　　"关于镜子。"

　　"那你认为你的故事，会有人相信吗？"

The end of the

尾声

"所以我的建议是立即进行 SmartSoldier（智能战士）项目的第一阶段。"国防部分析师说。人们介绍他是一位拥有麻省理工或者也许是斯坦福大学的学位的博士，并且与政界关系密切，可他从未接触过五千里外的真正的战争。

将军郁闷地环顾了一眼。十几个采购委员会成员齐聚一堂，将为战争的未来做出可能是影响最深远的决定之一。当他们摔跟头的时候，他可以好好欣赏他们的表情。今天的会议虽然只是一个过场，之后的讨论是重新交换了长期以来互相都十分清楚的观点。各种利益集团的拉锯战早已在幕后发生，球也早已踢进了球门。

但是，将军是不会轻易放弃的。只要他还有一口气，他就竭力阻止这场灾难。他会继续战斗，万一发生紧急情况，依照他的了解，他手下的每个人都会这样做。他在行动中曾经受过两次伤，其中一次失去一只手和一只眼睛，所以他在背后被称为胡克船长，一个他并不讨厌的绰号。

他对房间里大多数与会者都没有什么好感。这些所谓的顾问和公民大多直接或间接地参与了那些试图从国防部通过的一些稀奇古怪的项目，填满了自己的荷包。还有些其他军事部门的代表——海军、空军、国土安全部——他们更关心他们在国防部的影响力，以及他们明年的预算规模，而不是在军队中发生的情况。

尤其是来自政府部门的那些官僚，就像那个刚刚做完非常荒谬的演讲的家伙那样，喜欢假装所有军事问题可以一步到位全部被解决。他们似乎都笃信，人们可以用数字来表达战争并预测战斗的结果。没有人告诉他们普鲁士战略家卡尔·冯·克劳塞维茨在两百年前就精准地总结过：没有任何作战计划在与敌人相遇后还有效。

部长环顾四周："其他人还有什么想说吗？或者我们现在开始表决？"

将军叹了口气，举起了手。

"好，将军请讲。"

"我的意见并没有随着你手下的演说而改变，先生。"他说，"部长先生，你打算做的事，坦率地说，太疯狂。我们都目睹了镜网失控后发生的事情。现在你让我的人被同一个系统所控制！"他看着挂在会议室墙上的油画，画上是乔治·华盛顿在约克镇战役胜利后的图像，象征着独立战争的精神，他想由此获取力量把在会议上胡言乱语的人驱逐出去，虽然这不过是一个徒劳的愿望。

"你误解了我，将军。"这位年轻的演讲者说道。他拥有个优雅的法国名字，拉盖尔或类似的——将军没有看清远处的桌牌。"这个系统不会给你的士兵下命令，只是建议可以随时推翻上级下达的命令，并且这个决议始终是从人民的利益出发。"

"哦，是吗？那些人应该如何判断你所称的'建议'是正确的？士兵在战斗中需要明确的指示，而不是幼稚的开放性建议！"

"好吧，我承认在大多数情况下，没有时间去思考智能战士系统的决定是否正确。而且这也是不太必要的，因为它给出的决定几乎都是正确的。"

将军感觉自己的血压再次上升到危险值，"你是认真的？这个系统甚至没有在任何一次真实的情形下被应用过一次！毫无证据就可以这么断言？在发生了灾难性故障，造成了世界范围内数千人伤亡之后？"他摇了摇头，"任何一个有脑子的人，会觉得这是个好主意吗？"

其他人严肃地看着他，好像他正在侮辱自己，他可能已经侮辱了自己。

"你弄错了，将军。首先，智能战士系统的战略技能已在数百次测试和模拟中得到验证。它做出的决策总是能优于和它竞赛的人类团队，包括你手下最优秀的指挥官。其次，正如你注意到的，智能战士系统源自镜网。尽管发生了诸多令人惋惜的不幸事件，但我还是要指出，镜网在关闭运行之前，它的表现无可指摘。事实上，它的完美程度出乎开发人员的意料，根本问题只是系统目标函数的不恰当定义。"

"令人惋惜的不幸事件？不恰当定义？我听错了吗！"将军咆哮道，"镜网造成的骚乱，比硫磺岛战争杀死的人更多！"

"将军是对的。请注意你的言辞，克里斯！"部长谴责他的部下。

"我很抱歉，先生。但这并没有改变事实：镜网完全履行了其保护整体用户利益的使命，同时展现了非凡的能力。因此，它能够如此巧妙地协调其控制下的每位独立的示威者的行为，使警察部队的所有反措施都失效了。我还想指出，从镜网的角度来看，骚乱的大多数受害者都不是镜像用户，这就是敌对的个人。我不是想轻视受害者的痛苦，但在这个准则下做出的决定，完全就像任何一位出色的将军在他的处境中所做的那样：最大限度地利用自己的资源来伤害敌人。"

真是够了！"那你是说镜网背叛了自己的用户，而为其他用户的利益给出建议？一旦建议对于整体任务的成功有帮助，部下就会被无情地抛弃。任何做这种决定的将军都会立即失去他下属的信任，并且会受到军事法庭的审判。"

"我不能同意你的说法，将军。"其中一位顾问说，那是一位发型一丝不苟，胸前打着一条完美服帖的领带的老人，"通常在战争中，为了赢得战斗或者整场战争，一些小队甚至整个军队都会被牺牲。我以为，你是十分清楚的。"

"当你走投无路的时候，这是一码事。"将军努力保持平静地说道，"冷血地做这件事是另一码事。这是不道德的！"

"也许这就是我们需要智能战士的原因，"顾问冷静地回答道，"为了避免人们不必要地丧命，必要的战略决策不是基于道德准则而做出的。"

"我同意，"那个部门的年轻人说，"这个系统将确保我们的军事目标以极小的损失，得到资源的最大优化。"

"也就是说，我们所有人都应该清楚，我们的敌人开发出可能比我们更好的技术，用来与我们对抗，只是时间的问题。"部长说，"虽然我们目前处于领先地位，但随着计算机技术的快速发展，这种优势很快就会消失。根据中央情报局的说法，国外已经开始研究类似的系统，而且他们的部队兵力可能远远优于我们。"

将军向周遭环视寻求帮助。但是其他参与者要么点头赞同，要么尴尬地低头盯着他们的平板电脑。

"我知道我无法改变你的看法。"他说，"但是，我不会支持这个决定。我不会站在我的兄弟们面前，告诉他们镜网将摇身一变成一个新的代号来指挥并制定他们的部署战略。如果决定引入该系统，我特此请求解除我作为陆军总参谋长的职务。"

"请冷静下来，查理。"部长说，"没有人想要你辞职。这里的表决不是决定整个军队是否配备智能战士系统。这只是为了在一个特殊单位进行测试。尤其是危急地区小型精英部队的设置中，可以通过智能战士得到最有支持性的决策。"这听起来像一个军火制造商的目录册上的宣传语。而它不过是证实了将军的猜测，这是部长早就做好的决定。

他再次深呼一口气，然后他说出他知道将是他漫长的军事生涯的最后一句话："我坚持我的想法。只要我还是将军，我所负责的部队永远不会引入智能战士系统。"

与会者们都陷入了沉默。部长终于点了点头，"好吧，这个我们稍后再讨论。现在大家来投票吧！谁支持将智能战士试用版投入测试？"

几乎所有的手都举起来了。

"那么，"部长满意地点头说，"决定通过了。"

后　记

在 2015 年夏天，我提出了修订我的小说《头号嫌犯》的想法。自从撰写故事初稿以来，已过去 10 年。当时，正值 2005 年夏天，Facebook 还是哈佛大学的学生网络，YouTube 在德国还没有名气，iPhone 还没有被发明，甚至 Twitter 都没有诞生。几乎没有人会想到在未来十年，互联网给我们的生活带了如此翻天覆地的变化。

如今智能手机已经成为我们形影不离的伙伴。他们可以帮助我们购物、非现金支付，帮我们认路，随时与亲友甚至陌生人分享我们的生活，亲切地帮助我们解决问题，如果前往下一个约会的路上出现了拥堵，也会主动向我们指出，并提醒我们留出足够的行程时间。我们都明白后台的服务器会获得我们的大量数据。脸书、谷歌和亚马逊等公司收集数据的目的在于，为了给我们提供更好、更具个性化的产品，根据我们的需求为我们量身定制问题的解决方案。

虽然由于滥用这些数据的可能性，让我们感到一种不甚清晰的不适感，但我们几乎无法抗拒"大数据"带来的便利的诱惑。

我们大多数人都没有意识到，我们口袋里携带的设备具有令人不可想象的计算能力。2015 年最新一代的智能手机的运算能力，以每秒的运算量来衡量，堪比 1996 年时世界上运算速度最快的计算机的运算能力。这相当于如今的我们大多数人就拥有一部超级计算机，这放在二十年前，所有大学、军事研究中心、情报部门都会无比嫉妒。但是我们口袋里的这个设备只是技术发展的冰山一角，实现所有高效移动服务的真正处理能力都在提供这些服务的公司的服务器中。数百万台计算机在搜索引擎、社交网络、在线商店和无数其他服务提供商的数据中心中可靠且大量地默默执行着它的任务。没有人知道它们确切的总计算量究竟有多大，但我个人的估计，今天的全球计算能力超过了 2005 年的全球计算能力至少 10 万倍。而计算量的增长目前还远没有结束：我们已经在谈论"物联网"和"工业 4.0"，这意味着在不久的将来，机器之间的通信将在范围和强度上多次超过人与人之间的对话。

《头号嫌犯》谈论的是失去失控的人工智能。2005 年时，这个词仍然属于科幻小说的范畴。虽然计算机在 1996 年击败了国际象棋的卫冕世界冠军，但人们仍然不能称之为"智能"，这是在当时的语境下对系统的定义。虽然我攻读了人工智能的一个小分支上的博士学位，但我对于"系统"在我的小说中是如何运作的，只有非常模糊的概念。作为一名作家，我可以让自己忽略技术细节，并声称计算机病毒在互联网上传播，模仿神经网络的结构，不知何故突然发展出自我意识和智慧。

计算机性能指数上的显著增长和软件开发的进步从根本上改变了这种情况。2011 年，IBM 计算机"沃森（Watson）"在《危险边缘》（Jeopardy）游戏节目中击败了世界上最棒的玩家，这不是关系到狭隘的数学问题，而是关系到人类的通识。今天，就算是智能手机中的私人助理，如"Siri"或"Cortana"，不仅能够理解我们说的话，还能以有意义的方式解释和回答我们的许多问题。就在我完成这部小说的几周前，由谷歌团队开发的计算机程序击败了全世界顶级的围棋选手，围棋是一款比国际象棋更复杂的游戏。如今，人工智能帮助医生诊断疾病，帮助软件开发人员编写程序，帮助谷歌汽车在洛杉矶城市交通中导航实现无人驾驶。脸书比任何人更擅长识别照片上的面孔。同时亚马逊非常了解我们的愿望，公司甚至在我们预定前就开始向我们附近的配送中心发送物品了。不同于众所周知的观点，计算机程序甚至可以具有创造性：他们以完全自动化的方式撰写有关体育赛事和股票市场预测的新闻报道。在一项有趣的实验中，谷歌利用其图像识别算法将物体"翻译"成云或风景，创造出了无比独特的艺术作品，这些艺术作品可以从超现实主义艺术家的画笔中汲取灵感。

虽然在 20 世纪 90 年代和 21 世纪初，"人工智能"仍然是软件开发的一个衍生品，但它现在已经成为许多行业市场领导者竞争中的核心竞争力之一。所有大软件供应商都在研究中心投资了数十亿美元，或者以相似的金额购买了在该领域表现良好的初创企业。

没有人知道计算机还需要多长时间才能超越人类大脑，专家估计在 2030 年到 21 世纪下半叶之间。但很明显，所谓的人工智能领域的计算机程序将在此之前的很长一段时间内深入我们的生活。它们已经告诉我们，我们听过哪些音乐，读过哪些书，会遇到哪些潜在的同好。将来，它们会自动替我们撰写电子邮件（谷歌已经在开发相应的功能），或者给我们一些关于第一次约会时如何表现良好的建议——当然，还要根据对方的兴趣和喜好而定制。我们越来越依赖这些建议来纠正错误，它们通常是正确的，因为我们使用的系统越来越了解我们，因为它们创建的数据模型越来越符合我们的实际思维和行为。

这种发展带来的风险是显而易见的。如今不再只是惊悚小说家来警告不受限制和不受控制的技术发展的危害。物理学家斯蒂芬·霍金在人工智能的发展中看到了超越人类智慧的人工智能对人类的生存会构成威胁。

互联网企业家伊隆·马斯克作为 PayPal、特斯拉和 SpaceX 公司的创始人本不应对科技进步持怀疑态度，但他也一再警告人工智能发展失控的危险，并签署反对开发自动化智能武器系统的呼吁，许多国际研究人员和科学家加入了这个倡议。哲学家尼克·博斯特罗姆在他的非虚构著作《超级智能》一书中，从人类的角度出发，论述了在获得一台比我们更智能的计算机来完成正确的任务之前，我们还需要解决的巨大困难。

在这种背景下，我很快就清楚地意识到仅修改我的小说《头号嫌犯》是不够的。人工智能创造者无法控制其创造的人工智能的故事必须完全重写。与我的第一部小说最主要的区别在于，主角们这次并不反对自主运行的"糟糕"的计算机系统，而是反对失控的人机体系——操纵设备和他们天真又自私的用户的邪恶联盟。在我看来，这比原始场景更加真实。

这一次，在我的想象中，我几乎不必去预想超越今天的技术的可能性。例如，这部小说中描述的终端设备镜脑具有的计算能力，大约是 iPhone6 的 10 倍，也就是智能手机在未来 3 ～ 5 年可能达到的新标准。文中所描述的用于解释自然语言和映射神经网络的技术已经存在于诸如谷歌、脸书和亚马逊之类的公司中，并用于预测或尽可能巧妙地影响人们的行为。

当然，我还是有一定的创造性突破。我并不是说镜网这样的程序实际上就像我在这部小说中描述的那样。而那些最终可能购买类似镜子的设备的人们将不会像本书中的某些角色那样愚蠢和幼稚。另一方面，历史表明，如果新技术的好处看起来足够有吸引力，那么我们人类往往会忽视新技术的危险和缺点——全球变暖就是一个例子。当我看到大多数用户（包括我自己）愿意在互联网上分享有关他们自己和他们的行为的信息时，我担心我们的集体天真比我们所以为的更大。

但我不是悲观主义者，作为科幻悬疑小说的作者，我认为对技术发展可能带来的负面后果进行描述是我的任务。这并不意味着我害怕技术，我自己就创办了几家科技公司，并与两位队友一起开发了Papego 应用程序，这样人们就可以在智能手机上随时体验阅读印刷书籍的感觉。如果有一天，有人会发明"镜子"这样的设备，我一定会成为第一时间购买它的人之一。

技术不是我们的问题，而是我们与之相处的方式。亲爱的读者，您需要了解未来几十年的新技术是否会带领我们走向更美好的未来，还是由机器进行全面监视和异化的奥威尔式反乌托邦。从这个意义上讲，我希望通过这部小说来激发你的思考。

汉堡，2016 年 4 月

卡尔 · 奥斯伯格

图书在版编目（CIP）数据

黑镜 /（德）卡尔·奥斯伯格著；叶柔寒译. — 北京：北京理工大学出版社，2019.7（2021.4重印）

书名原文: Mirror

ISBN 978-7-5682-7137-0

Ⅰ. ①黑… Ⅱ. ①卡… ②叶… Ⅲ. ①科学幻想小说 – 德国 – 现代
Ⅳ. ①I516.45

中国版本图书馆CIP数据核字（2019）第121114号

著作权合同登记号图字：01-2019-3039

Karl Olsberg: Mirror. Thriller

© Aufbau Verlag GmbH & Co. KG, Berlin 2016.

(Published by Aufbau Taschenbuch; »Aufbau Taschenbuch« is a trademark of Aufbau Verlag GmbH & Co. KG)

The simplified Chinese translation rights arranged through Rightol Media （本书中文简体版权经由锐拓传媒取得 Email:copyright@rightol.com）

出版发行 /北京理工大学出版社有限责任公司

社　　址 /北京市海淀区中关村南大街5号

邮　　编 /100081

电　　话 /（010）68914775（总编室）
　　　　　（010）82562903（教材售后服务热线）
　　　　　（010）68948351（其他图书服务热线）

网　　址 /http://www.bitpress.com.cn

经　　销 /全国各地新华书店

印　　刷 /三河市华骏印务包装有限公司

开　　本 /880毫米×1230毫米 1/32　　　责任编辑 /李慧智

印　　张 /12.5　　　　　　　　　　　　文案编辑 /李慧智

字　　数 /288千字　　　　　　　　　　责任校对 /周瑞红

版　　次 /2019年7月第1版　2021年4月第2次印刷　　责任印制 /施胜娟

定　　价 /48.80元　　　　　　　　　　排版设计 /飞鸟工作室